인생은 끊임없는 도전의 연속이다.

페어플레이

Fairplay

페어플레이

이에리사 지음

리즈앤 북
ries & book

아름다운 원칙주의자

1973년, 사라예보에서 날아온 여자 탁구 세계 제패의 낭보는 아직도 기억에 생생하다. 우리나라 스포츠 사상 최초의 구기 종목 세계 제패였다.

이에리사라는 이름 뒤에는 '성실과 노력', '원칙 준수'라는 말이 동의어처럼 따라붙는다. 나는 예전에도 지금도, 그만큼 철저한 원칙주의자를 본 적이 없다. 그의 원칙은 객관적 기준에 의한 것이 아니다. 자신의 가치 판단과 더불어 상식적 다수가 동의하는 원칙이다. 가치와 원칙이 흔들리는 우리 사회이기에, 그가 지키려는 원칙은 더욱 값지다.

그는 여성 체육인으로서 늘 새로운 길을 개척해 나갔다. 스포츠 변방이던 대한민국을 세계에 알린 당대 최고의 선수로 출발해 지도자, 교수, 행정가, 국회의원으로 영역을 확장해 온 그의 인생 여정은, 개인의 삶을 넘어 우리나라 스포츠의 역사와 궤적을 같이한다.

그는 후배들이 바라볼 수 있는 '푯대'가 되고 싶다고 했다. 매 순간 목표에 이르기 위해 그가 보여준 노력과 집념은, 그의 길을 따라가는 수많은 후배들에게 동기와 분발의 계기가 되리라 확신한다.

여러 갈래의 길을 힘차게 개척해 온 그의 걸음이 이 책의 내용에서 끝나지 않을 거라 믿는다. 좀 더 솔직한 진심을 말하자면, 우리 체육계를 위해 그가 고통스럽더라도 좀 더 전진해 주길 바란다. 그의 승부는 진행형이다. 아직 끝나지 않은 승부에서 그는 어떤 결정구를 선택할 것인지, 그 또한 기대가 된다. 지치지 않는 그의 전진에 뜨거운 박수와 응원을 보내고 싶다.

— 전 대한체육회 회장 김정길

영원한 승부사

이에리사라는 이름에는 늘 '최초'라는 수식어가 따라붙었다. 선수로서, 지도자로서, 그는 늘 최초라는 타이틀을 달고 새로운 길을 개척해 왔다.

나는 그의 선수 시절과 지도자 시절을 가까이에서 지켜보는 행운을 누렸다. 앳된 얼굴의 10대 시절부터 그에게는 승부사 기질이 있었다. 어려운 게임, 긴박한 순간에 몰리면 그는 더욱 놀라운 집중력과 끈기로 그 상황을 이겨 냈다. 타고난 '승부사의 심장'을 지닌 선수였다. 1973년 사라예보에서 열린 제32회 세계탁구선수권대회에서 한국의 우승을 점친 사람은 한 명도 없었다. 그러나 이에리사와 여자 탁구 대표팀은 19전 전승이라는 전무후무한 기록으로 우승컵을 들어올렸다. 불굴의 의지라는 말은 이런 때 써야 어울리는 말일 것이다.

대체 불가의 뛰어난 선수였기에 자만할 법도 했지만, 그에게 자만이란 찾아볼 수가 없었다. 남보다 몇 배의 연습으로 스스로를 단련하고, 승리하는 순간 바로 다음 경기를 준비하기 위해 운동화 끈을 고쳐 매는 지독한 승부사였다. 그런 실력 위에 예의와 도리를 아는 인격까지 갖췄기에, 박수 받아 마땅한 존재였다.

승부에 대한 그의 정의는 고루한 일반론을 뒤집는다.

"많은 사람이 어떻게 하면 상대방이 받아치지 못할까를 궁리하지만 그건 하수(下數)의 생각이다. 탁구는 상대가 자신의 공을 못 받게 치는 게 아니라, 상대방이 치는 걸 어떻게 받아 내느냐로 승패가 갈린다."

스포츠 세계의 승부를 넘어, 인생을 조망하는 철학이 담겨 있음을 그대로 드러내는 말이다. 사람들은 흔히 스포츠를 '인생'에 비유한다. 인생이라는 긴 승부처에서 어떻게 싸우고 어떻게 이길 것인지를 고민하고 있다면, 이에리사의 인생 역정(人生歷程)을 찬찬이 따라가 보길 권하고 싶다.

– 전 대한탁구협회 회장 최원석

진정한 휴머니스트, 믿음직한 친구

나의 친구 이에리사는 진정한 휴머니스트다. 그런 친구와 선수 시절을 함께 보낼 수 있었던 것은 큰 행운이었다.

1973년 4월 10일 사라예보 세계선수권대회에서 '세계를 제패한 날', 그 짜릿한 승리의 순간은 지금도 생생하다. 그날 에리사의 플레이는 대담하고 드라마틱했다. 공 하나하나마다 혼신의 힘을 다하는 게 그대로 느껴졌다. 같은 선수로서 그런 경기를 곁에서 지켜볼 수 있었다는 건 벅찬 감동이었다.

선수 은퇴 후의 그는 새로운 길을 걸어가는 '개척자'였다. 친구가 내딛는 한 걸음마다 '최초'라는 수식어가 붙었다. 때로는 그 수식어가 무거운 짐이라는 것을 알았지만 나는 늘 친구를 믿었다. 어느 위치에서건 새로운 것을 창조하고 목표를 이루어 내는 그의 열정과 능력을 이미 보았고 경험했기 때문이다.

끝없는 도전과 성취로 이루어진 그의 삶이 한 권의 책으로 발간된다니 반갑고 축하할 일이다. 한 문장 문장마다 땀으로 얼룩진 이 책을 읽으며 친구가 그동안 걸어온 한 걸음 한 걸음의 발자취를 다시 한 번 만날 수 있었다. 치열했던 한 여성 체육인의 삶이 오롯이 담긴 이 책은 나를 비롯하여 우리나라 스포츠를 이끌어 나갈 젊은 체육인들에게 살아 있는 자료가 될 것이다.

친구는 이 책이 그저 한 권의 자서전이 아닌, 후배들을 위한 조언집이 되길 원한다고 했다. 끝까지 미래 세대의 나아갈 방향을 고민하는 친구에게 다시 한 번 감사의 인사를 보내며. 그 마음이 가득 담긴 이 책이 체육인뿐 아니라 더 많은 사람들에게 큰 힘이 되기를 바란다.

– 1973 사라예보 세계탁구선수권대회 동료 김순옥

영원한 멘토, 인생의 길잡이

선수는 좋은 지도자를 만나면 실력이 달라진다. 한 걸음 나아가 참된 스승을 만나면 선수로서만이 아니라 한 인간으로서 더욱 성장한다. 과거 '환상의 복식조'로 불리며 우리나라 여자 탁구를 대표했던 우리는, 참된 스승의 가르침 속에 성장할 수 있었다.

이에리사 선생님은 비단 우리에게 탁구만 가르쳐준 것이 아니라 인생의 진정한 멘토로서 삶을 이끌어주셨다. 선생님의 따뜻한 보살핌과 배려가 없었다면, 험난했던 선수 생활을 제대로 이겨 낼 수 있었을까 싶다.

우리는 사라예보 세계탁구선수권대회 우승을 보고 탁구 선수의 꿈을 키운 '이에리사 키즈'였다. 그렇기에 우리나라 탁구의 레전드를 스승으로 만난다는 것은 꿈같은 일이었다.

선생님은 복식조인 우리에게 기술보다 마음이 하나가 되어야 함을 강조하셨다. 함께 먹고 자며 서로를 이해하게 함으로써, 눈빛만 봐도 통하는 파트너가 되도록 만드신 것이다. 선생님은 라켓 그립이 손에 꼭 맞도록 직접 깎아주실 정도로 자상하고 세심한 지도자였다. 우리 자신도 잘 몰랐던 장점을 찾아내 경기력이 향상되도록 날개를 달아주고 날카로운 분석력으로 승리를 이끈 최고의 지도자였다. 선생님의 그런 철저한 관리와 선수에 대한 신뢰가 없었다면, 양영자·현정화라는 환상의 복식조 탄생과 88서울올림픽 탁구 여자 복식 금메달의 결실은 이루어지지 않았을지도 모른다.

탁구대 앞에서는 완벽을 요구하는 엄격한 스승이었지만, 운동장 밖에서는 자애로운 어머니의 모습이었다. 선생님은 '어떻게 이런 것까지 생각하셨을까?' 싶을 정도로, 보이지 않는 곳까지 우리를 세심하게 배려하고 보살피셨다. 그 덕분에 우리는 운동에만 전념하는 행운을 누릴 수 있었다. 평생 우리 가슴에 남은 가르침은

'운동만 잘하는 운동선수가 아니라 더 좋은 인간이 되라'는 말씀이다. 우리 앞에서 단 한 번도 허튼 말과 행동을 보인 적 없는 선생님이기에 우리 가슴에 더 깊이 새긴 가르침이었다.

인생의 변화는 만남을 통해 시작된다. 우리 인생 최고의 만남은 이에리사 선생님과의 만남이었다. 이 책을 통해 선생님을 만나게 될 독자들도 흔들림 없이 한 길을 걸어온 선생님의 삶을 통해 순간의 통찰과 감동을 얻게 될 것이라 확신한다. 선생님이 걸어오신 길에 우리가 함께한 순간이 있다는 게 감사하고 영광이라는 말씀을 꼭 전하고 싶다. 우리 역시 선생님의 길을 따라 '좋은 스승'이 되려는 노력을 계속하는 것으로 보답을 드릴 것이다.

— 1988 서울올림픽 탁구 금메달리스트 양영자, 현정화

용감한 신념에 지지를!

대한민국 스포츠의 전설인 이에리사 전 의원님을 처음 만난 건, 2004년 아테네올림픽을 앞두고 구슬땀을 흘리던 태릉선수촌에서였다. 국가대표 여자 탁구팀의 감독을 맡아 '특공대'로 불리는 선수들을 진두지휘하는 레전드의 모습을 가까이에서 바라보는 건 경이로운 일이었다. 엄격한 스승인 동시에 한없이 이해심 많은 친구로, 선수들을 독려하고 함께 뛰는 모습은 정형화된 지도자의 모습과는 차이가 있었다. 그런 지도자와 함께라면 승리를 위해 인내해야 하는 고통의 시간을 좀 더 수월하게 이겨 낼 수 있을 것 같았다. 탁구팀 선수들의 지치지 않는 투혼을 보면서, 감독님에겐 '사람들을 앞으로 나아가게 하는 특별한 힘'이 있다는 걸 알게됐다.

1년 뒤 감독에서 태릉선수촌 첫 여성 선수촌장이 되셨을 때, 나는 선수로서 촌장님을 다시 만났다. 직책이 달라져도 그분의 세심한 배려는 변함이 없었다. 선수와 지도자는 물론, 선수촌에서 일하는 모든 사람이 그분의 세심한 보살핌 속에 있었다. 선수촌 곳곳에서 홍길동처럼 나타나는 촌장님을 마주하고 격려를 받는 것은 즐거운 일상이었다. 선수들을 위해 필요한 일에는 주저 없이 나서고 신념을 실현시키는 실행력을 보며, 리더의 역할이 어떤 것인지를 배웠다.

그 용감한 신념은 국회에서도 가감 없이 발휘되었다. 오랜 세월 숙제로 남아 있던 체육계의 문제 중 상당 부분이, 의원님의 의정 활동을 통해 법안과 정책으로 만들어졌다. 체육인들에게 의원님은 든든한 울타리 같은 존재였다. 하지만 원칙을 지키며 걷는 올곧은 길은 때로 버겁고 외롭게 보였다. 그럼에도 의원님은 꿋꿋하게 정도만을 걸으셨다. 때로는 어떻게 그처럼 흔들리지 않고 신념을 지킬 수 있을지 궁금하기도 했다.

오랜 시간 품고 있던 그 의문들은 이 책 '페어 플레이'의 완성 원고를 읽으며 하나 둘 해소가 되었다. 이 책은 한 사람의 성장기와 끝없는 도전을 통해, 자기 분야에서 '최고'가 되고자 하는 사람은 어떤 마음가짐을 가져야 하는지, 어떤 노력을 기울여야 하는지를 상세하게 이야기해 준다. 그 길을 따라가며 힘겨워하는 사람들이라면 좀 더 힘을 내라는 따뜻한 격려를 얻을 것이다.

의원님은 늘 "스포츠와 우리 사회가 모두 페어플레이를 해야 한다"고 강조하셨다. 그 생각에 깊은 공감과 함께 응원과 지지를 보내고 싶다.

– 2008 베이징올림픽 역도 금메달리스트 장미란

"여러분 덕분입니다!"

1979년 국가대표 선수 생활을 마감하고 『2.5g의 세계』라는 자서전을 출간했었다. 41년 만의 자서전 출간을 앞두고 20대 때 썼던 책의 서문을 읽어보니 첫 문단에 "내 지난날의 얘기를 묶으면서 처음에 고민했던 것은 어린 나이에 너무 빠르지 않은가 하는 점이었다. 이런 책은 인생을 관조할 나이쯤에 내는 것으로 인식되고 있어 세상 어른들에게 좀 건방지게 보일 것 같았다."라고 쓴 것을 발견하고 살며시 웃음이 났다. 어느덧 인생을 관조할 나이에 이르러 한 권의 책에 담을 내용이 풍성한 삶을 살 수 있었던 것에 감사할 따름이다.

그동안 나를 수식해 온 세계적인 선수, 지도자 그리고 국가대표 출신 최초의 여성 행정가, 여성 국회의원이라는 모든 영광은 내 주변 모든 분들의 관심과 지원 그리고 변함없는 사랑 덕분이었다. 황소 같은 일꾼의 모습으로 성실과 책임감을 몸소 보여주신 우리 아버지(이승규), 백 년이라는 시간을 함께 해주시며 헌신과 사랑으로 막내딸을 보살펴주셨던 우리 어머니(조춘식), 그리고 결전의 순간마다 희로애락을 함께하며 마음을 다해 지원해 준 이영애, 이종남, 이종숙, 이종우, 이은숙, 이종래, 이종행 우리 언니, 오빠, 동생에게 큰 감사의 인사를 올리고 싶다. 올바른 가치를 가르쳐주시고 늘 앞서가는 모습을 보여주신 부모님과 가족들의 사랑과 헌신 덕분에 여기까지 올 수 있었다.

성공한 선수, 세계적인 선수가 될 수 있도록 물심양면 지원해 주신 선생님들께도 감사드린다. 선생님들의 지도 덕분에 세계를 누비며 대한민국의 이름을 알릴 수 있는 영광스러운 삶을 살 수 있었고, 동고동락한 동료, 선·후배들이 있었기에 아름다운 인생의 추억과 결실을 맺을 수 있었다.

지도자로 변신한 후 성공한 지도자가 될 수 있도록 해준 선수들에게도 고마운 마음을 전한다. 탁구가 최초로 올림픽 정식 종목이 된 대회이자 우리나라에서 개최된 1988년 서울올림픽에서 금메달을 획득했던 순간은 아직도 기억이 생생하다. 최고의 기량을 갖추고 고된 훈련을 잘 따라와 준 선수들의 땀과 노력이 있었기에 '성공한 선수는 지도자로 성공하기 어렵다'는 세간의 공식을 깨며 지도자로서의 성취를 얻을 수 있었다. 현장에서 선수로 지도자로 같이 땀 흘려준 분들의 노고가 있었기에 교수가 될 수 있었고, 학문적 시야와 행정적 운영 경험을 갖출 수 있었다. 그리고 그 경험을 바탕으로 개촌 40년 역사상 최초의 여성 태릉선수촌장직을 수행하고, 국회의원으로서 입법과 국정을 경험할 수 있었다.

성공한 삶이란 어떤 것일까? 성공은 혼자만의 능력과 노력으로 이루는 것이 아니다. 우리는 인생의 과정에서 만나는 많은 이들의 도움과 관심, 격려와 지원 속에 성장한다. 그런 만남의 결실이 사회를 밝히는 조그만 '빛'이 된다면 성공한 인생이라고 할 수 있지 않을까?

나의 지난 시간들, 체육인으로 살아온 50여 년의 세월은 내 힘으로만 이루어진 것이 아니다. 부모님, 가족, 선생님, 동료 선·후배, 제자, 지인을 비롯해, 선수 이에리사를 기억하며 삶의 순간마다 격려해 주신 국민들의 지지와 응원 덕분인 삶이었다.

'선수 이에리사'는, 인생의 8할을 체육인으로 사는 동안 나를 지탱해 온 힘이었다. 그동안 힘들고 어려울 때도 많았다. 선수 시절 누군가 나를 힘들게 할 때면 '그 몇 사람은 중요하지 않아. 온 국민이 이에리사를 응원하고 있는데 더 열심히 해야지!'라고 다짐하며 내 자신을 다잡았다. 지도자로, 교수로, 선수촌장으로 또 국회의원으로 의정 활동을 하는 동안에도 '선수 이에리사를 응원했던 분들이 나를 지켜보고 있다'는 생각을 하루도 잊어본 적이 없다.

공인으로서 대중의 기대를 받는 삶은 때로 무겁고 힘들다. 거친 바다 같은 세상에 풍랑을 마주할 때면 기대와 현실 사이 간극이 더 커 보였다. 하지만 나는 그 과분한 사랑과 기대를 동력 삼아 전진할 수 있었다. 더 올바르게, 가치관을 지키며 살기 위해 노력했다. 그 기대와 격려는 인생의 고비마다 나를 지켜준 진정한 힘이었다.

이 책에 대한 나의 소망은 소박하다. 훌륭한 운동선수를 꿈꾸는 우리 아이들에게 동기부여와 힘이 되길 바란다. 그리고 삶의 한가운데에서 방황하는 사람들에게 길을 찾는 이정표가 되었으면 하는 바람이다. 또 그동안 세상에 잘못 알려진 부분이나 세간의 오해가 있었던 일들에 대해서는 조금이나마 설명이 되었으면 한다. 내 개인의 삶인 동시에 우리 체육사의 기록이기에, 정직하고 올바른 기록으로 남기고자 최선을 다했다.

선수 이에리사를 기억하고 사랑해 주신 모든 분들께 감사의 마음을 담아 이 책을 바친다.

차례

Part 1

1973년 사라예보
Sarajevo

나는 '지면 안 되는 선수'였다. 내가 진다는 건 곧 우리 팀의 패배를 뜻하기 때문이다. 유난히 바람이 많이 불던 스켄데리아 체육관의 통로를 걸어 경기장으로 향할 때마다 나는 물러설 곳 없는 전사(戰士)의 심정이 되곤 했다.

매 순간 피를 말리는 승부의 연속… 단 몇 십분 만에, 혹은 공 하나로, 대회를 준비해 온 2년간의 노력이 '승'과 '패'로 나뉘는 냉혹한 승부에서 '다음'은 기약할 수 없는 먼 이야기였다. 오직 지금 이 순간이 마지막이라고 생각하고 내 모든 것을 쏟아 붓는 것 외에는 답이 없었다.

폭풍 전야

1973년 4월 8일. 나는 평소보다 좀 이른 저녁 9시경 잠자리에 들었다. 4월 초순이지만 사라예보(Sarajevo)에는 전날 함박눈이 내려 겨울 정취가 느껴졌다. 통행이 자유롭지 않은 공산권 국가의 밤은 더 어둡고 적막했다. 창문 밖에 고요히 웅크리고 있는 어둠 속으로 간간이 바람소리가 들려왔다.

'제32회 세계탁구선수권대회'의 예선 마지막이자 사실상의 결승을 앞둔 밤이었다. 그때까지 우리 팀은 단체전 예선에서 루마니아, 서독, 스웨덴, 유고, 프랑스 등을 상대로 전승을 거두며 우승을 향해 질주하고 있었다. 경쟁팀 중국의 기세도 만만치 않았다. 그들 역시 5승을 기록하고 있었다. 하지만 내일은 필연적으로 어느 한쪽이 무너져야 한다.

나는 땀에 젖은 하늘색 유니폼을 그대로 걸어 두었다. 양말도 빨지 않고 머리도 감지 않았다. 경기 시작 일주일 전부터 깎지 않은 손톱이 눈에 들어왔다. 지금까지 경기를 치르며 좋은 기운을 유지한 모든 것에 가능한 한 손을 대고 싶지 않았다. 경건한 마음으로 오직 내일을 생각하며 자리에 누웠다.

늘 하던 대로 운동화는 침대 옆에 가지런히 벗어 두었고 침대에 누울 때는 벽 쪽으로 향했다. 날카로워지려는 신경과 떠오르는 잡념을 누르기 위해 베개로 살며시 얼굴을 눌렀다. 대회가 시작된 날부터 매일 반복되어 온 이러한 행동은 나에게 이상한 믿음을 주었다.

운동화를 침대 옆에 가지런히 벗어 놓는 건 긴장감을 늦추지 않기 위해서였다. 아침에 일어나서 운동화를 신을 때는 묶여 있던 끈을 풀어 다시 묶었다. 운동화 끈을 단단하게 졸라매는 것은 반드시 이긴다는 믿음에서 비롯된 행동이며, 경기가 시작될 때 탁구대 앞에 상대방보다 먼저 나가지 않는 것도 마찬가지 이유였다. 그 모든 게 승리를 간절히 바라는 나만의 엄숙한 의식이었다.

결전을 앞둔 그 밤 나는 쉽게 잠을 이룰 수 없었다. 그 순간에 이르기 위해 지난 2년 동안 치열하게 반복했던 훈련과 땀 냄새 가득한 체육관이 떠올랐다. 서킷 트레이닝의 속도를 높이느라 숨을 헐떡거리다 현기증이 나던 기억, 훈련이 끝나면 계단 오를 힘이 없어 망연자실 계단 앞에 서 있던 일이 떠올랐다. 700~1천 개씩 이어지는 드라이브 랠리 훈련은 끝없는 지구력과 순간 판단력의 싸움이었다. 어떤 때는 마지막 한 개를 남겨 두고 실수를 할 때도 있었다. 그 순간 999란 숫자는 무의미한 것이 되고 다시 처음으로 돌아가야 한다. 탁구공이 녹색 테이블에 튀는 소리, 그리고 힘차게 "하나!"를 외치는 목소리가 들렸다.

어쩌면 그 밤은 긴 랠리의 막바지로 치닫는 순간과 같았다. 어느 쪽의 집중력이 더 확고한가에 따라 승패는 갈릴 것이다. 공 하나를 놓치는 실수는 없어야 한다. 최선을 다해 그 700번 이상의 랠리를 의미 있는 것으로 만들어야 한다고 다짐했다. 어둠 속 주변은 고요했지만 내 가슴속에는 거센 폭풍이 휘몰아치고 있었다.

불안한 출발

　서울을 떠나던 날, 진눈깨비가 내렸다. 공항에 도착해 희뿌연 하늘을 바라보다 입속이 허전한 걸 느꼈다. 피곤할 때마다 부은 잇몸이 치아를 덮더니 결국 썩어버려 열흘 전 이를 뽑아버린 탓이었다. 누군가는 큰 대회를 앞두고 이를 뽑는 걸 불길하게 여겼지만, 나는 그런 미신은 개의치 않았다.

　유고슬라비아의 사라예보(현 보스니아 - 헤르체코비나의 수도)에서 열리는 '제32회 세계탁구선수권대회'에 참가하는 우리 일행은 총 스물한 명이었다. 열 명의 선수와 아홉 명의 임원으로 구성된 선수단, 그리고 기자와 카메라맨이 동행하고 있었다.

　1973년 3월 16일 오전 8시, 우리 일행을 태운 비행기는 김포공항을 이륙했다. 누구도 쉽게 입을 여는 사람이 없었다. 쉽게 예측할 수 없는 앞날에 대한 기대와 불안이 묘하게 뒤섞인 분위기였다. 우리는 2년 전인 1971년 나고야에서 개최된 '제31회 세계탁구선수권대회'에서 여자 단체전 3위를 차지한 이력이 있었다. 주변의 기대는 그때의 성적 이상을 당연한 것으로 바라보고 있었다. 더구나 4개월 전 스칸디나비아 오픈에서 내가 중국 선수들을 꺾고

1973년 사라예보 세계탁구선수권대회 경기를 앞두고

단·복식 우승을 차지한 다음이라서 기대는 한층 더 높았다.

그러나 승부의 세계에 영원한 승자는 없는 법이다. 실력과 끈기, 집념, 운이 뒤섞인 승부는 예측할 수 없는 변화를 일으키며 소용돌이치는 태풍과 같다. 어떤 것도 확신할 수는 없었다. 우리가 할 수 있는 건 최선을 다해 부딪쳐 보는 것뿐이었다.

우리는 먼저 영국으로 가서 유고 입국 비자를 받을 예정이었다. 하지만 비자가 제대로 나올지 알 수 없었다. 사실 아무런 제약 없이 비자가 나온다고 해도 공산국가 입국에 대한 공포심을 쉽게 지울 수 없었다.

이런저런 생각에 잠긴 사이 기내식 서비스가 시작됐다. 오믈렛이었다. 썩은 어금니를 빼버린 후 죽만 먹어 온 터였다. 무조건 잘 먹어야 한다는 욕구가 치솟았다.

나는 필사적으로 오믈렛을 먹기 시작했다. 선수 중 누군가가 "고추장이 생각난다"고 했지만 벌써 고추장 단지를 꺼내기엔 일렀다. 그 당시 해외 원정 경기에 참가하는 한국 선수들은 고추장 단지를 신주 모시듯이 가지고 다녔다. 어떤 때는 병 속에 가득 눌러 담은 고추장 단지가 폭발해 버려 호텔 방을 치우느라 난리법석을 떨기도 했다. 그럼에도 선수들은 고추장으로부터 나오는 한국인 특유의 매운 힘과 저력을 믿었다.

다행히 내 식성은 빵과 버터, 치즈를 좋아하는 쪽이어서 해외 원정 경기 때도 음식으로 인한 불편을 겪지는 않았다. 경기력에 도움이 된다는 점에서 현지 음식을 잘 먹는 것도 내게는 자신감의 일부분으로 작용했다.

비행기는 잠깐 사이 도쿄 공항에 도착했다. 그곳에서 영국행 비행기로 갈아타고 북극을 넘는 22시간의 장거리 여행을 해야 했다. 1970년과 1972년 '스칸디나비아오픈'에 이어 세 번째 유럽행이지만 비행기 여행의 지루함과 고단함은 익숙해지지 않았다.

영국행 비행기에 오르자 나는 가장 먼저 손가방을 열었다. 가방 안에는 운동복과 운동화, 줄넘기, 라켓이 가지런히 담겨 있었다. 언제 어디를 가더라도 이 손가방만은 꼭 가지고 다녔다. 여건만 허락된다면 어디에서라도 체력 훈련과 스윙 연습을 할 수 있는 최소한의 준비물이었다. 운동선수인 내게는 절대적인 무기인 셈이다.

비행기 화장실에서 나는 단복을 벗고 운동복으로 갈아입었다. '지금부터 시작'이라는 내 나름의 마음가짐이었다.

화장실 거울 속에 비친 짧은 커트머리의 내 모습이 여전히 낯설었다. 중·고등학교 6년 동안 단발머리에 흰 머리띠는 이에리사의 상징이었다. 그런 상징을 벗어버린다는 것은 나로서는 큰 결심이었다. 머리카락을 잘라버린 건 이전의 나를 깨고 새롭게 태어나겠다는 의지의 표현인 동시에 승리를 위한 다짐이었다.

몸이 지쳐 갈 즈음, 비행기는 급유를 위해 알래스카 공항에 착륙했다. 몸을 움직이니 좀 살 것 같았다. 급유 시간을 확인하고 손가방에서 줄넘기와 라켓을 꺼냈다. 컨디션 조절을 위해서 땀을 좀 흘려야 할 것 같았다.

가벼운 체조로 시작해 줄넘기, 뜀뛰기를 이어 갔다. 사람들의 시선에 아랑곳하지 않고 정신없이 땀을 흘리며 뛰었다. 공항은 많은 사람으로 넘쳐났지만 창피함을 느끼는 것조차 감정의 사치라고 생각했다. 그만큼 나는 진지하고 절실했다. 내 절실함이 사람들에게도 보였던 것인지, 어떤 이는 지나가면서 따뜻한 눈빛으로 응원을 보내주기도 했다.

그렇게 20분 정도 뛰고 나니 몸의 근육이 좀 풀리는 것 같았다. 몸이 한결 가벼워지고 기분이 상쾌했다. 근육을 푼 다음 화장실로 향했다. 거울이 필요해서였다. 화장실은 널찍한 공간에 카펫까지 깔려 있었다.

나는 거울 앞에 서서 라켓을 쥐고 실제 공을 치는 것처럼 휘두르기 시작했다. 하나, 둘, 셋… 힘찬 스윙이 아늑한 공기를 휘저으며 계속 이어졌다. 탁구는 섬세한 운동이어서 한번 감각을 잃어버리면 다시 찾을 때까지 고된 훈련이 필요하다. 실제 공을 치지 않더라도 스윙 연습을 하면 감각을 잃지 않을 수 있었다.

다시 비행기에 올랐을 때는 몸이 훨씬 가볍고 컨디션도 좋아졌다. 기내에서 제공하는 음식을 남기지 않고 전부 비웠을 정도였다. 그렇게 먹고 자고 이야기하는 동안 낮과 밤이 바뀌어, 우리는 하루를 건너뛰고 런던에 도착했다.

살벌한 격전지

대회 개막까지는 아직 20일이 남아 있었다. 그사이 우리는 영국, 스위스, 프랑스를 거치며 유럽 현지 적응을 겸한 전지훈련에 돌입했다. 영국에서 훈련한 더비 카운티의 리그린 스포츠센터는 아름다운 전원 속에 위치하고 있었다. 우리가 훈련하던 서울의 신진공고 체육관이 떠올랐다. 창문을 밀폐하고 전등을 켠 체육관은 겨울이면 난방이 제대로 되지 않아 입김으로 손을 녹여야 했다. 작은 시골 도시에까지 좋은 체육관을 갖춘 영국 사람들의 환경이 부러웠다.

5박6일간의 영국 훈련을 마치고 선수단은 취리히에서 열린 '제26회 스위스 오픈탁구선수권대회'에 출전했다. 세계선수권대회를 앞두고 가볍게 워밍업 하는 기분으로 참가한 대회였다. 12개국 100여 명이 출전한 대회에서 나는 개인 단·복식과 혼합 복식에서 우승을 차지하며 3관왕이 되었다. 이제 사라예보 입성을 위한 기분 좋은 예열을 마친 셈이었다.

프랑스 울가트에서의 마지막 담금질이 끝나고, 4월 1일 드디어 유고행 비행기에 올랐다. 파리의 오를리 공항에는 가랑비가 내리는 데다 바람까지

이에리사의 1973년 사라예보 세계탁구선수권대회 참가 여정

3

당시에 공산권 국가 입국은
영국에서 비자를 받고 가야 했다.
런던 북서쪽 더비 카운티에서
전지훈련을 했다.

사라예보 대회를 20일 남겨둔 시점에
스위스에서 열린 오픈탁구선수권대회에
출전.
워밍업하는 기분으로 참가한 이 대회에서
이에리사는 개인 단복식, 혼합 복식에서
우승을 했고, 결국 3관왕을 차지했다.

4

런던 o

5

파리 o

o 취리히

자그레브(현재 크로아티아의 수도)

o 사라예보(유고슬라비아의 수도)

6

7

59개국이 출전한 사라예보
세계탁구선수권대회에서
한국 탁구팀은 일본, 중국 팀을 꺾고
우리나라 구기 종목 사상 처음으로
최초의 금메달을 획득했다.

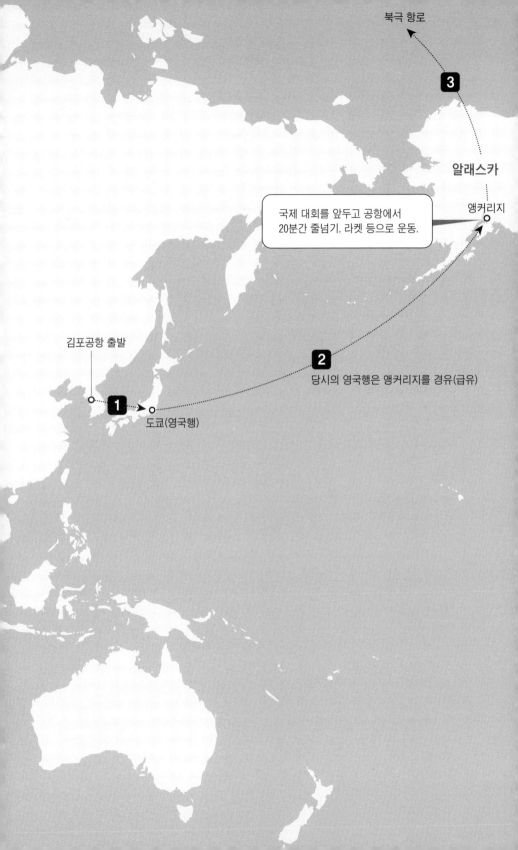

북극 항로

3

알래스카

앵커리지

국제 대회를 앞두고 공항에서
20분간 줄넘기, 라켓 등으로 운동.

김포공항 출발

1

2
당시의 영국행은 앵커리지를 경유(급유)

도쿄(영국행)

심하게 불었다.

'이제 정말 유고에 가는구나…' 하는 생각에 마음이 설레는 동시에 한편으로는 은근한 무거움이 느껴졌다. 난생처음 가보는 공산국가에 대한 불안감을 동반한 호기심도 들었다. 예상했던 대로 비행기 안의 분위기부터 이전과 달랐다. 승객들의 표정은 굳어 보였으며 승무원들의 낯빛에서도 상냥함은 찾아보기 힘들었다. 모두가 웃음을 잃어버린 사람들 같았다. 이제까지 개방적이고 친절한 서구의 분위기에 익숙해 있던 우리는 이런 분위기에 은근히 경직이 되는 느낌이었다.

프랑스를 떠난 비행기는 1시간 30분 만에 유고의 북단 도시인 자그레브에 도착했다. 자그레브에서 다시 사라예보행 비행기를 갈아탈 예정이었다.

공항에는 군인과 경찰관 들이 곳곳에 배치돼 있었다. 그런 살벌한 풍경에 우리는 숨도 크게 쉬지 못하고 말소리까지 낮추며 자리를 지켰다. 사라예보에는 북한 공관이 있다는 얘기를 들었던 터라 공포심은 더 컸다. 지금은 세상의 어느 곳이든 자유롭게 갈 수 있는 시대지만, 이념의 대립이 첨예했던 1970년대에 공산국가에 입국한다는 것은 안전을 보장할 수 없는 일이었다.

비행기를 기다리는 4시간이 며칠처럼 길게 느껴졌다. 불안하고 지루한 시간이 지난 뒤에야 우리는 사라예보행 비행기에 오를 수 있었다. 얼마나 불안했던지 비행기에서 만난 일본 선수단이 반갑게 느껴질 정도였다. 아는 얼굴들이 보여 반갑게 인사를 건넸으나 그들은 형식적인 눈인사로 답해 왔다. 이미 경기장 밖에서부터 경쟁이 시작된 걸 실감할 수 있었다.

밤 9시쯤 사라예보 공항에 도착했을 때 우리를 기다리는 사람은 아무도 없었다. 우리는 세르비아의 어두운 공항 분위기에 긴장하고 있었다. 너나없이 미리 준비해 간 코트를 꺼내 몸을 감쌌다. 음산한 분위기 탓에 더욱 춥게 느껴지는지도 몰랐다.

우리 선수단은 뒤에 처져 까다로운 몸수색과 짐 검사를 받은 다음 입국 절차를 마쳤다. 복잡한 절차에 짜증이 나고 피곤했으나 이제 정말 격전지에 첫 발을 내딛었다는 생각에 정신을 가다듬었다.

숙소인 브리스톨 호텔 주위는 군인들이 둘러싸고 있어 삼엄했다. 1층부터 3층까지 입구마다 무장경찰이 무전기를 든 채 보초를 서고 있었다. 이스라엘 선수단에 대한 아랍 게릴라들의 습격을 염려해 배치한 것이라지만, 그 광경을 보는 것만으로 덩달아 긴장이 되는 것은 어쩔 수가 없었다.

도착 다음날 아침, 나는 평소 습관대로 러닝에 나섰으나 제지를 당했다. 일본 선수에게는 러닝을 허용하고 나는 가로막았다. 연습장도 그날은 빌릴 수가 없었다. 분명한 차별이자 방해였지만 이런 신경전조차 이겨 내야 한다고 마음을 다잡았다.

사라예보에서도 김국배 회장과 김창원 회장은 지극정성으로 선수단 뒷바라지를 했다. 선수단 살림꾼인 김국배 회장은 시장에 나가 전기 곤로와 밥솥을 사고, 채소와 과일 등 직접 장을 봐왔다. 체면 불고하고 호텔방에서 밥을 짓고 가지고 간 김치, 멸치, 고추장을 꺼내 식사 준비를 했다.

김치 냄새는 우리가 느끼기에도 강렬했다. 서울에서는 그렇게 신경 쓰일 정도는 아니라 여겼는데 외국에서는 달랐다. 김치 냄새는 호텔을 발칵 뒤집어 놓았다. 호텔 측에서는 냄새와 화재 위험을 이유로 엄중 경고를 했다. 어떻게든 그들을 이해시키려고 해보았으나 호텔 입장은 강경했다. 밥을 지을 때마다 호텔방 전화기에는 불이 났다.

알았다고 해놓고 그냥 해먹는 수밖에 없었다. 요즘의 해외여행 매너로 보면 용인되기 힘든 이야기지만, 지금처럼 국가대표단 별도의 전담 요리사를 동반하고 한식이 제공되는 숙소가 없던 시대에는 어쩔 수 없는 일이었다. 체력 조절에 필요한 것이라면 어떤 비난도 감수할 각오였다. 결국 호텔 측이 지쳐 포기할 때까지 기습 전투를 벌이듯 음식을 해먹어야 했다.

우리 팀은 대회 개막 전 이틀 동안 본부의 배정을 받아 하루 2시간씩 훈련장을 이용할 수 있었다. 훈련장은 세계선수권대회 경기가 벌어질 스켄데리아 체육관 옆이었다. 숙소에서 5분 정도의 가까운 거리에 위치해 있었다.

연습장은 온통 붉은색 일색이었다. 빨간색 운동복을 입은 중국 선수단이 여기저기 흩어져 체육관을 붉게 물들이고 있었다. 그들은 선수 외에 카메라맨, 분석관, 요리사, 안마사, 침구사, 트레이너, 통역관까지 70여 명에 이르는 대부대 였다.

중국 선수단 속에는 내가 구사하는 드라이브와 똑같은 폼으로 탁구를 치는 남자 트레이너가 있어 나를 흠칫하게 만들었다. 3개월 전 스칸디나비아 오픈 개인전에서 우승을 빼앗기자 나를 흉내내 만든 인물이 아닌가 싶었다. 그들의 주도면밀한 전략을 알기에 무서운 생각이 들었다.

개막 이틀 전 세계대회에 참가할 각국 선수단이 모두 도착했으나, 북한 선수단은 소식이 없었다. 우리가 서유럽을 돌고 있는 동안 그들은 동유럽국가에서 훈련 중이었는데, 알고 보니 헝가리에서 전지훈련 중 돌연 귀국했다는 것이었다. 늘 그렇듯이 충동적이고 돌발적인 북한의 결정과 행동은 이유를 알 길이 없었다.

북한은 임원만 몇 명 기웃거리며 우리 주변을 맴돌았다. 우리 경기를 촬영해가기 위한 탐색전이었다. 어쨌든 신경 쓸 대상이 줄어들었으니 부담도 줄어든 셈이었다.

매 순간이 마지막이다

드디어 1973년 4월 5일, 사라예보의 아침이 밝았다. 우리의 단체전 첫 경기는 개막 첫날 오후 3시 루마니아전이었다.

단체전 대전 방식은 상위 14개국이 A와 B조로 나뉘어 예선 리그를 벌인 다음, 각조 1,2위를 차지한 4개국이 예선 전적을 안고 결승 리그를 벌여 우승팀을 가리도록 돼 있었다. 상위 그룹에서 14위를 차지한 팀은 다음 세계대회에서 하위 그룹으로 처지고 하위 그룹 1위가 상위 그룹에 들게 된다. 사라예보에서 개최된 '제32회 세계탁구선수권대회'는 여자 40개국, 남자 52개국의 선수단이 참가한 상태였다.

오후 3시, 나는 스켄데리아 체육관 가운데로 나아가 길고 처절한 싸움의 첫 포문을 열었다.

상대는 루마니아의 신인 블라이코프였다. 경기 초반을 너무 신중하게 시작한 탓에 나는 1:7의 열세에 놓이고 말았다. 심호흡을 가다듬고 '긴장하지 말자'고 스스로를 다잡았다. 그리고 선제공격을 퍼붓기 시작했다. 나의 적극적인 공격에 상대는 맥없이 무너져 내렸다. 그는 내 적수가 되지 못했다. 나는 2:0으로 쉽게 첫 승리를 장식했다.

루마니아는 1950년대에 다섯 번이나 우승을 차지한 전통의 강호였다. 우리는 정현숙 선배가 나선 두 번째 단식과, 박미라 언니와 내가 짝을 이룬 복식까지 3:0 스트레이트 승리를 거두며 쾌조의 출발에 성공했다. 중요한 첫 단추를 무난히 끼운 셈이었다.

둘째 날은 낮 12시와 저녁 7시, 두 차례의 경기가 펼쳐졌다. 상대는 서독과 스웨덴이었다.

서독과의 경기에서 현숙 언니는 크뤼거를, 나는 수비 선수 핸드릭슨을 각각 이겼다. 복식도 쉽게 이겨, 이 경기 역시 3:0으로 끝났다.

스웨덴과의 3차전을 앞두고는 마음이 좀 무거웠다. 스웨덴은 내가 처음 국가대표로 뽑혀 스칸디나비아 오픈대회에 출전하기 위해 갔던 나라다. 또 1972년 개인 단식과 복식 우승을 차지해 국제적인 각광을 받기 시작한 곳이기도 하다. 내게 좋은 기억만 가득한 스웨덴을 상대로 싸워야 한다는 게 마음에 걸렸다. 경쟁하면서 친구가 된 헬만이 있어 더욱 마음이 무거웠는지도 모른다.

하지만 스포츠는 단순한 승부의 세계다. 승부의 외나무다리에서 친구라는 이유로 뒤돌아설 수는 없다.

나는 사사로운 감정을 떨쳐버리고 정정당당하게 헬만과의 단식 경기를 펼쳤다. 결과는 나의 승리였다. 현숙 언니는 공격 선수인 라드베르그와 상대해 첫 세트를 내주었으나 나머지 2,3세트를 끈질기게 막아 내며 이겼다. 박미라 언니와 내가 한 조를 이룬 복식 경기까지 따내며 다시 세트스코어 3:0 스트레이트를 기록했다.

1973년 사라예보 세계탁구선수권대회. 나는 매 경기마다 마지막이라고 생각하며 최선을 다했다.

유고와 프랑스 두 나라와의 경기가 펼쳐질 4월 7일, 대회 사흘째였다. 아침부터 창밖에는 함박눈이 쏟아지고 있었다. 전날 밤엔 경기를 생각하다 새벽녘에야 눈을 붙였기 때문에 눈꺼풀이 무거웠다.

하지만 힘들고 피곤한 내색을 해서는 안 된다. 나는 '지면 안 되는 선수'였다. 내가 진다는 건 곧 우리 팀의 패배를 뜻하기 때문이다. 감독, 코치 선생님은 물론 선수들 모두가 내게 걸고 있는 기대를 알기에, 그들을 불안하게 할 어떤 내색도 해서는 안 된다고 수시로 스스로를 다잡았다.

지금까지 예선전 세 차례의 경기를 치르는 동안 나는 매번 '이 경기가 마지막 경기'라는 절박한 심정으로 경기장으로 향했다. 유난히 바람이 많이 불던 스켄데리아 체육관의 통로를 걸어 경기장으로 향할 때마다 나는 물러설 곳 없는 전사(戰士)의 심정이 되곤 했다. 매 순간 피를 말리는 승부의 연속이었다. 단 몇 십 분 만에, 혹은 공 하나로 2년간 오직 그 시합을 위해 준비해 온 노력이 '승'과 '패'로 나뉘는 냉혹한 승부의 세계… 그런 승부에서 '다음' 은 기약할 수 없는 먼 이야기였다. 오직 지금 이 순간이 마지막이라고 생각 하고 내 모든 것을 쏟아 붓는 것 외에는 답이 없었다.

셋째 날 경기에서는 울가트에서 함께 지냈던 프랑스 팀과 만나 50분 만 에 2단식과 복식을 모두 승리로 끝냈다. 홈 팀인 유고 역시 3:0 스트레이트 로 가볍게 꺾으며 승리를 챙겼다. 우리는 예선전 5개 팀과의 경기에서 한 게 임도 내주지 않은 채 패배를 잊은 사람들처럼 질주하고 있었다.

운명의 승부

산의 가장 높은 곳에 이르기 위해서는 험준한 계곡을 넘어서야 한다. 그 지점이 반드시 기다리고 있다는 걸 알고 있었고, 두 말 할 필요 없이 극복해야 할 과정이었다.

대회 나흘째인 4월 9일, 예선의 마지막이자 사실상의 결승이나 다름없는 중국과의 경기가 기다리는 날이었다.

아침에 일어나 간단히 세수를 하고 옷걸이에 걸어 두었던 하늘색 유니폼을 입었다. 전날 경기에서 입었던 유니폼은 세탁하지 않은 채였다. 양말도 빨지 않았다. 승리의 기운을 담은 것들을 그대로 이어 가고 싶었다.

침대 옆에 가지런히 벗어 두었던 운동화의 끈을 풀어 한 칸 한 칸 정성스레, 그리고 단단히 졸라맸다. 승리를 향한 만반의 준비를 끝낸 것이다.

경기는 낮 12시에 시작될 예정이었다. 간밤에 뒤척이며 잠을 못 잤어도 피곤하지 않았다. 그 순간 긴장과 투지가 내 혈관 속에 녹아 흐르고 있었다. 약간 미열이 나는 것 같았다. 정현숙 언니와 박미라 언니에게서도 비장한 결의가 느껴졌다. 우리는 서로가 무엇을 원하고 있으며 어떻게 해야 하는지를 알고 있었다.

간단한 아침 식사를 마치고 오전 9시 스켄데리아 체육관에 들어섰다. 보조경기장에서 몸을 풀며 정오가 되기를 기다렸다. 3시간이 영원처럼 길게 느껴졌다.

경기 시간이 가까워져 경기장의 층계를 올라가면서 내 자신에게 '이것이 마지막 승부'라고 되뇌었다. 이 층계를 올라 루마니아, 서독, 스웨덴, 프랑스, 유고와 싸울 때마다 마지막 승부라고 생각했다. 상대가 강하건 약하건 상관없이 우리는 긴장의 끈을 조금도 늦추지 않았다. '마지막'이라는 간절함으로 극한의 상태에 스스로를 몰아넣고 혼신의 힘을 다 쏟아 부었다. 중국과의 대전도 마찬가지였다.

중국을 꺾고 정상에 서겠다는 강렬한 의지는 나를 뜨겁게 만들었다. 경기장에 들어서자 탁구공 튀는 소리가 내 심장을 맹렬히 뛰게 했다. 초조함과 흥분이 뒤섞인 감정은 도무지 가라앉지를 않았다. 나는 사람들 틈을 빠져나와 휴식 장소인 복도로 나갔다. 그리고 복도의 맨 끝 벽을 향해 섰다. 어금니를 꽉 물었다. 아무도 생각하고 싶지 않았으며 어떤 말도 하고 싶지 않았다.

벽을 바라본 채 라켓을 힘주어 쥐었다. 그리고 스윙 연습을 시작했다.

하나, 둘, 셋….

어느새 나를 따라 나온 김순옥이 옆에 있던 의자에 앉아 아무 말 없이 나를 지켜봐주었다. 그 순간 누군가가 곁에 있다는 것이 위안이 되었다. 침묵의 응원을 보내주는 순옥이가 든든하고 고마웠다.

드디어 결전의 순간이 왔다.

내 첫 상대는 정회영이었다. 한 번도 싸워본 적이 없는 선수였지만, 연습하는 걸 보고 뛰어난 속공 선수임을 파악해 놓은 상태였다.

탁구대 앞으로 나아갈 때 나는 절대 상대보다 먼저 나서지 않았다. 테이블 앞에 처음 마주설 때는 상대를 똑바로 응시했다. 초장에 상대의 기를 꺾는 동시에 상대방의 상태를 간파하려는 의도였다.

정회영과의 게임이 시작됐을 때, 나에 대한 대비를 철저히 하고 나왔음을 단박에 알았다. 그는 탁구대 앞에 바짝 붙어 내가 루프 드라이브를 거는 코스에서 기다리고 있다가 빠른 쇼트로 찔러 넣었다.

천영석 선생님은 정공법 대신 불규칙한 플레이를 해보라는 사인을 주었다. 나는 서비스를 네트 가까운 좌우 옆으로 넣어 그를 많이 움직이도록 만들었다. 그리고서는 내가 좋아하는 양쪽 코너 대신 가운데를 뚫었다. 포핸드와 백핸드 어느 쪽으로도 처리하기 곤란한, 오른쪽 가슴 앞에 떨어지는 포미들 코스로 공을 보냈다. 정회영의 중심이 흔들리는 것 같았다. 그 순간 나는 혼신의 힘을 모아 강력한 드라이브를 걸었다. 작전은 들어맞았다. 경기가 진행되면서 서서히 긴장이 풀려 갔다. 반대로 정회영이 떨고 있음을 보았다.

상대가 불안해 한다는 걸 파악하고 나자 여유가 생겼다. 공을 주울 때도 서두르지 않았다. 나의 여유 있는 모습에 정회영의 기세는 더 눌리는 것 같았다.

첫 세트를 21:19로 내가 이기고, 둘째 세트는 21:18로 정회영이 이겼다. 첫 세트를 잃은 후 정회영은 중국 선수 특유의, 경기를 포기한 듯 과감한 공격을 퍼부어 2세트를 자신의 것으로 만들었다.

이제 승부는 원점으로 돌아갔다. 3세트는 초반부터 한 치의 양보 없이 1점씩 올라가는 시소게임이었다. 그야말로 처절한 싸움이 이어졌다. 누가 먼저 상대의 허점을 파고들어 공격하느냐에 모든 것이 달린 싸움이었다. 그리고 마침내 그 기회는 내게로 넘어왔다.

정회영의 약점인 포미들 코스를 적절히 공략하면서 순간순간 작전을 바꿔 나갔다. 게임 후반에는 상대가 서비스한 2구째를 과감한 드라이브로 선제

루프 드라이브를 거는 순간. 그 당시 여자선수의 드라이브 기술 구사는 파격이었다.

공격함으로써 정회영의 수비를 아웃시키며 기세를 잡았다. 그는 나의 서브
리시브에 대해 잘못 계산했던 것이다.

　나는 3세트를 21:15로 승리했다. 모든 경기, 특히 단체전에서 기선 제압
만큼 중요한 것은 없다. 첫 단식의 승리로 우리는 중국보다 한 발 먼저 승리
의 계단을 오르며 자신감을 갖게 되었다.

　두 번째 단식은 정현숙 언니와 호옥란이 맞붙었다. 호옥란은 셰이크핸드
의 공격형이었다. 생김새도 남자처럼 거칠었다.

　현숙 언니는 상대방의 공격을 끈질기게 받아 내다 갑자기 내려치는 짜릿
한 공격으로 포인트를 따냈다. 수비에서 한순간 공격으로 돌변할 때는 쾌감

이 전신에 흘렀다. 첫 세트를 호옥란에게 내주었지만 2, 3세트를 연속 따내며 역전 드라마를 만들어 뜨거운 갈채를 받았다.

중국의 승리를 예상했던 탁구 관계자들은 우리의 선전에 놀란 것 같았다. 당시 우승 예상 국가는 중국이었고 한국은 3위권 정도로 평가하고 있었다. 그런데 중국이 우리에게 끌려오는 경기를 하고 있으니 놀라웠던 것이다.

중국 벤치는 그때까지만 해도 여유가 있어 보였다. 남은 경기를 다 이길 수 있다고 생각하는 것 같았다. 실제 박미라 언니와 내가 나선 세 번째 복식 경기를 중국의 정회영·장립 조에게 내주면서 기세가 잠시 주춤했던 건 사실이다. 왼손잡이였던 장립의 공격이 날카로웠던 데다 빨리 승부를 내려던 우리의 욕심 탓도 있었다.

우리 벤치 뒤에서는 스웨덴과 프랑스, 영국 선수들이 우리를 응원하고 있었다. 하지만 붉은색으로 관중석을 물들인 중국의 응원 열기는 거셌다. 이제 정말 끝을 내야 할 순간이었다. 내 손으로 이 경기의 마침표를 찍고 싶었다.

4차 단식은 나와 호옥란의 대결이었다. 현숙 언니와 경기하는 모습을 자세히 봐 두었기 때문에 정회영과 겨룰 때보다 긴장이 덜했다. 라운드 라켓을 쓰는 선수들은 짧은 공의 네트 플레이에 약한 것이 흠이었으나, 호옥란은 짧은 공 처리도 잘했다. 그러나 오랫동안 현숙 언니를 상대로 커트에 대한 대비를 해온 나를 당할 수는 없었다. 의외로 2대 0으로 쉽게 꺾어버리고 말았다.

곳곳에서 박수가 터져 나왔다. 현숙 언니, 미라 언니, 천 선생님이 내게 달려와 서로를 얼싸안았다. 우리는 중국을 만나 1970년과 1972년 두 번 지고, 1973년 세 번째 만남의 단체전에서 처음으로 승리한 것이었다. 중국 벤치는 사색이 되어 어쩔 줄을 몰라 했다.

그토록 열망했던 중국전 승리였지만, 승리의 기쁨은 짧은 순간에 끝나버렸다. 환호 속에서 곧바로 '다음 경기'를 떠올렸기 때문이다. 이제 몇 시간 뒤엔 헝가리를 상대로 결승 리그를 시작해야 한다. 자타 공인 세계 최강이라는 중국을 꺾었는데 헝가리와 일본에게 지면 이 승리는 무의미한 것이 되고 만다는 압박감이 밀려들었다. 이제 겨우 한고비를 넘은 것뿐이다.

사람들의 환호와 박수 속에 가방을 챙겨 경기장을 빠져나왔다. 시계는 오후 3시를 가리키고 있었다. 저녁 7시에 시작될 헝가리와의 경기를 위해서는 일단 휴식이 급선무였다.

19전 전승의 세계 제패

결승 리그는 A조 1위 일본과 B조 2위 중국, A조 2위 헝가리와 B조 1위 한국이 예선 전적을 안고 서로 맞붙도록 되어 있었다.

우리는 늦은 점심 식사 후 잠깐의 휴식을 취하고 다시 체육관으로 향했다. 이제 정말 절정의 순간을 향해 치닫고 있었다. 살얼음판 위의 질주 같았다.

실제 맞붙은 헝가리는 예상과 달랐다. 조금은 편한 상대라고 생각하고 있었으나 예상 밖의 복병이었다. 내가 첫 단식을 잡았지만 현숙 언니가 두 번째 단식을 내주고 말았다. 현숙 언니가 패한 마고스는 남자 못지않은 드라이브를 구사하는 선수였다. 마고스와 내가 4차 단식에서 붙을 예정이었기 때문에 경계심이 들었다.

복식전 승리로 2:1 기선을 잡은 다음 나는 마고스와의 4차 단식에 들어갔다. 예상했던 대로 초반부터 궁지에 몰려 내 방식대로 경기를 풀어 낼 수가 없었다. 손쓸 틈도 없이 강한 드라이브를 허용하며 점수 차가 벌어지자, 우리 팀 벤치는 긴장하는 눈치였다. 하지만 상대가 가진 최상의 컨디션보다 우승에 대한 나의 절박함이 더 강력하다고 믿었다. 첫 세트를 내준 뒤 나는 2,

1973년 제32회 사라예보 세계탁구선수권대회 단체전 시상식.
대한민국 체육 역사상 구기 종목 최초의 세계 제패였다.

3세트를 거푸 따내 역전승을 거두었다. 이기기는 했지만 복병에게 기습을 당한 기분이었다.

헝가리와의 싸움이 그토록 힘겹게 느껴진 것은 '심적 부담' 때문이었을 것이다. 이 경기에서 지면 3위라는 압박감, 중국을 이긴 게 무위로 돌아간다는 생각 등이 우리를 소극적이고 둔해지게 했을지 모른다. 결국 잃을 것을 염두에 둔 싸움은 이길 수 없다는 것을 다시 한 번 느낀 경기였다.

이제 우리의 관심은 중국과 일본의 경기로 옮겨 갔다. 옆 탁구대에서는 두 팀이 치열한 접전을 치르고 있었다. 중국이 일본을 꺾으면 우리는 우승컵의 바로 밑까지 도달할 수 있다. 우리는 어느새 중국을 응원하는 자신을 발견하고 서로 마주보며 웃었다.

중국은 아직 우승에 대한 집념을 버리지 않고 지난 세계대회 우승국인 일본을 공략해서 3:2로 승리를 거두었다. 그 결과 우리는 설령 일본에게 지더라도 2세트만 따내면 우승할 수 있는 여유로운 위치에 서게 되었다.

밤 11시가 다 돼서야 숙소인 호텔에 도착했다. 몸은 다소 피곤했지만 정신은 더할 수 없이 맑았다. 중국과 헝가리를 모두 이긴 이날은 분명 내 생애 최고의 날이었다. 사라예보에 도착한 이후 처음으로 단잠에 빠진 밤이었다.

대회 마지막 날인 4월 10일, 마지막 경기인 일본전은 오후 3시로 예정돼 있었다. 아침에 일어나니 약간 피곤했지만 승리가 주는 회복력 덕분인지 컨디션은 좋았다.

우리는 요꼬다만 나오면 이긴다는 농담을 주고받았다. 요꼬다는 일본 제일의 선수인 오제끼를 누르고 일본 챔피언이 된 대학 선수였다. 일본의 유명한 남자 공격수 하세가와의 공을 쉽게 받아낼 만큼 뛰어난 수비력을 자랑하는 셰이크핸드 수비 선수였다.

어쨌든 일본은 중국보다 편한 상대였다. 더구나 나는 수비 선수에게 진적이 없었다. 경험에서 생긴 자신감만큼 큰 힘은 없었다. 그런데 정말 단식 상대로 요꼬다가 나왔다. 일본의 작전 미스라는 생각이 들었다. 요꼬다는 내루프를 거의 받아 내지 못하고 하프게임으로 물러났다.

2차 단식은 현숙 언니와 오제끼의 싸움이었다. 현숙 언니는 이 경기를 19:21, 21:22, 21:22… 모두 2점 차로 아깝게 패하고 말았다.

세 번째 게임인 복식에서 나는 미라 언니와 함께 오제끼·요꼬다 조를 상대했다. 그런데 초반 분위기가 좋지 않았다. 미라 언니가 난조를 보였던 것이다. 내 공격을 요꼬다가 받아 넘기면 미라 언니가 스매싱해서 득점해야 하는데, 몇 차례 강타가 실수로 끝나버렸다.

　비록 내가 후배이긴 해도 위기 상황에서는 내가 언니를 위로하고 이끌어야 했다. 괜찮다고 등을 두드리고 내가 다 처리할 테니 언니는 공격하지 말고 우선 무조건 넘겨주라고 말했다. 그때부터 미라 언니는 공이 높이 떠 있어도 공격하지 않고 상대방에게 넘기기만 했다. 좋은 공이 왔을 때 공격 선수가 스매싱을 하지 않고 상대에게 넘긴다는 것은 제일 답답한 일이다. 그런데도 언니는 자신의 욕심을 접어 두고 오직 승리를 위해 팀플레이에 집중하고 있었다. 그 모습이 내 가슴을 뜨겁게 하며 더 적극적인 플레이를 하게 만들었다.

　우리가 점수를 얻기 시작하자 미라 언니의 플레이도 안정이 돼 후반에는 스매싱이 살아나기 시작했다. 나중에는 언니의 공이 탁구대 끝을 맞고 흘러

사라예보 세계탁구선수권대회 경기 중 천영석 코치와의 작전 타임

1973년 사라예보 세계 탁구선수권대회 우승 확정의 순간
故김창원 당시 대한탁구협회장과 감격의 순간을 나누는 모습

득점으로 연결되기까지 했다. 행운의 여신이 우리 편에 서기로 마음을 먹은
것 같았다.

우리가 복식에서 승리하면서 우승은 이미 확정이 되었다. 나머지 게임을
잃더라도 챔피언은 한국이었다. 벤치로 돌아가니 천 선생님이 우리를 얼싸안
으며 우승이라고 말했다. 가슴이 뭉클했지만 나는 다시 냉정해지자고 다짐했
다. 기왕이면 마지막 경기를 멋지게 이겨서 완전한 승리로 만들고 싶었다.

4차 단식에서 만난 오제끼는 내게 잊지 못할 아픔을 안긴 상대였다. 2년
전 나고야에서 개최된 세계선수권대회에서 나는 오제끼에게 2:1로 리드를
하다 역전패를 당한 쓰라린 상처가 있었다. 스포츠에서 '만약'이라는 가정은
무의미한 것이지만, 그때 내가 이겼더라면 팀 단체전 스코어 3:1을 기록하며
이미 2년 전에 중국과 우승을 겨루었을지 모른다. 오랫동안 그 생각에 얼마
나 괴로웠는지 모른다.

그 아픔을 되돌려줄 기회라는 생각이 너무 앞섰던지 첫 세트 초반에 나는

다소 난조에 빠졌다. 하지만 전승 기록에 1패를 넣을 수는 없다는 생각에 다시 심호흡을 하며 마음을 가다듬었다. 그리고 첫 세트를 21:10의 하프게임으로 만들었다. 이번 대회를 끝으로 은퇴가 예정된 오제끼의 저항도 만만치 않았다. 완전히 연소하기 전의 마지막 불꽃처럼 화르르 타오르는 모습이었다. 2세트는 23:21로 그의 것이 되었다.

나고야 대회에서와 똑같은 흐름이었다. 하지만 이번의 3세트는 달랐다. 그는 노쇠한 실력자고 나는 성장하는 신예였다. 3세트가 진행될 때 오제끼는 이미 지친 것 같았다. 나는 그를 거침없이 몰아붙여 21:14로 경기를 끝냈다.

드디어 '마지막 경기'가 끝났다. 스켄데리아 체육관의 통로를 걸으며 '이

시상식 후 기념 촬영. 왼쪽부터 나인숙, 김순옥, 박미라, 이에리사, 정현숙.

번이 마지막 경기'라고 매섭게 다짐했던 나는, 19전 전승을 기록하며 완벽한 우승의 주역이 되었다. 1956년 우리나라가 세계대회에 처음 참가한 이후 17년 만에 도달한 세계 정상인 동시에, 우리나라 구기 종목 사상 최초의 금메달 획득이기도 했다.

　사람들의 환호와 박수갈채 속에 우리는 한데 엉켜 눈물을 쏟았다. 경기 후에 좀처럼 울지 않는 나였지만 그 순간만큼은 터져 나오는 눈물을 감당할 수가 없었다. 패자인 중국과 일본 선수들도 우리에게 박수를 보냈다. 가슴에 태극마크를 달고 시상대 가장 높은 곳에 올랐다. 우리는 자랑스러운 세계 1위의 챔피언이었다.

Part 2

타고난 승부 근성

단발머리 여중 3학년생이 일반 선수와 국가대표들을 차례로 꺾고 우승하리라고는 누구도 예상하지 못했을 것이다. 내 자신조차 상상하지 못했던 일이었다.

꿈만 같은 순간이었지만 나는 빨리 체육관을 빠져나가고 싶었다. 늘 그랬다. 승리의 순간 환희는 잠깐뿐, 심지어 시상식도 번거롭게만 느껴졌다. 승리의 기쁨과 함께 밀려드는 건 '두려움'이었다.

나는 정말 패배가 싫었다. 항상 이기고 싶었다. 그래서 '다음 경기는 어떻게 준비해야 할까', 그것만이 관심사였다.

지기 싫어하는 아이

나는 부모님으로부터 많은 정신적 유산을 물려받았다. 부모님은 우리 여덟 명의 형제자매가 독립심 있고 긍정적인 사람이 되도록 교육하셨다. 아버지는 자식들을 자유롭게 키우셨다. 사소한 실수에는 꾸지람을 하지 않으셨다. 대신 스스로 실수를 깨닫도록 만드는 분이었다.

아버지의 인생 자체가 자식들에겐 큰 본보기였다. 나이 열일곱에 두 살위인 어머니와 혼인한 아버지는, 아이 둘을 낳을 때까지 가업인 농사일을 도우셨다고 한다. 그런 아버지를 다시 책상 앞으로 이끈 건 어머니였다. 어머니는 직접 책을 주문하고 아버지의 뒤늦은 공부를 독려하셨다. 초등학교 졸업 학력이 전부였던 아버지는 결국 세 번째 치른 시험에서 '보통고시'에 합격해 공무원이 될 자격을 얻으셨다. 그렇게 아버지는 스물네 살에 청양군청에 첫 발령을 받아 공무원 생활을 시작하셨고, 내가 태어났을 때는 충청남도 대천군의 군청 계장으로 재직 중이셨다.

부모님은 2, 3년 터울로 태어난 올망졸망한 아이들을 민주적으로 키우셨다. 일곱째인 내 이름을 짓기 위해 온 가족이 모여 가족회의를 했다는 것만 봐도 우리 집 분위기가 어땠는지 알 수 있다.

큰오빠, 작은오빠와 함께.
우리 형제자매의 공통점은
남다른 승부 근성을
가지고 있다는 점이다.

언니들 이름은 '숙'자 돌림이었다. 언니들은 "딸도 많고 막내딸이니 특별한 사람이 되도록 특별한 이름을 짓자"고 뜻을 모았다. 특이한 내 이름 '에리사'를 생각해 낸 건 서울에서 고등학교에 다니던 둘째 종남 언니였다. 내가 태어나기 두 해 전 영국에서는 엘리자베스 여왕이 즉위를 했다. 언니는 이제막 세상에 태어난 동생이 그처럼 훌륭한 사람이 되기를 바랐던 것이다. 가족 모두의 찬성으로 나는 특별한 이름을 가진 아이가 되었다.

어린 시절 나는 씩씩한 여자아이였다. 동네 아이들과 구슬치기나 딱지치기를 해도 승리는 나의 것이었다.

어릴 적부터 내겐 남다른 승부 근성이 있었다. 대보름에 깡통 속에 불을 넣어 돌릴 때도 내 깡통의 불이 가장 커야 했고, 친구들과 '달고나'의 별 모양 떼어내기를 할 때도 내 것이 가장 깔끔하고 완벽해야 직성이 풀렸다. 별 모양이 깨지면, 집에 돌아와 화로에 설탕을 녹이고 달고나를 만들어 연습을 했다.

약자가 괴롭힘을 당하는 걸 보지 못하는 정의감은 그때부터 있었던 것 같다. 학교에서 여자아이들을 괴롭히는 남자애를 보면 절대 참지 못했다. 여학생들의 고무줄을 끊어 가면 우는 여자아이 대신 쫓아가 고무줄을 내놓으라고 호통을 쳤다. 말로 해서 안 되면 때려주기도 했다.

공무원이었던 아버지는 전근이 잦은 편이었다. 이사를 다니며 친구를 사귈 기회가 적었던 나는 언니, 오빠들을 따라다니며 놀았다. 그 덕분에 무엇이든 내 또래보다 빨리 터득하는 편이었다.

도청 안 연못에서 장화를 신고 말잠자리를 잡았던 일은 잊지 못할 추억이다. 나는 어떻게 해야 말잠자리를 잘 잡을 수 있는지 알고 있었다. 먼저 뒤뜰에서 딴 호박꽃과 실을 묶은 나무 막대기를 가지고 연못으로 간다. 처음에는 암놈을 잡아야 한다. 그 암놈을 실에 매달아 수놈을 유혹하는 미끼로 써야 하기 때문이다.

운 좋게 암놈을 잡으면 실에 묶어 그 실을 나무토막에 잡아맸다. 그리고 나무토막을 빙빙 돌리며 기다리면 곧 수놈이 날아와 주변을 돌며 붙으려 한다. 그때 나무토막을 살짝 땅에 내려놓으면 말잠자리 암놈과 수놈도 땅에 내려앉는다. 그 순간 빠르고 부드럽게 덮쳐 수놈을 잡는 것이다.

호박꽃이 필요한 이유는 암놈이 잡히지 않는 때를 대비해서였다. 말잠자리 암놈의 배는 노랗고 수놈 배는 파랬다. 암놈이 잡히지 않을 때는 수놈 배에 호박꽃가루를 발라 노랗게 만들어 암놈처럼 보이게 만드는 거였다. 이럴 때는 행동이 빨라야 했다. 수놈이 속은 걸 알면 날아가 버릴 테니 눈치 채기 전에 후딱 잡아야 하는 것이다. 세상에 그토록 재미있는 놀이가 없었다.

나무 썰매를 만들어 도청 앞 언덕에서 미끄럼 질주를 하던 것도 신나는 일이었다. 사과 박스 자른 것에 쇠꼬챙이를 단 썰매는, 아버지나 오빠가 만들어줄 때도 있었지만 내가 직접 만드는 게 더 신나고 재미있었다.

두 살 위인 종래 오빠는 나의 가장 좋은 친구이자 넘어서야 할 라이벌이었다. 오빠를 무던히 쫓아다니고 싸움도 많이 했다.

우리 집 마당에는 샌드백과 아령 등 오빠들의 운동 기구가 많았다. 종래 오빠는 시간이 날 때마다 샌드백을 두드리며 운동을 했다. 나는 뭔지도 모르고 오빠를 따라 샌드백을 쳤다. 그렇게 하면 오빠와 권투 시합을 할 수 있을 거라 생각했다.

어느 날 겁도 없이 오빠에게 권투 시합을 하자고 했다. 오빠는 어이가 없었던지 "까불지 말라"며 상대도 하지 않으려고 했다. 하지만 그대로 물러설 내가 아니었다. 끈질기게 오빠에게 매달려 결국 오누이의 한판 매치가 성립됐다. 그러나 오빠를 이기겠다는 흥분과 기대는 거기까지였다. 나는 제대로 펀치를 날려보지도 못하고 오빠에게 엄청 얻어맞았다.

맞은 곳이 벌겋게 부어오르고 아팠지만 나는 그날 울지 않았다. 처음 탁구 라켓을 잡고 누군가와 경쟁을 벌여야 했던 어린 시절부터 나는 '울지 않는 아이'였다. '시합에서 지고 울면 두 번 지는 것'이라는 생각이 마음속에 강하게 자리잡고 있었다.

누군가와 경쟁할 때마다 가슴 저 밑바닥부터 힘차게 솟구치던 그 내재적 승부 근성이, 나를 강하게 키운 원동력이었다.

낡은 탁구대의 마법

우리 집에 '탁구' 바람이 분 건 셋째언니 때문이었다. 활달하고 운동을 좋아하는 셋째언니는 당시 꽤 유명세를 탔던 대전여고 탁구부에 들어갔다. 언니의 탁구 입문은 우리 형제자매 사이에 탁구 바람을 일으켰다.

어머니는 언니가 운동부에 들어간 걸 탐탁지 않게 여기셨다. 운동을 하기 위해서는 따로 뒷바라지를 해야 하는데, 자식들이 하고 싶다는 걸 다 뒷받침해 줄 수 없는 입장이시니 선뜻 허락하기 어려웠을 것이다.

내가 돌이 지날 무렵 홍성군 내무과장으로 승진했던 아버지는 충남도청 지방과장을 거쳐 연기군수로 발령을 받으셨다. 아버지 연세 마흔에 첫 군수 취임이었다.

아버지의 근무지가 바뀔 때마다 우리는 2, 3년 꼴로 이삿짐을 꾸렸다. 아버지가 연기군수로 발령을 받으셨을 때는 나와 막내동생만 부모님을 따라 연기로 가고, 오빠와 언니들은 각자의 학교가 있는 대전과 서울에 흩어져 세 집 살림을 하기도 했다. 유년기의 내 추억들은 아버지의 부임지를 따라 만들어졌다.

학교에 갈 나이가 되자 은숙 언니와 종래 오빠가 다니던 선화초등학교에 입학했다. 나는 상고머리에 원피스를 입고 가슴에는 다른 아이들처럼 손수건을 단 채 입학식에 갔다. 키는 작지 않았지만 몸이 좀 약한 편이었다. 그래도 공부는 꽤 잘하는 편이어서 1, 2등을 다툴 정도가 되었다. 공부 잘하는 언니, 오빠들 속에서 자라다 보니 공부는 당연히 잘해야 하는 것인 줄 알았다.

얼마 지나지 않아 아버지는 대덕군수로 발령을 받으셨다. 우리는 대전의 충남도청 뒤에 있던 대덕군수 관사로 이사를 갔다. 이 관사는 내가 평생 잊지 못하는 곳이다. 바로 내 탁구 인생이 시작된 곳이기 때문이다.

이사를 간 관사 마당에는 허름한 탁구대가 하나 놓여 있었다. 초록색 페인트는 칠이 다 벗겨지고 나뭇결이 그대로 드러난 낡은 탁구대였다. 그런데 묘하게 나는 그 탁구대에 마음이 끌렸다. 허름한 모습이 오히려 푸근했다. 마음 놓고 그곳에서 놀아도 좋을 것 같은 까닭 모를 편안함이 느껴졌다. 간혹 외톨이가 된 듯한 기분이 들 때면 그 탁구대 언저리를 빙빙 돌며 혼자 시간을 보내곤 했다. 그렇게 시간을 보내다 보면 쓸쓸하던 마음은 어느새 누그러지고 다시 씩씩한 이에리사로 돌아가는 기분이었다. 부모님과 언니, 오빠, 동네 친구가 세상 전부였던 내게 다정한 새 친구가 생긴 셈이었다.

언니, 오빠들처럼 멋지게 탁구를 치고 싶었지만, 탁구대는 어린 내겐 너무 높았다. 탁구대 앞에 서면 겨우 목만 삐죽 나올 정도였다. 대신 틈만 나면 벽을 상대로 탁구공을 치며 시간을 보냈다.

우리 가족은 저녁이면 탁구대 주변으로 모여들었다. 탁구부 활동을 한 종숙 언니와 큰오빠의 탁구 실력은 수준급이었다. 종래 오빠 역시 이미 선화초등학교 탁구선수였기 때문에 언니와 오빠들은 마음껏 탁구를 즐겼다. 우리 가족이 가장 즐거운 시기를 보내던 때였다.

언니, 오빠들은 멋지게 탁구를 하는데 나만 끼질 못하니 은근히 약이 올랐다. 사정사정해서 경기에 끼어봐도 내 실력으로 상대가 될 리 없었다. 1세트 21점 경기에 19점을 잡아주고 시작해도 필패였다. 나는 어떻게 해서라도 언니나 오빠를 꼭 이기고 싶었다.

먼저 나만의 라켓이 필요하다는 생각이 들었다. 부모님과 어른들이 주신 세뱃돈을 모으기 시작했다. 하지만 그것만으로는 안 될 것 같았다. 골목을 주름잡던 내 구슬치기 실력을 발휘하기로 했다. 구슬치기로 딴 구슬을 아이들에게 다시 팔아 돈을 모으기로 한 것이다.

구슬을 다 잃은 아이가 안 돼 보여 몇 개 돌려줄 때도 있었다. 그 애가 다시 하자고 나서면 또 몽땅 따버렸다. 구슬을 팔아 라켓을 마련하려는 계획을 부모님이 아시면 꾸지람이 떨어질 게 뻔했다. 그럼에도 '내 소유의 라켓'을 꼭 가지고 싶었다. 아이들에게서 딴 구슬은 부모님 몰래 마당에 묻어서 보관했다. 지금 생각해 보면 참 맹랑하기도 하지만, 자신의 손으로 원하는 것을

1961년 대전 선화초등학교 입학식.
가운데 줄 오른쪽에서 두 번째가 이에리사, 뒤에 서 계신 분이 어머니.

얻겠다는 열망이 기특하게 느껴지기도 한다.

어느 정도 시간이 흐른 뒤, 나는 결국 라켓을 가지게 되었다. 내 생애 최초의 라켓은 문구점에서 구입한 값싼 것이었다. 그 당시 가격은 25환이었던 것으로 기억한다. 그 라켓은 나무판에 스펀지도 대지 않고 얇은 고무 한 장을 붙여 놓은 것이었다. 그냥 손잡이가 달린 나무판이나 다름없었다. 탁구공을 치면 나무에 맞아 나가는 날카로운 소리가 그대로 들렸다. 그럼에도 탁구 라켓은 내 보물 1호였다. 나만 아는 비밀 장소에 몰래 감춰 두었다 꺼내 쓰곤 했다.

내가 본격적으로 탁구를 시작한 것은 4학년에 올라가서였다. 집에서 하는 탁구로는 실력이 늘지 않아 학교 특활반의 탁구부에 들어간 것이다. 그 해 종래 오빠는 대전중학교에 입학했다. 오빠는 내가 탁구부에 들어가는 걸 말렸지만, 탁구를 하며 느끼는 재미와 흥미를 포기할 수 없었다. 게다가 나는 여전히 오빠를 이기고 싶다는 마음을 품고 있고 있었다. 집에서는 언니와 오빠를 이길 수 없었지만, 학교에서는 내가 최고였다. 탁구를 시작하고 얼마되지 않아 충청남도 지역대회에 출전하고 성적을 거두자 주변에서는 "전국 규모의 대회에 나가보라"는 권유를 했다.

셋째언니는 탁구를 하지 못하게 했던 어머니도 내가 탁구에 뛰어난 소질이 있다는 걸 알고 막지 않았다. 내가 다니던 선화초등학교는 탁구부로 이름을 날리기 시작했다. 그런데 뜻밖의 변수가 생겼다. 내가 라이벌 학교였던 대흥초등학교로 전학을 가게 된 것이다. 아버지가 아산군수로 발령을 받으며 이사를 해야 했기 때문에 어쩔 수 없는 전학이었다. 연습장이 없어서 계단 밑에 탁구대를 놓고 훈련하던 선화초등학교에 비하면, 교실 하나를 연습장으로 쓰는 대흥초등학교는 연습하기가 더 좋았다.

탁구를 본격적으로 시작한 뒤 공부는 5, 6등으로 좀 떨어졌지만 서예를 잘해 선생님 대신 칠판에 판서하는 일은 내가 도맡았으며, 학급 규율부장을 맡아 급식 빵과 우유를 나눠주는 일도 내 몫이었다. 그 당시에는 가정환경이 좋지 못한 아이들에게 옥수수 가루로 만든 빵을 나누어주었다. 하나 더 먹고 싶어 하는 아이들도 있어서 공평하게 빵을 배급하는 일은 꽤나 중요한 임무처럼 느껴졌다. 어려운 형편의 사람에겐 아주 작은 것이라도 공평하게 나누어져야 한다는 걸 그 '급식'을 통해 배웠다.

나는 탁구만이 아니라 웬만한 운동은 다 잘했다. 핸드볼부에서 요청을 해 경기에 나간 적도 있었다. 내가 점수를 많이 내 승리를 하자 선생님은 계속 핸드볼부에 남기를 원하셨지만, 나는 탁구가 더 좋았다.

전국대회에 대한 꿈을 가지게 되면서 탁구를 더 잘하고 싶은 욕구도 한층 커졌다. 학교 연습이 끝나면 오빠가 있는 대전중학교로 갔다. 대전중학교 탁구부는 전국대회에서 우승을 다툴 정도로 실력이 뛰어난 팀이었다.

오빠는 여동생이 학교에 오는 게 거북한지 오지 말라고 으름장을 놓았지만 나는 들은 척도 하지 않았다. 공 맞추기에 급급한 여자아이들의 탁구를 보다가 힘찬 오빠들의 플레이를 보니 가슴이 시원했다.

"공을 잘 주워야 탁구를 잘 친다"는 중학생 오빠들의 말에 넘어가 탁구공 줍는 일을 열심히 했다. 주전자에 물을 날라다 주고, 노래를 부르라면 오빠들 앞에서 노래도 불렀다. 그렇게 눈으로 보는 것만으로도 많은 공부가 됐고 큰 영향을 미쳤다.

오빠들 틈에서 내 탁구는 남성적인 플레이로 만들어져 갔다. 또래보다 훨씬 수준 높은 탁구로 성장할 수 있었다. 내 가슴속에 드라이브에 대한 동경이 싹튼 것도 이때였다.

초등학교 6학년 전국종별탁구선수권대회 우승.
탁구선수 이에리사로 첫발을 내딛는 순간이었다.

6학년이 되던 해, 목포에서 전국종별탁구대회가 열렸다. 충남대회에만 나갔던 나는 전국 규모 대회에 참가하고 싶었지만 학교에서는 참가하지 않는다고 했다. 참가하려면 자비로 개인 출전을 하는 길밖에 없었다. 오빠네 대전중학교는 대회에 출전할 예정이었다. 오빠를 따라가고 싶었지만 데리고 가지 않으려 했다. 살림을 맡고 있는 셋째언니도 참가비를 주지 않으려고 했다. 웬만해서는 울지 않는 나였지만 이때만은 울면서 떼를 써 결국 대회에 출전할 수 있었다.

초등학교부 개인 단식 출전은 나와 시온초등학교 대표 윤혜숙, 단 두 명이었다. 윤혜숙은 수비형 선수였고 나는 공격형이었다. 둘 다 제법 실력이 뛰어나서 주변의 관심이 모아진 경기였다. 선수 두 명이 출전해 1차전이 바로 결승전이었던 경기의 우승, 이 전적이 내 탁구 인생의 시작이었다.

존중을 가르친 부모님

대회를 마치고 돌아올 때 기차에는 대회에 참가했던 거의 모든 학교의 선수들이 탑승해 있었다. 서울에서 출전한 중·고등학교의 언니나 선생님 들은 초등학생인 내게 관심을 보이며 "우리 학교로 오라"는 말을 하기도 했다.

실제 중학교 진학 문제가 다가오고 있었다. 사실 나는 탁구부를 신설하는 대전여중에 진학하기로 돼 있었다. 세 명으로 구성되는 팀의 일원으로서 나는 이미 다른 두 명의 선수들을 가르치고 있었다. 그런데 입학시험 보름 전쯤 대전여중 측에서 계획이 변경돼 특기자로 받을 수 없다는 통보가 날아왔다. 6학년 들어서서는 탁구에 치중해 공부를 소홀히 한 탓에 좀 당황스러웠지만, 나는 평상시 실력으로 붙을 자신이 있어 시험을 치렀다. 그러나 결과는 낙방이었다.

우리 집에서는 첫 입시 낙방이었다. 큰언니부터 시작해 우리 형제자매들은 공부로 속을 썩인 사람이 없었다. 언니, 오빠들은 모두 지역 명문인 대전여중·고와 대전중·고에 진학했다. 그리고 대학을 졸업한 후에는 자신 스스로 길을 개척해 갔다. 큰언니는 이대를 졸업한 후 약사로 일했고, 둘째언니는 서울대학교 사학과에 진학했다가 외국어대 독어과로 편입해 졸업 후에는

KBS 국제방송 아나운서로 취직을 했다. 셋째언니와 넷째언니도 각각 대학을 졸업하고 결혼 전까지 은행에서 사회생활을 할 만큼 능력이 넘쳤다.

대전여중에서는 다른 학교에 입학해 다니다 전학 오는 방법을 제안했지만 그런 편법을 쓰기는 싫었다. 나를 데려가고 싶어 한 홍성여중에 가기로 마음을 먹었다. 홍성여중은 탁구부에 대한 열성이 대단했다. 탁구에 더 전념할 수 있을 것 같았다. 가족 곁을 떠나 홍성여중 근처에 있는 셋째언니의 친구네 집으로 거처를 옮겼다.

내가 홍성여중에 다니고 있을 때 아버지는 서산군수로 재직하고 계셨다. 버스로 한 시간 정도 걸리는 거리였다. 어쩌다 큰마음을 먹고 아버지에게 가면 용돈을 주시곤 했다. 그때 나는 몽당연필을 볼펜 깍지에 끼워 쓰고 군것질도 참으며 용돈을 고스란히 모으고 있었다. 늘 알뜰했던 어머니의 모습에서 절약하는 습관을 배운 덕분이지만, 실은 내가 열심히 용돈을 모은 데에는 또 하나 목적이 있었다. 좀 더 좋은 라켓을 가지고 싶었기 때문이다.

서산에 가서 아는 사람 소개로 문방구에 선불을 주고 예약을 했다. 그리고 며칠 후 다시 들러 라켓을 찾았다. 학교 탁구부 선수들에게 실컷 자랑을 했음은 물론이다. 하지만 얼마 지나지 않아 라켓은 탁구대에 부딪혀 부러지고 말았다. 자세히 보니 나뭇결이 엉망이고 송진도 덜 마른 값싼 라켓이었다. 엉터리 제품에 상표만 그럴 듯한 걸 붙인 게 분명했다. 어렵게 모은 돈을 날린 것도 억울했지만, 세상엔 양심 없는 사람이 있다는 걸 어렴풋이 알게 된 계기였다.

우리 집 여덟 형제자매가 모두 곧은 성품으로 자랄 수 있었던 것은 부모님의 교육 덕분이었다. 부모님은 말씀보다 행동으로 자식들에게 본보기가 되는 분들이셨다. 어렸을 적 내 기억 속의 어머니는 늘 분주한 모습이었다. 어머니는 한복 치마의 허리춤을 질끈 묶고 온종일 집안일을 하셨다. 동냥을 하는 거지가 와도 그냥 보내는 법이 없었다. 사랑채에까지 거지들을 들어오게 해 작은 소반에 반찬까지 차려 밥을 먹이셨다. 그들이 돌아갈 때도 빈손으로 보내지 않고 가져온 깡통에 밥 한 그릇이라도 꼭 담아서 보내셨다.

아버지는 자신의 직분에 충실한 분이셨다. 주변 사람들은 아버지를 '황소 같은 일꾼'이라고 말했다. 자식들에겐 이래라저래라 간섭 대신 자유롭게 두시는 편이었다. 우리가 뭔가 아버지의 뜻에 상반되는 일을 하면 '고얀 놈', 그 한마디로 잘못된 행동이라는 걸 알려주셨다. 하지만 예의범절에 어긋나는 행동에는 가차없이 꾸지람이 떨어졌다.

한 번은 마루에 앉아 밥을 먹고 있는데 군청 직원이 집엘 오셨다. 나도 잘 아는 분이었다. 잠깐 아버지와 이야기를 나누고 가시기에 앉은 채 "안녕히 가세요" 하고 인사를 했다. 그 순간 아버지의 호된 꾸지람이 떨어졌다.

"네 아버지가 군수지 네가 군수냐?"

평소 언성을 높이는 법이 없던 아버지라 얼마나 놀랐는지 모른다. 당장 나가서 다시 인사하고 오라는 아버지 불호령에, 나는 얼른 뛰어나가 대문을 나서던 손님에게 다시 인사를 한 적이 있다.

부모님의 이런 교육은 내가 선수생활을 성실하게 하는 데 단단한 밑바탕이 되었다. 어린 나이에 실력을 인정받고 주변의 주목을 받을 때에도, 늘 예의 바르고 겸손하게 행동하며 고개를 숙일 줄 아는 사람이 되려고 노력했다. 함께 운동하는 선수들이 경쟁자인 동시에 함께 성장해야 하는 동료라는 것도 나는 아주 일찌감치 알고 있었다.

중학교 1학년 봄, 나는 찰랑거리는 단발머리에 내 상징이 된 흰 머리띠를

문영여중 시절.
단발머리에 흰 머리띠는 내 트레이드 마크였다.

두르고 주전으로 경기에 출전했다. 전주에서 열린 전국종별선수권대회였다. 준결승에서 당시 유명세를 떨치던 서울 문영여중의 성낙소 언니와 대결을 펼쳤다. 결과는 나의 패배였지만 주변에서는 "경기 내용이 좋았다"며 많은 칭찬과 격려를 보내주었다. 대회 성적은 3위였다.

전주에서 돌아온 나는 여름 방학을 맞아 큰오빠 후배들과 함께 만리포 해수욕장에 갔다. 수영도 하고 오랜만에 즐거운 시간을 보낼 계획이었다. 그때 문영여중 선생님들이 나를 찾아오셨다. 종별선수권대회 준결승에서 대결을 벌였던 문영여중 손병수, 계병흥 두 코치 선생님이었다. 그때 경기를 보고 자질 있는 선수라고 생각되어 스카우트 하러 내려왔다는 것이었다. 그중 한 분이 내게 말씀을 하셨다.

"더 실력 있는 선수가 되고 싶으면 서울에서 운동해 볼래?"

어린 내 가슴 밑바닥에 움츠리고 있던 갈망이 반짝 눈을 뜨는 것 같았다. 전주 종별선수권대회에서 성낙소 언니와 대결을 펼치며 나는 '서울 탁구'에 대한 호기심을 느끼고 있었다. '서울에 가볼까?' 하는 마음의 반대편에는 '고향을 떠나면 안 되는데…' 하는 망설임 또한 떨칠 수 없었다.

휴가를 마치고 집으로 돌아오니 아버지께서 물으셨다.

"너 탁구 계속 하고 싶으냐?"

사실 그때까지 나는 탁구를 취미로 여기고 있었다. 전문적인 '선수'가 된다는 생각은 해본 적이 없었다. 그런데 가만히 생각해 보니 서울에서 선생님들이 나를 데리러 올 정도면 내가 꽤 잘한다는 반증인 것 같았다. 대회에 나가서 실력을 겨루며 쌓인 자신감도 넌지시 내 등을 밀어주고 있었다. 무엇보다 큰 동기 부여는 아버지의 태도와 말씀이었다. 내 의향을 묻는 아버지의 말씀에는 내 선택에 대한 신뢰가 담겨 있었다. 그것이 그날 내 결정에 가장 큰 힘이 됐다.

코치 선생님들이 다녀가신 며칠 뒤 나는 바로 짐을 싸서 서울로 향했다. 우리 가족은 일단 결정하면 꾸물거리지 않고 실행하는 성격이다. 목적지는 문영여중 합숙소였다. 내 손으로 첫 번째 문을 열고 새로운 세계로 들어선 것이다.

준비 없는 승리는 없다

서울에 도착한 날은 8월 15일 내 생일이었다. 서울에는 결혼한 큰언니와 둘째언니가 살고 있었고, 큰오빠와 넷째언니도 대학에 재학 중이어서 혼자라는 느낌이 들지 않았다. 돈암동 둘째언니네 집에 묵으며 전학 문제를 정리했다. 홍성여중에서는 전학은 안 된다고 펄쩍 뛰었지만 더 넓은 세계로 나가기 위해서는 어쩔 수 없었다.

문영여중 탁구부는 여름방학을 이용해 합숙 훈련 중이었다. 교실의 책상과 의자를 치우고 교단을 침대로 쓰는 합숙소였다. 나도 곧바로 합숙에 합류했다. 여학생 30여 명이 북적대는 교실은 시장 같았다. 한쪽 구석에는 형형색색의 이불보따리와 옷 보따리, 가방 등이 쌓여 있었다.

쉬는 시간이면 모두 빙 둘러앉거나 누워서 재잘거리느라 정신이 없었다. 처음 만나는 친구나 선배 언니와의 어색한 감정은 얼마 가지 않았다. 함께 먹고 자며 생활하다 보니 감출 것도 없었고, 얼마 지나지 않아 팀원 전체와 긴밀한 사이가 되었다. 먹고 자는 건 좀 불편했지만, 그 짧은 시간을 통해 단체 생활과 팀의 융화가 어떤 것인지 깨달을 수 있었다.

홍성에서 내로라하던 내 탁구 실력은 서울에 오니 평가가 달랐다. 리그전을 치러본 결과 중위권 정도라는 걸 알 수 있었다. 나는 그 결과에 별로 신경 쓰지 않았다. 그때 내 마음속에 둔 다짐은 두 가지였다. 첫째, 기죽지 말자. 둘째, 실력으로 보여주자. 그 생각으로 나는 매일의 훈련에 최선을 다했다.

여름방학이 끝나고 은숙 언니, 큰오빠와 학교 앞에 방을 얻어 자취 생활에 들어갔다. 당시 중앙대학교에 다니고 있던 언니는 학교 기숙사 생활을 하고 있었지만 나를 위해 자취 생활을 하기로 한 것이다.

언니는 정성스럽게 내 뒷바라지를 했다. 새벽 러닝을 하고 돌아오면 뜨거운 밥을 해놓고 기다렸다. 점심 도시락을 싸주고 간식까지 챙긴 다음 학교에 갔다. 저녁에도 6시면 어김없이 뜨거운 밥을 해서 직접 학교로 날랐다. 나는 그 뜨거운 밥을 맛있게 먹고 다시 야간 운동에 열중했다. 언니는 나를 보살피고 뒷바라지하기 위해 한창 재미있을 대학 생활의 많은 부분을 접었던 것이다.

따뜻한 밥을 먹고 나면 더 기운이 나는 것 같았다. 밤 9시 30분쯤 야간 운

문영여중 시절 종합탁구선수권
대회에 출전했을 당시.
좌로부터 故손병수 코치,
성낙소, 이에리사.

동이 끝나면 다시 줄넘기와 러닝을 하면서 따로 개인 운동을 했다. 캄캄한 운동장을 뛰어도 전혀 무섭지 않았다.

운동이 끝나고 귀가하면 밤 11시쯤이 됐다. 언니는 나를 기다렸다 밤참으로 달걀을 삶아 내놓았다. 우리 집에서는 내 건강이 늘 첫째였다. 맛있는 음식은 무조건 내가 우선이었다. 식사는 정해진 시간에 규칙적으로 하게 했으며, 잠자는 시간도 일정하게 지키도록 챙겼다. 나는 객지 생활을 하고 있었지만 부모님의 뒷바라지를 받는 친구들보다 더 건강했다.

1학년 겨울에 '전국 학년별 탁구대회'에 출전해 1학년 개인 단식에서 우승을 차지했다. 하지만 내 목표는 이미 더 위를 바라보고 있었다. 전체 중학교대회의 석권이 내 목표였다. 그걸 이루기 위해 나는 오직 훈련에 집중했다.

내가 2학년에 올라간 다음해 봄부터 문영여중 탁구부는 전승가도를 달렸다. 나는 성낙소 언니와 복식조를 이루었다. 출전하는 대회마다 우승을 차지해 '무적의 이에리사'라는 별칭을 얻었다. 우리 팀은 전국 모든 대회의 우승을 휩쓸었다.

사실 연습 환경은 그리 좋지 못했다. 체육관은 농구부 우선이었다. 우리는 한쪽 구석에서, 그것도 탁구대가 적어 나누어 연습했다. 그럼에도 탁구부 감독인 백송빈 선생님은 열정이 넘치는 분이었다. 우리는 특이하게 일반적인 트레이닝복 대신 반바지로 유니폼을 맞춰 입었고, 시합에 나갈 때는 학교 로고가 새겨진 가방을 착용하는 특별한 팀이었다. 탁구 실력은 물론 외적으로도 멋져야 한다는 앞서가는 발상이었다.

처음에 탁구부를 크게 중시하지 않던 학교 측은 우리가 각종 대회에서 성적을 내기 시작하자 조금씩 달라졌다. 하지만 우리는 자만하지 않았다. 성적

문영여중 시절 전국학생종별탁구대회 여자 중등부 우승 후

이 잘 나올수록 더 훈련에 집중했다. 중요한 경기를 앞두고는 며칠씩 합숙
훈련을 하기도 했다.

겨울 합숙은 추위 때문에 고통스러웠다. 난로가 하나 있었지만 땔감이 부
족했다. 우리는 학교를 샅샅이 뒤져 나무토막을 줍고, 타다 남은 조개탄을 긁
어모아 조금이라도 불기를 오래 잡아 두려고 했다. 어떤 때는 학교 뒷산에 올
라가 나뭇잎을 주워 오기도 했다. 하지만 그런 것들로는 추위를 막기에 역부
족이었다. 추위에 곱은 손을 호호 불면서도 우리는 연습에 매달렸다.

환경은 열악했지만 운동하면서 소소한 즐거움도 있었다. 겨울철 난로 위
에 올려놓은 도시락과 한꺼번에 100개씩 삶는 달걀이 익기를 기다리는 시간
은 마냥 즐거웠다. 간혹 연습이 힘들어 꾀를 부릴 때도 있었다. 가령 게임 점
수를 10대 10부터 시작한다거나 공을 찌그러뜨려버리는 식이었다. 한 번은
과감하게 강당의 퓨즈를 끊은 적도 있었다. 선이 두꺼워 겨우겨우 끊었는데

선생님이 오시더니 더 꼼꼼하게 이어 놓으셔서 모두 허탈했던 기억이 있다. 그 나이에만 경험할 수 있는 즐거운 추억들이었다.

운동에만 몰두한 나머지 한 가지 소홀히 한 게 있었다. 바로 건강 관리다. 땀에 젖은 유니폼을 갈아입지 않고 운동을 하거나, 차가운 바닥에 그대로 앉는 행동은 하지 말았어야 했다. 2학년 겨울 합숙 때는 감기에 걸렸음에도 대수롭지 않게 여겼다. 약만 먹고 계속 운동을 했는데 그때부터 기침을 하기 시작했다. 온기 없는 강당에서 탁한 공기를 마시며 운동만 계속하니 나을 리가 없었다. 이게 기관지가 나빠지기 시작한 시초였다. 그때의 무심함이 이후 선수 생활에 어떤 영향을 미칠지는 짐작도 하지 못했다.

15세의 챔피언

중학교 3학년이던 1969년 11월, '종합선수권대회'가 다가오고 있었다. 이 대회는 다음해 4월 개최되는 '아시아선수권대회'의 대표선수 선발전을 겸하고 있었다.

나는 그 당시 이미 일반부 언니들과 동등한 기술을 구사하고 있었다. 그럼에도 대회마다 좀 더 새로운 기술을 구사하려고 노력했다. 내가 승리를 거듭할수록 도전자가 늘어나니 노력을 게을리 할 수가 없었다. 자신의 실력에 자만하지 않고 늘 '준비하는 자세'에 정성을 쏟아야 한다는 걸 가슴에 새겼다.

내 기침은 여전히 심했다. 약을 먹다가 기침 때문에 토하는 경우도 있었다. 자려고 누우면 더했다. 옆에 누운 언니한테도 못할 짓이었다. 처음에는 일어나 약도 챙겨주고 물도 따라주었으나 밤마다 계속되는 기침 소리에 언니도 지친 것 같았다.

마스크와 목까지 올라오는 스웨터로 중무장을 해야 했던 추운 겨울, 드디어 한 해를 결산하는 '종합선수권대회'의 막이 올랐다. 나는 주니어부에 출전했다. 그런데 결과가 아주 좋았다. 무실(無失) 세트 전승 기록으로 우승을 차지한 것이다.

내 실력이 어느 정도인지 가늠해 보고 싶었다. 그래서 일반부에도 출전 신청을 했다.

1회전부터 쟁쟁한 선배들과의 승부였다. 그런데 그 1회전 승리를 시작으로 고교와 실업 팀의 까마득한 선배들을 차례로 이겨 갔다. 강한 포핸드가 득점 요인이었다. 계속 이기면서 내 자신도 실감이 나질 않았다. 마음 한편으로는 언젠가 질 수 있지만 끝까지 해보자는 배짱이 생겼다.

준준결승까지 진출한 건 예상도 못했던 일이다. 심지어 상대는 당시 국가대표였던 한일은행의 김길자 선배였다. 여중생인 내게는 올려다보기도 벅찬 상대였다. 나는 어떻게 경기를 치렀는지 모를 정도로 매 순간 집중했다. 상대는 전진 속공형의 노련한 선수였지만 어린 후배의 도전에 심리적 부담을 느끼는 것 같았다. 나는 져도 손해 볼 것 없는 도전자였다. 자신 있게 넓고 깊은 포핸드를 구사한 덕분에 그 경기의 승리를 잡을 수 있었다.

군 복무 중 휴가를 얻어 응원하러 왔던 큰오빠는 그때부터 나에게 우승에 대한 자신감을 불어넣어 주기 시작했다. 오빠는 흥분하고 있었다. 지칠 줄 모르는 힘이 나의 무기였다. 준준결승에서 난적을 꺾은 여세와 최상의 컨디션으로 준결승도 가볍게 넘어섰다. 이제 우리나라에서 가장 탁구를 잘하는 여자 선수 '두 명' 중 한 사람이 된 것이다.

결승 진출이 확정되자 비로소 이 기회를 기필코 잡아야겠다는 욕심이 나기 시작했다. 결승 상대는 김인옥 선배였다. 정말 하늘 같은 상대였다.

경기가 시작되자 나는 초반부터 적극적인 공격을 펼쳤다. 상대는 나보다 노련했지만 무서울 것 없이 덤벼드는 내 공격에 주춤하는 듯했다. 그 틈을 타서 나는 계속 밀어붙였다. 열띤 접전 끝에 세트 스코어 1:1이 되었다. 마지막 제3세트에 들어서며 나는 마음을 굳혔다. 여기서 욕심을 내고 소극적인

1969년 전국종합탁구선수권대회 첫 우승.
중3 선수가 국가대표와 실업 선수들을 모두 꺾은 우승이어서 큰 주목을 받았다.

플레이를 하면 승산이 없다는 생각이었다. 지금까지 최고의 플레이를 펼쳤
으니 후회도 없었다. 내 자신을 믿고 하고 싶은 대로 해보자고 당찬 결심을
했다. 내 공격은 날카로웠고 김인옥 언니 또한 끈질기게 받아내고 있었다.
결국은 마지막 세트에서 19:19라는 팽팽한 지점까지 이르렀다. 그야말로 숨
막히는 승부였다. 그리고 이어진 두 번의 공격… 나는 21:19로 아슬아슬한
승리를 움켜쥐었다.

　종합선수권대회 개인전 첫 출전에서 소녀부와 일반부 우승을 동시에 거
둔 것은 기록이었다. 단발머리 여중 3학년생이 일반 선수와 국가대표들을 차
례로 꺾고 우승하리라고 누구도 예상하지 못했을 것이다. 내 자신조차 상상
하지 못했던 일이었다. 1969년 11월 23일은 내 평생에 잊지 못할 날이 됐

다. '이에리사는 듀스에 강하다'는 전설이 시작된 순간이기도 했다.

스탠드에서 응원하던 오빠는 달려와 나를 안았다. 오빠를 보자 그제야 왈칵 울음이 터졌다. 꿈만 같은 순간이었지만 나는 빨리 체육관을 빠져나가고 싶었다. 늘 그랬다. 승리의 순간 환희는 잠깐뿐, 심지어 시상식도 번거롭게만 느껴졌다. 승리의 기쁨과 함께 밀려드는 건 '두려움'이었다. 나는 정말 패배가 싫었다. 항상 이기고 싶었다. 그래서 '다음 경기는 어떻게 준비해야 할까', 그것만이 관심사였다.

기념 사진을 찍고 단체로 불고기를 먹으러 가서도 음식이 먹히질 않았다. 자꾸 물만 들이켜고 있었다. 한순간에 피곤이 밀려들었다. 극단의 긴장이 그제야 풀리기 시작한 것이었다.

다음 날부터 신문과 방송에서 내 이름이 흘러나오기 시작했다. 고향에 계신 부모님께서도 몹시 좋아하셨다. 종합선수권대회 우승을 계기로 나는 훌쩍 몇 단계를 넘어 성장한 느낌이었다. 하루아침에 유명세를 타면서 팬레터가 오기 시작했다. 연습이 끝나고 집에 돌아오면 그 편지들을 읽고 성의껏 답장을 쓰느라 끙끙대는 게 중요한 일과가 되었다.

주위에서는 "10년간 탁구계를 평정할 선수가 탄생했다"고 평하는 사람이 있는가 하면 "어쩌다 이룬 우승"이라고 폄하하는 사람도 있었다. 후자들의 그 말은 내가 단단하게 마음을 다잡는 데 도움이 되었다.

내 사전에 자만이란 없었다. 이전보다 한층 훈련에 열중하게 되었다. 어떻게 해서든 이 타이틀은 내가 선수 생활을 그만두는 날까지 지켜야겠다는 굳은 결심 때문이었다. 탁구계에 '전무후무한 기록'을 세우는 게 열다섯 살 나의 첫 번째 목표였다.

Part 3

세계 정상을 향한 도전

6km는 태릉선수촌 운동장 15바퀴에 해당하는 거리였다. 훈련이 너무 힘들었던 날은 달리는 게 고통스러웠다. 달리는 도중에도 몇 번이나 포기하고 싶은 마음이 생겼다.

'오늘은 쉬고 내일 뛸까?'

하지만 곧바로 내 자신을 나무랐다.

'이 정도 힘든 것도 못 이기면서 뭘 하겠다는 거야?'

내 마음속의 또 다른 나와 격렬하게 싸우면서 결국은 6km를 완주하고야 말았다. 한겨울에 솜을 넣어 누빈 나일론 점퍼를 입고 뛰다 보면, 옷은 땀에 젖고 어느 순간 뻣뻣하게 얼기 시작했다.

얼어서 굳은 옷은 마치 갑옷 같았다.

드라이브를 거는 소녀

종합선수권대회 우승 이듬해인 1970년 4월, 일본 나고야에서 '제10회 아시아탁구선수권대회'가 열렸다. 일반부가 아닌 주니어부를 택한 것은 내 자신이 내린 결정이었다. 국내 대회 우승을 경험하긴 했지만 차근차근 단계를 밟아 성장해야 한다는 생각에서였다. 또 국제무대 데뷔이니 만큼 신중하게 첫발을 떼고 싶었다. 코치나 감독 선생님들, 어른들의 생각도 나와 같았다.

아시아선수권대회에는 11개국에서 250여 명의 선수가 참가해 성황을 이루었다. 다음해 '제31회 세계선수권대회'가 같은 곳에서 열릴 예정이어서 세계대회 전초전 성격으로 더욱 분위기가 고조된 것 같았다.

우리 대표팀은 기대 이상의 성과를 거두었다. 일반부에서는 단체전 우승을 차지했고, 내가 소녀부 단체전과 개인 단식을 모두 휩쓸었다. 거기에 소년부 단체전 우승까지 더해 4개 부문을 석권하며 일본을 놀라게 했다. 나는 일본 매체들에게 '아시아의 샛별'이라는 타이틀로 스포트라이트를 받았다.

귀국길에는 공항에서부터 떠들썩한 환영식이 열렸다. 난생처음 오색종이 가루에 파묻혀 카퍼레이드를 하고, 청와대에 초대돼 대통령 내외분의 축하를 받는 영광까지 누렸다.

1970년 제10회 나고야 아시아탁구선수권대회
소녀부 개인 단식 우승

화려한 귀환은 여기까지였다. 나는 다시 자취방으로 돌아와 예전처럼 먹고 연습하는 일상을 되풀이했다.

언니는 내가 잠을 자면서도 라켓 휘두르는 손짓을 한다고 말했다. 실제 탁구 치는 꿈을 자주 꾸었다. 자려고 누워서도 천장을 탁구대 삼아 이런저런 경기 상황을 그려보곤 했다. 그리고 좋은 전략이 떠오르면 마음이 조급해졌다. 빨리 학교에 가서 그 전략대로 게임을 해보고 싶어서였다. 그야말로 앉으나 서나 탁구뿐이었다.

마침내 세계대회 출전 상비군에 뽑혀 합동 훈련에 들어갔다. 때마침 소속 팀인 서울여상에서는 싱가포르 원정을 계획하고 있었지만, 나는 아시아 청소년 무대의 경쟁보다는 세계무대를 바라보고 싶었다.

상비군은 김인옥, 김길자, 김혜자, 김승래, 이영은, 나인숙, 정현숙, 임원숙 등 8명의 선배들에 내가 더해진 구성이었다. 지도는 천영석 선생님이 담당하고 계셨다. 처음 일반부 대표선수로 들어가는 것이라 상비군 훈련에 대한 기대가 컸다. 이번 기회에 나는 자신을 한 단계 업그레이드 시키겠다고 단단히 벼르고 있었다.

선생님께 조심스럽게 "드라이브 기술을 배우고 싶다"는 말씀을 드렸다. 어려서부터 오빠들 속에서 탁구를 배운 덕분에 나는 거침없는 공격형 탁구를 구사하고 있었고, 남성적인 플레이를 한다는 평을 듣고 있었다. 그런 내

스타일을 더 확실하게 완성시키기 위해서는 드라이브 기술이 필요하다고 생각했다. 이미 학교 코치 선생님들에게 그런 말씀을 드렸지만, 그 부분을 진지하게 받아들이는 선생님이 없었다. 현재 정상에 있는데 엉뚱한 모험을 했다가 부작용이 생길 수 있다는 것과 체력 문제에 대한 우려 때문이었다. 떨어지는 공을 옆에서 회전시켜 포물선을 그리도록 하는 드라이브 기술은, 체력이 약한 여자 선수는 구사하기 힘든 기술로 인식돼 있었다. 또 하나, 드라이브는 공격 다음에 리턴이 늦어진다는 약점이 있었다.

드라이브는 다른 기술이 뒷받침돼야 빛을 발할 수 있는 기술이며, 그 한 가지만으로는 허점이 큰 기술이었다. 하지만 드라이브엔 매력이 있었다. 스매싱은 좋은 공이 올 때만 구사할 수 있었지만, 드라이브는 어떤 공이 와도 강한 공격을 할 수 있다는 장점이 있었다. 드라이브에 대한 내 열망은 뜨거

국제대회에서 귀국 후 청와대 초청 행사에서 육영수 여사와 함께

웠다. 해낼 수 있다는 자신감이 있었다.

천영석 선생님은 『일본 리포트』라는 책까지 구해 나에게 최적화된 드라이브 기술을 연구하셨다. 그리고 세계적인 선수들의 톱스핀과 드라이브를 분석해 내게 가장 이상적인 폼을 만들어주셨다. 포인트는 '스윙을 작게 하면서 드라이브를 거는 것'이었다. 그 스윙을 완성하기 위해 내가 선 자리 바로 뒤에 의자를 놓고 훈련했다. 움직임 자체를 최소화하기 위한 것이었다. 선생님은 파트너 선정과 연습 내용까지 꼼꼼하게 신경을 써서 훈련시켰다.

전형을 바꾼다는 건 일대 모험이었다. 실패로 돌아갈 경우 주위의 질타를 받을지도 모를 일이었다. 그럼에도 나는 드라이브에 승부를 걸었다. 공격적인 탁구를 해야 세계적인 선수들과 기량을 겨룰 수 있다는 확고한 생각 때문이었다. 나는 모든 걸 버리고 다시 시작했다. 내 자신이 원한 것이었기에 의욕이 넘칠 수밖에 없었다.

드라이브 훈련을 도와준 것은 상비군의 하늘 같은 선배들이었다. 전진속공의 김길자 언니, 수비형인 정현숙, 나인숙 언니 등이 연습 상대를 해주면서 드라이브 기술은 조금씩 다듬어졌다. 내 의욕에 좋은 코치와 다양한 연습 상대가 더해진 행운이었다. 나는 운이 좋은 선수였다.

상비군 훈련은 강도 높게 진행되었다. 훈련장이 있는 숙명여고에 아침 8시에 도착해 저녁 7시가 돼서야 집으로 돌아가는 강훈련이었다. 보통 실업팀이 50분에서 60분 정도 연습을 하고 10분 쉬는 방식으로 진행이 되는데, 우리는 한 번에 90분씩 4차례에 걸쳐 6시간 동안 연습을 했다. 기본과 연결, 득점, 실전 등으로 나누어 몇 백 번씩 공을 주고받았다. 입에서 단내가 난다는 게 어떤 것인지 실감할 수 있었다.

점심 식사 후의 낮잠은 꿀맛이었다. 체육관 마룻바닥에 머리가 닿는 순간 누가 업어 가도 모를 만큼 깊은 잠에 빠져들었다. 오후 휴식이 끝나면 다시 체력 훈련이 시작됐다. 한여름 운동장을 30분간 뛰다 보면 정말 숨이 턱턱 막혔다. 달리기 후에 몸무게를 재면 2kg이 훌쩍 빠지기도 했다. 팔 굽혀 펴기와 윗몸 일으키기를 100회 하는 데 주어지는 시간은 각 2분씩이었다. 우리는 근육 운동으로 생긴 알통을 서로 비교하며 깔깔대기도 했다.

힘이 들어 지칠 때도 있었지만 각자가 무엇을, 왜 해야 하는지 잘 알고 있었다. 아홉 명 중 네 명의 가슴에만 태극기가 허용된다는 것을 알고 있었기 때문에 우리 모두에겐 선의의 경쟁의식이 있었다.

스칸디나비아 오픈선수권대회

300일의 강훈련을 마치고 나는 대표팀의 일원으로 스웨덴에서 열리는 '제13회 스칸디나비아 오픈선수권대회'에 출전했다. '세계선수권대회'를 앞두고 전력을 가늠해 보기 위한 대회였다.

최종 평가전에서 드라이브가 완벽하게 구사되지 않아 기대만큼의 성적을 거두지 못했지만, 나는 '유망주'로 인정돼 대표팀에 발탁되었다. 더 좋은 성적으로 나를 확인시키지 못한 아쉬움이 남았다. 하지만 세계대회에서 내가 어떤 선수인지 보여주겠다는 다짐은 그만큼 더 커졌다.

스칸디나비아 오픈선수권대회는 스웨덴 남부의 '할름스타드'에서 개최됐다. 유럽은 처음이었지만 할름스타드는 내가 자란 충청도 시골처럼 아늑한 분위기의 도시였다. 대표팀의 여자 선수는 정현숙, 김인옥, 최정숙 언니와 나까지 네 명이었다. 나는 고1 막내로 언니와 오빠들의 사랑을 듬뿍 받았다. 우리 대표팀은 대회 전 스웨덴 대표팀과 함께 합숙 훈련을 가졌다. 스웨덴 탁구협회의 호의가 있었기에 가능한 일이었다. 합숙 훈련을 하며 그 당시 유럽 랭킹 1, 2위를 다투던 헬만과 레나를 사귀게 되어 더욱 즐거운 준비 기간을 보낼 수 있었다.

　스칸디나비아 오픈선수권대회의 또 하나 이슈는 중국(당시 중공)의 출전이었다. 중국은 국제 대회에서 모습을 감추었다가 문화혁명 이후 5년 만에 나타났기 때문에 출전 자체가 큰 관심사였다.

　나는 단체전 주전으로 기용되었다. 신예다운 맹렬함으로 경기를 치르며 프랑스, 헝가리를 차례로 꺾고 결승에 올랐다. 결승 상대는 놀랍게도 임혜경이었다. 그는 문화혁명 이전 중국 탁구를 세계 정상에 올려놓았던 선수였다.

　경기가 시작되기 전 관례에 따라 패넌트 교환이 기다리고 있었다. 그런데 임혜경은 빈손이었다. 내가 준비해 간 패넌트를 내밀자 그는 중국 벤치를 바라보았다. 벤치는 스탠드의 어느 한 곳을 향해 고개를 돌렸다. 거기엔 모택동 복장을 한 중국인이 팔짱을 끼고 앉아 있었다. 그는 굳은 표정으로 고개를 좌우로 저었다. 그게 결정의 신호인 듯했다.

　임혜경은 패넌트를 받지 않았다. 내가 다시 건네려고 했으나 마찬가지였다. 경기는 시작도 하기 전 패넌트 전달 때문에 때 아닌 실랑이가 벌어지고 있었다. 관중도 그 결과가 어떻게 될지를 숨죽여 지켜보고 있었다. 호의를 거절당하는 건 불쾌함을 넘어 수치였다. 순간적으로 '이것도 승부'라는 생각이 들었다.

　끝내 받지 않는 임혜경을 뒤로 하고 나는 중국 측 라인을 건너가 탁구대 밑에 패넌트를 걸어주었다. 지켜보던 관중들은 환호와 함께 큰 박수를 보냈다.

　나의 패기는 여기까지였다. 전설적인 선수 임혜경과의 첫 단식은 나의 참패로 끝났다. 임혜경은 유럽스타일의 셰이크핸드 수비 선수였다. 작은 키에 표정이 없었다. 특이하게도 발레 음악을 들으며 리듬을 익힌다는 그의 수비는 완벽에 가까웠다. 그런 경기력에 겨우 몇 개월 동안 연습한 드라이브가 먹힐 리 없었다. 뒤이은 단식과 복식마저 경기를 내주며 우리는 중국에게 완패를 당하고 말았다.

경기가 끝나고 그들이 퇴장한 후에도 탁구대에는 패넌트가 그대로 걸려 있었다. 이념의 벽이 만리장성보다 더 높게 느껴졌다.

개인전에서는 단체전에서 쉽게 이겼던 헝가리 선수에게 져 2차전에서 탈락을 하고 말았다. 복식 경기 역시 준준결승에서 중국에게 져 더 이상 전진하지 못했다. 김창원 회장은 "에리사 탁구는 도깨비 탁구"라고 놀려댔다.

하지만 그 대회 기간 동안 나는 한층 더 성장한 자신을 느끼고 있었다. 세계 수준의 탁구를 보고 그들과 겨뤄보는 것만으로도 큰 수확이 분명했다.

한국에 돌아오니 '종합선수권대회'가 기다리고 있었다. 여독을 풀 겨를이 없었다. 나는 귀국 다음날 바로 연습에 돌입했다.

'종합선수권대회'는 중학생부터 일반부, 국가대표까지 모든 탁구 선수가 참여해 겨루었기에 최후의 승자는 진정한 챔피언으로 인정받았다. 중3 때 처음 종합선수권대회 우승을 차지한 후, '전무후무한 기록을 세워보겠다'는 결심을 한 터였다. 그때까지 3년 연속 우승을 기록한 선수는 없다고 했다. 나는

서울여상 재학시절
전국학생탁구대회
우승 후 체육관 앞
기념 촬영.
고등학교 졸업을 앞두고
진로 고민이
많던 시기였다.

가능한 한 오래 챔피언 타이틀을 지키고 싶었다.

서울여상팀의 일원으로 출전한 단체전은 일찌감치 승부를 결정지었다. 대표팀에서 한솥밥을 먹었던 최정숙 언니를 상대로 내가 단·복식을 모두 이김으로써 한일은행을 3:2로 제치고 우승을 차지했다. 여고팀이 패권을 쥐는 것은 드문 일이었다.

개인전 결승에 오른 상대는 동덕여고의 김순옥이었다. 순옥이는 중학교 때부터 나의 라이벌이었다. 자그마한 몸에서 순간적으로 튀어나오는 날카로움이 장점이었다. 중학교 2학년 때부터 나는 문영여중 주전으로, 순옥이는 동덕여중 주전으로 뛰어 맞붙을 기회가 많았다. 고등학교에 진학해서는 서울여상과 동덕여고 대표로 이어졌으며, 나중에는 신탁은행과 대한항공의 대결로 라이벌 싸움을 벌였다.

동급생과의 대결은 선배들과의 대결보다 부담스러웠다. 쟁쟁한 선배들과의 대결에서는 져도 크게 부끄러울 게 없지만, 동급생과의 대결이라면 무조건 이겨야만 했다. 그런 심적 부담에도 불구하고 나는 쉽게 승리를 거두었다. 아무래도 대표팀 선배들 속에서 다양한 기술을 구사하는 상대들과 붙어본 게 유리할 수밖에 없었다.

'종합선수권대회 2연패'. 나는 새로운 기록 도전을 위한 첫걸음을 무난하게 내딛고 있었다.

터닝 포인트

1971년 1월 6일, 처음으로 태릉선수촌에 들어갔다. 석 달 앞으로 다가온 '나고야 제31회 세계탁구선수권대회'에 대비한 합숙 훈련이 시작된 것이다. '아시아선수권대회' 우승과 '스칸디나비아 오픈선수권대회' 준우승으로 우리 여자팀은 단체전 상위 입상을 바라보고 있었다. 나고야 대회에는 중국은 물론 북한이 참가할 예정이어서 우리는 비상 상태였다.

난생처음 들어간 태릉선수촌은 몹시 실망스러웠다. 체육관 이름은 근사하게 '월계의 집'이었으나 실제는 꼬불꼬불한 양철로 덮인 엉성한 세트 같았다. 유리창에는 커튼 대신 낡은 담요가 처져 있었고, 비가 내리는 날이면 천장에서 뚝뚝 눈물이 흘렀다. 겨울에는 찬바람이 그대로 들이쳐 벌판 한복판에 서 있는 것 같았다. 숙소 역시 어설펐다. 울퉁불퉁한 매트리스는 피곤을 풀어주는 잠자리로는 턱없이 부족했다.

우울한 선수촌에서 잠시 즐거움을 준 것은 스웨덴 대표팀의 '레나'였다. 스칸디나비아 오픈 때 스웨덴 탁구협회가 베풀어준 호의에 보답하는 차원에서 우리 탁구협회가 레나를 초청했던 것이다.

1971년 태릉선수촌에서
스웨덴 탁구선수
레나 앤더슨과 함께.
레나는 달리기의 중요성을
알려준 소중한 친구다.

레나와 나는 한방을 쓰는 룸메이트가 되었다. 키가 180cm나 되는 장신의 레나는 불편한 시설 때문에 이만저만 고생이 아니었다. 그럼에도 낙후된 시설을 불평하는 게 아니라 자신이 잘 적응하지 못하는 걸 미안해 할 정도로 심성이 고왔다. 또 운동에 대한 자세나 집념은 누구도 따라갈 수 없을 정도였다.

레나는 이틀에 한 번씩 남자 선수들이 하는 장거리 달리기에 빠지지 않고 참가했다. 30분 정도를 달리는데 어찌나 잘 뛰는지 남자 선수들을 제치고 선두로 나갈 정도였다. 나도 레나의 권유로 함께 달리기를 시작했다. 그런데 조금 지나면 뒤로 처져서 숨을 헐떡거리며 따라가야 했다. 레나는 힘들어하는 내 모습을 보고 놀리면서도 격려를 아끼지 않았다.

이때부터 내게는 '달리기' 습관이 생겼다. 훈련이 끝나고 따로 달리기를 하기 시작했다.

매일 6km 달리기. 6km는 태릉선수촌 운동장 15바퀴에 해당하는 거리였다. 훈련이 너무 힘들었던 날은 달리는 게 고통스러웠다. 달리는 도중에도 몇 번이나 포기하고 싶은 마음이 생겼다.

'오늘은 쉬고 내일 뛸까?'

'뭐라 할 사람도 없는데….'

하지만 곧바로 내 자신을 나무랐다.

'이 정도 힘든 것도 못 이기면서 뭘 하겠다는 거야?'

내 마음속의 또 다른 나와 격렬하게 싸우면서 결국은 6km를 완주하고야 말았다. 그 시절 운동복의 소재는 기능을 기대할 수준이 아니었다. 한겨울에 솜을 넣어 누빈 나일론 점퍼를 입고 뛰다 보면, 옷은 땀에 젖고 어느 순간 뻣뻣하게 얼기 시작했다. 얼어서 굳어진 점퍼는 마치 갑옷 같았다.

나는 달리기의 효과를 잘 알고 있었다. 뛰는 사이 불필요한 체내의 불순물은 빠져나가고 근육은 단단하게 단련이 됐다. 지구력과 인내심을 기르는 건 덤이었다. 그러나 무엇보다 좋은 점은 뛰는 사이 많은 생각을 하게 된다는 것이었다. 내 자신에 대해 생각하고 경쟁자들에 대해 생각하다 보면 각각의 장점과 단점이 보이고, 어떻게 게임을 풀어갈지를 차분히 그려볼 수 있었다.

후에 지도자 생활을 할 때, 선수들에게 벌을 줘야 할 일이 생기면 운동장을 뛰도록 시켰다. 뛰면서 반성을 하는 동시에 체력 단련까지 되니, 그 이상 좋은 벌이 없었다.

1971년 3월 나고야에서 열린 '제31회 세계탁구선수권대회'에서 우리는 단체전 동메달을 획득했다. 아쉬운 결과였다. 우리는 첫 경기에서 태국을 3:0으로 누르며 산뜻한 출발을 했지만 일본에게 발목을 잡히고 말았다. 그 패배는 내게 더욱 뼈저렸다.

우리 팀이 2:1로 리드하고 있는 가운데 나는 일본전 마지막 단식에 출전했다. 그리고 오제끼와 맞붙어 기세 좋게 첫 세트를 따냈다. 둘째 세트에서도 계속 리드를 잡아 15:12까지 몰고 갔으나 이후 역전이 돼버렸다. 노련한 오제끼는 여세를 몰아 마지막 세트까지 가져가버렸다. 나에게는 통한의 패배였으며, 그 후 오랫동안 머릿속에서 지워지지 않는 승부로 남았다.

우리는 4승1패로 B조 2위를 기록하며 A조 2위인 체코와 3,4위전을 벌여 동메달을 확정지었다. 나고야 세계대회는 결승 토너먼트 방식으로 진행하고 있었으므로, 우리가 일본에게 당한 1패는 뼈아픈 결과를 만들고 만 것이다. 그 패배가 아니었더라면 다시 한 번 중국과 싸울 기회가 있었을 텐데…. 그 대회에서도 우승은 중국의 차지여서 더 씁쓸했다.

이 대회에서는 국제 정치의 소용돌이를 목도하기도 했다. 당시 아시아탁구연맹을 이끌던 고토 고지 회장이 중국까지 직접 가서 출전을 간청하자, 중국은 대만(당시 자유중국) 축출 조건을 내세웠다. 하지만 일본의 대만 축출 시도는 우리나라를 비롯한 몇 나라에 의해 좌절되었다. 결국 뜻을 이루지 못한 일본은 기존의 아시아탁구연맹을 탈퇴해 중국·북한·베트남 등과 함께 '아시아탁구연합'이라는 새 기구를 창설했다.

1971년 제31회
나고야 세계탁구선수권대회
귀국 직후 대표팀 기념 촬영.
아랫줄 오른쪽에서 두번째가 이에리사.

정치색이 짙은 아시아·아프리카 대회도 발족시켰다. 대회가 끝나자 미국 팀은 중국으로부터 초청받았다는 사실을 공표했다. 죽의 장막에 가려져 있던 중국이 스포츠 문호를 개방한 것에 세계가 놀라움을 표시했다.

한 시대를 상징하던 '핑퐁외교'는 이렇게 시작되었다. 무너지지 않을 것처럼 대립하던 이념의 세계가 조그만 탁구공 하나로 왕래의 길을 트고 있었다.

나고야 세계선수권대회는 내게 중요한 터닝 포인트가 되었다. 우물 밖의 바깥세상은 치밀하고 빠르게 돌아가고 있다는 걸 알게 되었다.

이미 일본은 과학적이고 체계적인 시스템으로 선수단을 관리하고 있었다. 상대에 대한 전력 분석을 앞세워 철저한 대비 하에 경기에 임하는 게 보였다. 경기마다 캠코더가 등장해 경쟁 팀 선수의 일거수일투족을 담았다.

그에 비해 우리는 모든 걸 몸으로 부딪혀 풀어 가고 있었다. 경기력은 이미 세계 3위권 내였지만 경제적 뒷받침이 되지 않았다. 미국, 독일, 덴마크 등에서 많은 대회들이 개최되고 있었지만 우리는 1년에 한 번 국제 대회 출전이 고작이었다. 돈도 없고 정보도 없었다. 1년에 한 번 겨뤄본 선수들에 대한 '기억'이 우리 각자의 전력 분석이었다.

그렇게 암울한 상황이었지만 동시에 그 속에 '무한한 가능성'이 있음을 함께 깨달았다. 잊지 못할 '패배'의 쓰라림이 한 가닥 가능성처럼 생각되었고, 탁구가 무엇인지 한 걸음 다가선 느낌이었다. 세계 정상의 선수들과 맞붙어 이번에는 졌지만, 그들을 쓰러뜨릴 날이 올 것이라는 희망을 품은 기회였다. 패배는 쓰라린 아픔이기도 하지만 그걸 기억함으로써 한 걸음 더 전진하는 원동력이 된다는 걸 알게 되었다.

다음 세계선수권대회가 기다려졌다. 그때는 최고의 선수로 세계 정상에 서겠다는 다짐과 희망으로 두 주먹을 꼭 쥐었다.

남과 같아서는 최고가 될 수 없다

나고야 세계대회는 나를 한 단계 성장시켰다. 어른들의 세계에서 고군분투하던 소녀에서 이제 그들과 어깨를 나란히 하는 성인으로 한 뼘 자란 느낌이었다. 그 이전에는 상대의 공을 받아넘기는 1점 탁구에 열중했다면, 이제는 그 1점을 만들어 가는 과정과 중요성을 인식하고 생각하는 탁구로 변모해 가고 있었다.

내가 국내 각종 대회를 휩쓸다시피 하며 소속 팀인 서울여상도 무적의 강팀으로 군림했다. 세계탁구연맹이 그해 8월 발표한 세계 랭킹에 내가 12위에 올랐다. 20위 안에 일본과 중국 선수가 다수였고, 세계 1위는 스칸디나비아 오픈선수권에서 내게 패배를 안긴 중국의 임혜경이었다.

20위 내의 명단에 모르는 얼굴은 없었다. 랭킹이 앞선다고 나보다 전적으로 뛰어나다고 생각지도 않았다. 내가 도전해 나갈 길이 머릿속에 그려졌다.

세계대회 이후에도 운동을 게을리 하지 않았다. 개인 훈련은 오히려 강도를 높였다. 새벽과 야간에 혼자 달리기를 했다. 깜깜한 한밤중 인적이 없는 골목길을 뛰면서도 무서운 걸 몰랐다. 아령을 이용해서 스윙 연습을 하기도 했다. 1kg짜리 아령을 라켓처럼 이용해 스윙 훈련을 한 것이다. 양팔의 밸런

1969년~1977년까지 작성한 훈련일지.
나는 늘 오늘에 대한 반성으로 내일의 발전을 꿈꿨다.

스를 맞추기 위해 오른쪽과 왼쪽 스윙 훈련을 함께 했다.

　여름방학에는 일본에서 열린 한·일 고교 교환 경기에 참가했다. 비록 고등학생 대회였지만, 지난 세계대회를 설욕할 만큼 시원한 경기로 우승을 차지하며 일본 탁구계에 내 이름을 확실히 각인시켰다.

　다시 종합선수권대회가 다가왔다. 종합선수권대회 챔피언 자리를 지키는 일은 내게 있어 세계대회 성적을 내는 것만큼 중요했다. 어쩌면 훨씬 애정을 쏟는 일이기도 했다. 대회를 준비하는 기간에는 엄격하게 나만의 루틴을 지켰다. 아침에 일어나 스트레칭과 스윙 연습을 하고 연습장에 나가 훈련을 했다. 저녁 식사 후에는 남자 선수를 상대로 실전 훈련을 반복했다. 연습 상대는 국가대표 2진이나 남자 고등학교 선수들이 나섰다. 간혹은 국가대표 오빠들이 연습 파트너가 되어주기도 했다. 그럴 때는 더욱 승리 욕구가 불타올랐다.

연습이 끝나고 집까지 걸어오는 15분 정도의 시간, 그날 있었던 일들을 머릿속으로 정리했다. 그리고 집에 돌아와 그날의 연습 내용을 분석하는 '탁구 일지'를 썼다. 연습에서 잘된 점과 잘못된 점, 경쟁 상대를 분석하고 다음 날 연습 계획까지 세우는 일지였다. 똑같이 훈련을 해도 어제 안 된 게 오늘은 되기도 한다. 그래서 '될 때까지' 훈련을 하는 것이다. 안 되던 걸 할 수 있게 될 때의 성취감과 희열은 무엇과도 바꿀 수 없다. 끝내 안 된다면 그건 연습량 부족이라고밖에 볼 수 없다.

그 대회를 앞둔 한 달 정도는 친구를 만나지도 않고, 일과처럼 쓰던 팬레터 답장도 일절 금지였다. 그야말로 대회 준비에만 온 정성을 쏟았다.

운동선수에게 자기만의 '루틴'은 매우 중요하다. 루틴은 일정 행위를 수없이 반복하며 성공의 과정을 찾아가는 것이다. 반복 과정에서 뇌와 근육에 저장이 된 행위는 실전에서 자동적으로 실행이 된다.

사람들은 올림픽 역도 금메달리스트인 장미란 선수가 엄청난 무게를 들어 올리는 걸 보고 힘이 세다고 생각한다. 하지만 그건 힘이 아니라 '기술'로 들어 올리는 것이고, 그 기술을 만드는 게 바로 루틴이다. 자기만의 루틴이 확실하면 심리적으로도 안정이 된다.

종합선수권대회 세 번째 챔피언 수상을 위한 과정은 순조롭게 이어졌다. 결승에 오른 상대는 산업은행의 나인숙 언니였다. 정현숙 언니와 같은 셰이크핸드 수비 선수였다. 상대의 탁구는 안정적이었지만 그보다는 완성기에

1972년 대한민국체육상
수상 후.
왼쪽부터 넷째언니, 어머니,
이에리사, 아버지, 셋째언니.
가족은 나의 가장 든든한
지원군이었다.

접어든 내 드라이브가 강력했다. 큰 어려움 없이 종합선수권 3연패를 달성했
다. 탁구사상 최초의 3연패라는 점에서 그 승리는 더욱 의미 깊었다.

1971년도에 거둔 세계대회 단체 3위와 종합선수권대회 3연패 성과를 인
정받아 서울신문체육상, 대한체육회 최우수선수상, 문교부의 제10회 대한민
국체육상을 수상했다.

실력을 인정받는 것만큼 괴로운 일도 겪어야 했다.

1972년 고등학교 졸업반이 되면서 나는 신탁은행에 적을 둔 서울여상 학
생으로 이중 소속 선수가 되었다. 상업계 학생은 졸업 전 취업이 가능했다.
하지만 팀 선택이 고민이었다.

신탁은행은 1년 전 서울여상 선수와 코치를 흡수해 팀을 창단하고 나를
기다리고 있었다. 만약 내가 다른 팀에 간다면 모교인 서울여상에 대한 배신
행위나 다름없었다. 하지만 대표팀 코치로서 나에게 드라이브를 가르친 천
영석 선생님은 자신이 속해 있는 산업은행으로 오리라 기대하고 있었다. 대

표팀 훈련에서 내게 쏟은 애정 속에는 여러 가지 뜻이 포함되어 있다는 걸 나도 알고 있었다. 사실 산업은행으로 가고 싶은 마음도 있었다.

나는 문제가 생겼을 때 과정에서 고민은 깊게 하지만 결정은 단호하게 하는 편이다. 다른 무엇보다 '의리'를 생각하기로 했다. 내 탁구의 실제적 출발점부터 함께한 코치와 선후배들이 중요했고, 그들과 함께 가는 게 사람의 도리라고 생각했다.

예상대로 천영석 선생님은 서운해 하셨다. 나 또한 선생님의 그런 마음을 충분히 이해했다. 하지만 누구보다 나를 잘 아는 지도자이고 향후에도 함께할 선생님인 만큼 시간이 흐르면 내 결정의 배경을 이해하시리라 믿었다.

고등학교 졸업 전 서둘러 실업팀으로 간 이유는 훈련의 효과를 높이고 싶어서였다. 이미 내 탁구는 세계무대에서 경쟁할 수준에 도달했으므로 조금이라도 수준 높은 선수들과 연습하고 싶었다.

대표팀 훈련이 없을 때는 소속팀인 신탁은행 연습장에서 훈련을 계속했다. 단체 훈련이 끝나면 다시 개인 훈련의 반복이었다. 어떤 선수들은 유별나게 군다며 못마땅한 시선을 보내기도 했다. 하지만 그런 말들에 신경 쓸 겨를이 없었다. 나는 정말 절박한 마음으로 훈련에 매달리고 있었다.

'최고'가 되기 위해서는 남과 똑같이 해서는 안 된다. 다른 사람만큼 연습하고 이기길 바랄 수는 없다. 남이 연습할 때는 당연히 함께하고, 남이 쉴 때도 나는 연습을 했다. 크고 작은 대회를 앞두면 더 강도 높은 연습에 매달렸다. 1년 365일이 강화 훈련인 셈이었다.

중·고교 시절부터 나는 옳다고 생각하는 일은 누가 뭐라고 해도 반드시 하고, 잘못된 건 지나치지 못하는 성격이었다. 예전 코치 선생님들 중에는 연습 때 약주를 마시고 오시는 분들이 있었다. 훈련 지시를 하는 선생님에게서 술 냄새가 풀풀 나면 그냥 지나치기가 힘들었다. 결국 한 말씀 드리지 않을 수 없었다.

"선생님, 나중 술 깨셨을 때 얘기해 주세요."

선생님은 머쓱해 하시면서도 수긍하셨다. 내 말이 일리가 있다고 생각해 수긍하셨을 것이고, 또 한편으로는 그만큼 좋은 선생님이라는 뜻이기도 했다.

친구들이나 선배들도 나를 함부로 대하는 사람이 없었다. 동급생들 사이에서 나는 '어른스러운 아이'로 통했다. 나는 할 말은 했으나 예의를 갖추고 정도를 넘지 않아야 한다는 것을 알고 있었다. 무엇보다 내 자신이 할 일을 정확하고 성실하게 먼저 해냈기 때문에 나의 당찬 언행은 주변으로부터 인정받을 수 있었다.

처음 내 개별 운동에 대해 이러니저러니 말을 했던 몇몇 선수들도 시간이 흐르면서 하나둘 내 훈련 방식을 따라하기 시작했다. 결국 행동으로 보여주는 게 정답이라는 걸 다시 한 번 확인한 계기였다.

고등학교 2학년인 1972년, 스칸디나비아 오픈선수권대회 참가가 확정되었다. 대회는 11월에 열릴 예정이었다. 이 대회는 유고의 사라예보에서 열릴 제32회 세계선수권대회를 5개월 앞둔 대회이니 만큼 전초전 성격이 뚜렷했다. 1년 전 나고야 세계선수권대회를 거치며 세계 정상을 목표로 설정한 내게는 확실한 동기 부여가 되는 대회였다.

그때까지 대표팀은 변변한 전용 체육관이 없었다. 김창원 탁구협회 회장은 자신이 설립한 신진공고에 체육관을 지어 탁구 전용 체육관으로 쓰도록 했다. 김창원 회장은 지칠 줄 모르는 열성의 소유자였다. 사비를 털어 가며 헌신적으로 대표팀을 뒷바라지했고, 목표한 것을 이루겠다는 신념이 확실했다.

상비군이 구성되자 곧바로 신진공고 체육관에서 훈련이 시작되었다. 나는 새벽 4시 30분이면 집을 나와 체육관으로 향했다. 새벽 첫 버스에는 안내양과 나, 둘뿐이었다. 신진공고에 도착하면 새벽 5시 30분, 여전히 주변은 어두컴컴했지만 운동복으로 갈아입고 간단한 워밍업을 했다.

새벽 첫 일과는 '참선'이었다. 정신적 안정에 도움이 될 거라며 김창원 회장이 낸 아이디어였다. 처음에는 졸음이 쏟아지고 무릎이 아파 힘들었지만 매일 하다 보니 참선의 묘미를 알 것 같았다. 20분 정도는 거뜬히 정신 집중이 된 상태에 머무를 수 있었다.

체력 훈련은 하루도 쉬지 않고 계속하는 끈기가 필요했다. 근육을 만드는 데는 몇 달이 걸리지만, 단 사흘만 운동을 걸러도 앞서 한 훈련이 물거품이 되어버리기 때문이다. 훈련을 하다 보면 여기저기서 "별 떴다!" 하는 고함소리가 들렸다. 너무 힘이 들어 눈앞에 별이 보인다는 외침이었다. 그러면서도 우리는 열심히 라켓을 휘둘렀다.

두 번의 패배는 없다

스칸디나비아 오픈대회 참가는 1970년에 이어 두 번째였다. 세계 최강 중국을 처음 만나 쓰라린 완패를 당한 대회이기도 했다. 11월 5일, 서울을 출발할 때부터 내 마음가짐은 남달랐다.

이번에도 역시 도쿄와 알래스카, 코펜하겐을 거쳐 스웨덴까지 비행기와 기차, 배를 갈아타는 먼 여행길이었다. 현지 적응을 겸해 지방에서부터 친선 경기를 벌이며 보라스에 도착했다.

경기는 11월 24일 시작되었다. 복식에서 우리는 거침없는 승리를 이어 갔다. 그리고 준결승에서 그렇게 벼르던 중국을 만났다. 스칸디나비아에서 대결을 펼쳤던 임혜경은 은퇴한 뒤였다. 중국은 세대교체가 이루어지는 시기인 것 같았다. 주전은 구보금과 임미군이라는 새 얼굴이었다. 새 얼굴이라고 해도 플레이는 노련했다. 그들은 러버에서 심한 변화를 일으키며 불규칙한 탁구를 구사했다.

우리는 중국과의 단체전에서 정현숙 언니와 내가 각각 승리를 거둬 리드를 잡았다. 하지만 이어진 복식과 단식을 내주며 2:3으로 역전패 당하고 말았다. 그나마 한 게임도 이기지 못했던 2년 전에 비하면 단식 두 게임의 승리

1972년 스칸디나비아 오픈대회 개인 단식, 복식 석권 후 현지 언론 보도. 동양 소녀의 국제무대 활약에 해외 언론의 관심이 뜨거웠다.

는 분명 진일보였다.

단체전이 끝난 후부터 중국이 나를 주목하는 게 느껴졌다. 캠코더를 동원해 내 경기를 담아 가는 게 보였다. 내 전략이 노출되는 게 신경이 쓰였지만 막을 수 없는 일이었다.

이 대회에서 만난 중국 선수들은 과거의 중국 선수들과 달랐다. 함께 기념사진을 찍고 배지도 교환했다. 마주치면 미소를 지으며 인사를 주고받기도 했다. 중국의 기류가 진정으로 변한 것인지, 아니면 선수도 정치·외교의 선전물 역할을 하는 것인지는 알 길이 없었다.

단체전 패배 설욕의 기회는 곧바로 찾아왔다. 개인 단식에서 다시 구보금을 만났다. 앞선 대결에서 구보금의 구질을 파악한 상태였던 터라 자신 있게 공세를 펼쳤다. 그리고 세트 스코어 3:0으로 단체전에서의 패배를 설욕했다. 내게는 한 번 패한 선수와 두 번째 대결하면 절대 지지 않는다는 신념과 믿음이 있었다.

준준결승에서는 북한의 차경미와 만나 첫 남북 대결을 승리로 장식했다.

1972년 스칸디나비아 오픈대회 개인 단식, 개인 복식 우승. 당시 복식 파트너는 박미라 언니였다.

나는 경기가 끝난 후 눈물을 흘리는 차경미를 찾아가 위로했다. 준결승에서는 다시 중국 선수를 만났으나 그 역시 3:0으로 꺾으며 정점을 향해 가고 있었다.

마침내 결승 테이블에 설 두 명의 선수가 가려졌다. 나와 정현숙 언니, 우리나라 선수 둘이 결승전을 치르게 되었다. 어려운 승부가 될 거란 생각이 들었다. 우리는 서로를 너무 잘 알고 있었다. 오랜 시간 대표팀에서 함께 훈련을 하며 동고동락한 사이라서 서로의 장점과 단점을 누구보다 잘 알았다. 든든한 동료이자 선배와 타이틀을 놓고 맞붙게 된다는 건 참 미묘한 감정이었다.

그러나 상대가 누구든 경기에 임했을 때는 최선을 다해 싸우는 게 자신에게 떳떳하고 상대에게 예의를 다하는 것이다. 선후배로서의 사사로운 감정은 잠시 접어 두기로 했다.

다음날 오후 3시. 열일곱 개의 탁구대는 모두 치워지고 단 하나의 탁구대만이 체육관 중앙에 놓였다.

각국의 참가 선수와 체육관을 가득 메운 관중, 그리고 TV 중계 카메라가 우리 둘을 에워쌌다. 우리는 시범 경기를 하는 것처럼 멋진 경기를 했다. 한 치의 양보도 없이 정말 치열하게 싸웠다.

결과는 나의 승리였다. 미라 언니와 팀을 이룬 복식에서도 중국 선수를 물리치고 우승했다. 열여덟 내 인생 최고의 순간이었다. 그 단·복식 우승이 우리나라 구기사상 처음으로 세계대회의 개인전을 석권한 것이었다.

스칸디나비아 오픈 단·복식 우승으로 탁구는 국민적 관심을 받기 시작했다. 그해 종합선수권대회는 이례적으로 영부인 육영수 여사가 참석하고 KBS가 사상 처음 생방송 중계를 하면서 탁구 붐을 실감하게 했다.

얄궂은 운명처럼 종합선수권대회에서 또다시 현숙 언니와 결승전을 치렀다. 그리고 4연패에 성공했다. 탁구대에 서면 상대의 공격 루트가 보이고 네트를 넘어오는 공에 내 몸이 저절로 반응했다. 탁구가 마음먹은 대로 되는 느낌이었다. 내 기량은 절정을 향해 달리고 있었다.

1천 개의 드라이브

그 당시 인터뷰를 할 때마다 자주 나오는 질문이 있었다.

"국제 대회라 더 부담을 느끼지 않았나요?"

"중요한 시합이었는데 떨리지 않았나요?"

첫 번째 질문에 대한 내 대답은 "모든 대회는 똑같은 시합"이라는 것이었다. 국내 대회라 부담이 덜고 국제 대회라 더 긴장하지는 않았다.

나는 일찌감치 '시합은 사람을 보지 말고 해야 한다'는 걸 터득했다. 내가 어떻게 준비하고 작전을 세워 그걸 정확하게 실행하느냐가 승패를 좌우한다고 믿었다. 그래서 늘 철저하게 준비했고, 내 자신을 믿으며 탁구대 앞으로 나아갔다. 경기에서 출발만 잘하면 상대는 당황해 공격을 제대로 못하고 허둥댔다. 그 기세를 몰아 초반에 점수 차이를 벌려 놓으면 승리는 쉽게 따라왔다. 기선 제압도 전략이었다.

나는 그동안의 노력과 경험을 서서히 하나로 응집시키고 있었다. 내가 오를 고지를 생각할 때마다 펄떡이는 가슴을 진정시키느라 슬며시 가슴께를 눌렀다. 목표는 사라예보 세계선수권대회 우승이었다.

1973년 1월, 우리는 사라예보 세계선수권대회를 대비한 마지막 합숙 훈련에 들어갔다. 신진공고 체육관은 영하의 바깥 날씨와 별반 차이가 없었다. 보일러를 가동해 실내 온도를 맞추기에는 경비가 부담스러웠다.

훈련장과 가깝다는 이유로 숙소로 결정된 신진여관도 난감하기는 마찬가지였다. 선수끼리는 이곳을 '신진호텔'로 불렀다. 밤이면 취객이 떠드는 소리, 화장실 들락거리는 소리가 깊은 잠을 방해했다. 방음시설이 제대로 되지 않아 옆방에서 그대로 전해지는 소음은 고통스럽기까지 했다.

우리는 거의 필사적으로 훈련을 했다. 이번이 세계챔피언의 자리에 오를 수 있는 절호의 기회라는 생각에, 힘든 훈련도 피곤하거나 지루하지 않았다. 누가 시켜서가 아니라 선수 각자의 의욕과 자신감으로 탁구에 몰두하고 있었다. 자나 깨나 관심사는 '탁구를 잘하는 것'뿐이었다.

탁구를 잘 치는 사람은 박자 맞추기에 능한 사람이다. 미들라인 안은 반박자 빠르게 때려야 한다. 미들라인 밖은 스매싱 하지 말고 좋은 코스의 드라이브로 연결하고 다음 공을 기다린다. 나는 늘 박자를 생각했다.

내 힘의 한계치가 10이라면 11이나 12가 될 때까지 뛰었다. 훈련을 마치면 에너지가 완전히 소진돼 층계를 오를 힘조차 없었다. 한 다리를 손으로 잡아 끌어올리며 계단을 올랐다. 내려갈 때는 다리가 후들거려 손잡이에 의지해야 했다. 내부의 에너지가 완전히 고갈될 때까지 훈련을 거듭했다.

나는 현숙 언니를 상대로 한계점을 높이기 위한 집중 훈련을 했다. 처음에는 드라이브를 천천히 700개, 그 다음 조금 강하게 200개, 더 강하게 100개… 이런 식으로 서로 공을 주고받는 방식이었다. 이 훈련은 지구력과 안정감, 공의 판단 능력을 키우기 위한 것이기 때문에 도중에 미스가 나면 다시한 개부터 시작해야 하는 엄격한 규칙을 가지고 있었다.

처음에 천천히 치는 드라이브는 포핸드 스트로크라면 1천 500개를 치는 만큼의 힘이 들어갔다. 뒤로 갈수록 점점 박자가 빨라지며 나중에는 박자보다 본능에 따른 스트로크를 이어갔다.

내가 실수하면 현숙 언니가 화를 냈고, 현숙 언니가 놓치면 내가 화를 냈다. 한 개도 소홀히 하지 못하는 긴장의 연속이었다. 어떤 때는 마지막 한 개를 남겨 놓고 실수할 때도 있었다. 그러면 우리는 맥이 쭉 빠져 서로를 노려보기만 했다. 그래도 다시 하나부터 세어야 했다. 나중에는 서로 실수를 안 하려고 이를 악물며 숫자를 외쳤다.

이렇게 집중적인 훈련을 하다 보니 나중에는 정해 놓은 시간 안에 몇 번도 해낼 수 있을 정도로 단련이 되었다. 그 결과 내 드라이브와 현숙 언니의 커트는 힘이 있으면서도 안정적인 구질로 성장할 수 있었다.

현숙 언니와 나는 실과 바늘 같은 존재였다. 라이벌이라기보다 협력자에 가까웠다. 서로를 동력 삼아 세계 정상을 향해 나아갈 수 있었다.

우리는 일주일에 한두 번 리그전을 벌이고 상대방 탁구를 분석하는 리포트를 작성해 미팅을 가졌다. 발표할 내용을 멋지게 작성하기 위해 밤새 고쳐쓰기도 했다. 여러 명의 선수가 한 명의 플레이를 분석하고 지적하기 때문에 적당한 변명으로 어물쩍 넘어갈 수가 없었다.

개인적으로 큰 고마움을 느꼈던 것은 남자 선수들이었다. 남자 선수들은 여자 선수를 상대해 별로 얻을 점이 없음에도 연습 상대가 되어주었다. 기교가 뛰어난 선수나 강력한 파워를 겸비한 남자 선수들을 상대로, 강한 공을 처리하는 힘을 기르는 동시에 내 드라이브의 효력을 점검해 볼 수 있었다.

내 훈련의 포커스는 중국에 맞춰져 있었다. 내가 중국을 이길 수 있는 무기는 정확성과 변화를 동반한 위력 있는 드라이브뿐이었다. 그리고 중국의 강력한 서비스를 받아낼 수 있도록 리시브를 강화해야 했다. 중국 선수들은 서비스한 다음 되돌아오는 3구 공격이 특기였다. 그들은 보통 5구 안에 결판을 냈다. 게다가 전형상 유리한 전진속공이었으므로 쇼트를 받아주었다가는 그대로 먹기 십상이었다. 어떻게든 탁구대로부터 떨어뜨려 놓아야 했다. 그리고 그 이후 이어지는 랠리는 결국 머리싸움이었다.

중국을 넘어서려면 랠리를 길게 가져가며 드라이브 공격 찬스를 살려야 했다. 13구의 공격. 그것으로 중국을 넘어설 자신이 있었다.

사라예보를 향한 강행군이 막바지에 이른 때였다. 어느 날 아주 생생하고 특별한 꿈을 꾸었다. 호랑이 꿈이었다. 이상하게 며칠이 지나도 잊히지 않았다. 호랑이 등에 올라탔을 때의 생생한 느낌이 그대로 남아 있었다.

사라예보 대회에서 우승을 차지한 후에야 나는 그게 세계를 손아귀에 쥐는 꿈이었다는 걸 알 수 있었다.

그리고 3년 후, 또 한 번 그 호랑이를 만났다. 서독 오픈을 앞두고 훈련 중이던 어느 날 꿈속에 그 호랑이가 나타난 것이다. 신기할 만큼 똑같은 꿈이었다. 그리고 서독 오픈대회에서 나는 중국의 장립을 꺾고 단식 우승을 차지했다.

챔피언은 실력에 하늘의 뜻이 더해져야 태어난다는 의미일까? 두 번의 호랑이 꿈은 내겐 완벽한 우승의 길조였다.

선수 이에리사

Part 4

왕관의 무게

'최고의 자리'에 오르는 건 영광과 압박감을 동시에
짊어지는 일이다. 선수로서 최고 목표였던 세계 제패
를 이룬 후 나는 기쁨보다 부담이 더 컸다. '정상을 유
지해야 한다'는 부담감이었다.
열다섯 살에 국내 챔피언이 되면서 일찍부터 치른 유
명세에 늘 처신을 신경 쓰고, 어디에서든 빈틈을 보
이지 않으려 스스로를 다그치던 힘겨움 또한 누구도
알지 못했다.

굿바이, 사라예보

1973년 4월 10일, 사라예보.

'제32회 세계탁구선수권대회' 단체전 시상식에서 우리는 시상대 가장 높은 곳에 올라섰다. 초등학교 4학년이던 열 살에 탁구를 시작해 10년 만의 세계 제패였다.

우리나라 스포츠 사상 최초의 구기 종목 세계 제패. 이 승리는 내 개인의 영광을 뛰어넘어, 대한민국 스포츠 역사의 한 페이지를 장식한 기록이었다. 구기 종목으로 국한하지 않고 전체 스포츠 종목으로 확대해도 1936년 베를린 올림픽 마라톤 손기정 선생님의 금메달, 1965년 미국 톨레도 세계레슬링선수권대회 장창선 선수의 금메달에 이은 세 번째 세계 제패였다. 그야말로 역사적인 승리였던 셈이다.

우리의 오른쪽에는 중국, 왼쪽에는 일본 팀이 도열해 있었다. 가장 높은 곳에서 그들을 내려다보는 기분은 뭐라 말하기 힘든 벅찬 감정이었다. 대한민국 선수단의 승리를 예측한 사람은 없었다. 실제로 시상식을 진행할 때 '애국가'가 준비돼 있질 않아서 한바탕 난리를 치르기까지 했다.

세계탁구연맹 에반스 회장이 우승컵을 전달했다. 1934년 프랑스연맹 회

사라예보 세계선수권대회 시상식에서 코르비용컵을 받던 순간

장 코르비용이 기증했다는 유서 깊은 코르비용컵이 우리 품에 안겼다. 급히 구해 온 애국가가 체육관에 울려 퍼지고 국기 게양대 가장 높은 곳에 태극기가 펼쳐진 순간, 가슴이 터질 것 같았다. 수교는커녕 적대적 관계에 놓여 있던 공산권 국가 한복판에서 1위 자리에 오른 태극기를 바라보는 벅찬 감정은 말로 다할 수 없는 것이었다. 우리 모두와 대한민국이 자랑스러웠다.

관중들은 스켄데리아 체육관이 떠나갈 듯이 박수를 치며 환호했다. 이런 순간을 수없이 꿈꿔 왔지만, 너무 완벽한 실현에 오히려 현실감이 떨어지는 느낌마저 들었다.

호텔로 돌아오자 국제 전화가 요란하게 울려댔다. 대통령 내외분과 체육 회장, 각계의 축하 전문이 쉴 새 없이 날아들었다. 우리의 승리가 얼마나 값진 것인지 다시 한 번 느낄 수 있었다.

현지 반응도 뜨거웠다. '코리아'가 새겨진 대표팀 유니폼을 입고 나가면 사인 공세 때문에 걸을 수가 없을 정도였다. 외국 선수들의 태도도 달라져 있었다. 그전에는 별 관심을 보이지 않던 이들이 별안간 팬으로 바뀌어 있었다. 그때까지만 해도 유럽 사람들에게 대한민국은 어디에 있는지도 잘 모르는 나라였다. 그런데 우승과 함께 분위기가 달라지는 게 느껴졌다. 우승한 다음날에는 유고슬라비아 어린이들이 세계 지도를 가지고 와 대한민국의 위치를 물어보고, 지도 위에 사인을 요청하며 줄을 섰다. 우리의 우승이 대한민국에 대한 호감으로 발전된 것이었다. 코리아를 외치며 환호하는 모습을 보니, 우리의 우승이 조그만 애국이 된 것 같아 정말 뿌듯했다.

단체전이 끝나고 개인전이 시작되기 전 하루의 휴식일, 우리는 처음 사라예보 시내 관광을 즐겼다. 사라예보 거리는 오래된 도시의 품위와 종교적인 정결함이 배어 있었다. 많은 가톨릭 성당이 눈에 띄었다. 제1차세계대전 발발의 원인이 된 오스트리아 황태자 암살 사건 장소에도 가 보았다. 경기에만 몰두하느라 무심히 지나쳤던 소박한 사람들의 모습이 눈에 들어왔다.

가장 잊지 못할 일은 식당에서 '김치'를 먹은 일이었다. 식사를 하기 위해 중국식당을 찾았는데, 우리가 '코리아'라고 했더니 뜻밖에도 김치를 내주는 것이었다. 사라예보의 중국식당에 김치라니… 가만히 생각해 보니 북한 선수단이 부탁해 놓은 김치인 것 같았다. 우리는 모른 척하고 김치를 맛나게 먹었다. 그리고 식당을 나오면서 우리는 'South Korea'라고 밝혔다. 어쨌든 한국 사람이 먹었으니까 되지 않았느냐고 웃으며 말했지만, 식당 주인은 영문을 모르는 눈치였다.

아직 남은 개인전을 위해 한국에서 걸려 오는 부모님 전화까지 김창원 회장이 대신 받도록 하며 다시 시합 준비를 했다. 하지만 단체전 우승으로 이미 대회가 다 끝난 것 같은 분위기였다. 나 역시 단체전 우승의 기쁨에 취해 의식하지 못하는 사이 긴장이 끈이 풀렸던 것 같다. 절대적인 우승 후보로 꼽히던 내가 스웨덴 선수와 상대해 5세트까지 가는 접전을 펼치고도 마지막 고비를 넘지 못했다. 사흘간의 단체전에서 19게임을 뛰고 난 후라 어깨가 무거웠다. 하지만 어떤 변명도 하고 싶지 않았다. 마지막까지 더욱 집중하지 못한 철부지였던 나의 실수였다.

내가 단체전에서 이겼던 중국의 호옥란이 챔피언이 되는 걸 보면서 아쉬움을 삼켜야 했다. 사라예보대회는 그렇게 마감이 되었다.

사라예보에서의 잊지 못할 보름이 지나고 이별의 시간이 다가왔다. 처음 사라예보에 도착했을 때부터 늘 우리와 동행하며 안내를 맡았던 마이체린이 공항에 동행했다. 그는 잘생긴 용모에 똑똑하고 친절하기까지 해 선수들에게 인기가 높았다. 우리가 호텔에서 몰래 음식 만들어 먹는 것을 도와주고, 호텔 측에 대신 변명을 해주기도 했다. 우리가 우승을 했을 때는 마치 유고가 우승한 것처럼 기뻐했다. 그는 완벽한 우리 팀의 일원이었다. 선수단에서는 마이체린을 한국으로 초청하고 싶다는 이야기를 할 정도였지만, 수교국이 아니었기에 당시로서는 불가능한 일이었다. 그 이별이 마지막이란 걸 모두 알고 있었다.

사라예보에서는 이별을 할 때 상대에게 꽃을 던져주는 낭만적인 풍습이 있었다. 우리는 출국 수속을 마치고 2층으로 올라가 코르비용컵에 꽂았던 카네이션을 마이체린에게 던져주었다. 우리를 향해 그 카네이션을 흔드는 마이체린의 슬픈 표정을 보자 가슴이 뭉클했다.

비행기에서 오랫동안 사라예보를 내려다보았다. 시야에 들어온 풍경들을 가슴에 담았다. 모든 게 고마웠다. 사라예보는 내 일생을 통해 결코 잊을 수 없는 곳으로 가슴 깊이 새겨지고 있었다.

귀국길은 긴 여정이었다. 서독으로 건너갔다가 미국의 뉴욕, 로스앤젤레스, 하와이를 거쳐 도쿄에 들렀다가 한국에 들어오는 일정이었다.

프랑크푸르트에서부터 환영의 열기는 뜨거웠다. 하지만 내 마음은 별로 흥이 나질 않았다. 그토록 간절히 원했던 우승이었는데, 내게는 그 여운이 그리 길지 않았다. 시합에서 승리하는 순간, 기쁨은 아주 잠깐뿐이었다. 승리, 그 다음에 대한 두려움 때문이었다. '지면 안 된다'는 스스로에 대한 압박, '다음 시합은 어떻게 준비할까?' 같은 생각들에 매달렸다.

뉴욕을 떠나 로스앤젤레스에 도착한 후에는 공항에서 몇 시간을 쭈그리고 앉은 채 기다려야 했다. 결국 하와이를 거쳐 도쿄로 가는 비행기에서 나는 코피를 터뜨리고 말았다. 그동안 경기에서 쌓인 피로와 긴 비행기 여행의 고단함이 한꺼번에 밀려든 것 같았다.

몸은 지쳐 있었지만 도쿄 하네다 공항에 내렸을 때 열광하는 재일교포들의 환영 인파를 보자 다시 한 번 우리의 우승을 실감할 수 있었다. '세계 제패 한국탁구선수단'이라고 쓴 플래카드를 앞세운 교포들은 내 손을 잡기 위해 밀려들었다. 선수와 교포들은 한 덩어리가 되어 우승의 기쁨을 나누었다. 차별의 설움 속에 살아가던 재일 한국인들에게 우리의 승리가 위안이 된 것 같아 기쁘면서도 가슴이 찡했다.

챔피언이 된다는 것은 내 개인의 성취만이 아니라는 걸 알게 됐다. 나의 승리가 누군가에게 기쁨이나 격려가 된다는 사실을 알게 된 것이다. 기뻐하는 사람들과 손을 맞잡으며 새삼스레 자랑스러움을 느꼈다.

일본에서는 사흘을 머물렀다. 몸은 지칠 대로 지쳐 하루빨리 집에 돌아가 쉬고 싶었다. 하지만 한국에서 '거국적인 환영식 준비 중이니 일본에서 기다리라'는 전갈을 보내 왔기 때문에 곧바로 귀국을 할 수 없었다. 도쿄에서 사흘을 보내고 11월 23일 드디어 김포공항에 발을 디뎠다. 떠나던 날은 진눈깨비가 내렸는데 돌아오는 날은 축하라도 하듯 쾌청하게 맑았다.

화려한 스포트라이트

비행기 트랩을 내리자 카메라와 마이크가 우리 선수단을 에워쌌다. 우리의 도착 장면은 생방송으로 중계되고 있었다. 잇달아 터지는 플래시에 눈을 뜨기 힘들었고, 예상치 못한 취재 열기에 한 발 앞을 내딛기가 힘들 정도였다. 멀찌감치 아버지와 어머니 얼굴이 보였지만 인사조차 나눌 수 없었다.

탁구협회 임원이 내 팔을 잡고 오픈카로 데리고 갔다. 아나운서는 어떻게든 인터뷰를 하려고 했으나 한마디도 대답을 할 수 없었다. 도쿄에서부터 감독님과 코치 선생님으로부터 개인적 인터뷰는 응하지 말라는 지시를 받았기 때문이었다. 취재를 하러 나온 기자와 아나운서는 발을 동동 굴렀지만 어쩔 수가 없었다.

카퍼레이드를 위해 준비된 오픈카 1호에는 내 이름이 쓰여 있었다. 차에 오르자 옆자리에 앉은 임원은 일어나지 말라고 다시 한 번 명령조로 말했다. 반면 카메라 기자들은 "일어나라!"고 소리를 질렀다. 난감한 상황이었다. 계속해서 기자들의 요구가 이어지자 옆에 있던 임원도 어쩔 수 없는 듯했다. 그제야 나는 자리에서 일어나 카메라를 향해 웃으며 포즈를 취해 주었다.

내가 탄 1호차를 선두로 24대의 오픈카가 서울 시내를 달리기 시작했다. 우리 차 옆으로는 4대의 사이드카가 경호하고 있었다. 태어나 처음 해보는 경험이었다. 연도에 꽉 들어찬 사람들은 손을 흔들고 박수를 보냈다. 신촌로 터리에 이르자 시민들이 차를 막아서며 나를 보기 위해 몰려드는 바람에 일대 혼잡이 일었다. 한 사람이라도 더 손을 잡아주기 위해 애를 썼지만 한계가 있었다.

남대문을 지나 시내 중심가로 들어서자 환영 행사는 절정에 이르렀다. 빌딩 위에서 뿌리는 형형색색의 꽃가루들이 환영의 춤을 추며 내 머리 위로 쏟아졌다. 도로 양쪽은 물론 건물의 창문 앞까지 빽빽하게 들어선 사람들이 보

1973년 제32회 사라예보 세계탁구선수권대회 우승 기념 후 카퍼레이드

내는 환호가 거리를 뒤흔들었다. 가슴에 큰 파도가 일렁이는 것 같은 감동이
밀려들었다.

환영식이 열릴 시청 앞 광장은 시민과 학생들로 꽉 들어차 있고, 군악대
의 팡파르가 우렁차게 퍼져 나왔다. 조그만 탁구공과 씨름하며 탁구대 하나
가 내 세상의 전부인 것처럼 치열하게 살아온 내게 주어지는 기막힌 보상이
었다. 눈앞에 펼쳐지는 환상적인 장면을 보며 벅찬 가슴을 진정시켰다. 이
순간에 이르기 위해 겪어야 했던 고통은 한순간 사라지고, 지금 이 순간의
환희를 만끽하고 싶을 뿐이었다.

김창원 회장의 감격어린 소감에 이어, 내가 선수단 대표로 인사를 했다.

"이 감격과 영광을 국민 여러분께 바칩니다."

미리 준비해 준 형식적인 내용이었지만, 성원을 보내준 국민들에게 전하는 내 마음은 형식의 그릇에 다 담을 수 없었다. 영광스럽게 시인 박목월 선생님께서 축시를 낭독하셨다.

우리의 승리는 개인의 것이 아니라 대한민국의 것이었다. 그때 우리는 개인도 가난하고 국가도 가난했다. 가난을 벗어나기 위해 몸부림치던 사람들에게, '세계 1위'라는 우리의 승리는 성취의 대리만족을 준 것 같았다. 태극마크를 가슴에 달고 우리가 이룬 승리는 생각보다 훨씬 값진 것이었다.

시청 앞 환영식이 끝난 뒤에는 청와대 예방이 기다리고 있었다. 청와대에 도착하자 박정희 대통령과 육영수 여사께서 기쁜 얼굴로 맞아주셨다. 제일 먼저 훈장 수여식이 있었다. 김창원 단장과 정현숙, 박미라 언니 그리고 나

오색 종이를 뿌린 서울 남대문 일대 도로에 환영 인파가 크게 몰려 장사진을 이룬 당시의 상황

서울시청 앞 환영식에서 선수단 대표로 인사말을 전하는 영광을 누렸다.

에게는 민간인에게 주어지는 최고 훈장인 국민훈장 무궁화장이, 이경호 총
감독과 천영석 코치에게는 국민훈장 동백장이 수여되었다.

이어진 다과회는 한껏 화기애애하고 근사했다. 그 자리에는 선수 부모님
들이 동석해 더욱 의미가 있었다. 대통령께서는 우리 아버지를 기억하셨다.

아버지가 서산군수로 계실 때 박 대통령은 서해안 간척사업 상황을 둘러
보기 위해 서산에 내려오신 적이 있었다. 그때 아버지께서 현장 안내를 맡으
셨던 것이다. 현지에 식사할 곳이 마땅치 않아 우리 관사에서 점심을 대접했
다. 어머니는 대통령께 음식 대접을 했다는 사실을 평생 자랑으로 여기셨다.
상에 낸 어리굴젓과 영계백숙을 맛나게 드신 대통령께서 감사 인사를 했던
걸 두고두고 말씀하셨다.

그런 부모님이기에 그 자리에 초대돼 딸에 대한 치하를 받는 게 몹시 자
랑스러우셨을 것이다. 대통령은 아버지에게 "따님을 이렇게 훌륭하게 키워
고맙다"는 치하를 하셨다. 나에게는 "개인전에서 우승할 줄 알고 기대가 컸
다"면서 "단체전 우승으로 들떴던 것이 아니냐?"고 지적해 뜨끔했다. "이번

승리를 계기로 다음에는 더 잘하라"는 격려도 덧붙이셨다. 육영수 여사 또한 그렇게 좋아할 수가 없었다. 이전 몇 번 뵌 적이 있던 터라, 나 역시 친근감을 느꼈다. 육 여사는 "신통하고 예쁘다"는 말을 몇 번이나 되풀이하면서 내 손을 꼭 잡아주셨다.

축하 케이크를 자르는 순서가 돌아왔다. 박 대통령과 육영수 여사, 정현숙 언니, 박미라 언니, 천영석 코치, 김창원 단장 그리고 나까지, 모두의 손이 한곳에 겹쳐 모아졌다. "이것은 3천만이 함께 자르는 것"이라는 대통령의 말씀이 내 가슴속 깊이 박히는 느낌이었다.

공항에서부터 시작된 환영 행사는 오후까지 길게 이어졌다. 체육회 강당에서 열린 기자 회견에 참석했고 저녁에는 타워호텔에서 열린 환영리셉션에 참가했다. 마라톤 영웅 손기정 선생님과 레슬링으로 세계를 제패한 장창선 선생님, 우리나라 농구를 대표하는 박신자 선배 등 자랑스러운 체육인들이 대거 참석한 자리였다. 그 밖에도 정관계의 주요 인사들이 다수 참석하고 대통령 내외분 또한 참석해 다시 한 번 축하를 해주셨다.

꿈같은 그 하루가 지나고도 세상의 흥분은 가라앉지 않았다. 신문마다 1면에 내 사진이 큼지막하게 실렸다. 환영 인파는 30만이 넘었다고 했다. 시가지에 뿌려진 오색 종이가 15가마에 5천 개의 풍선을 날렸다는 사실도 신문 보도를 통해 알게 됐다. 엄청난 숫자였다. 하지만 그것은 그야말로 '숫자'일 뿐이었다. 국민들이 보내준 사랑과 지지는 숫자로 표시할 수 없을 만큼 큰 것임을 알고 있었다.

우리를 설레게 하는 일이 또 있었다. 사라예보의 승리를 기념하기 위한 갖가지 계획들이 쏟아져 나오기 시작했다.

문교부에서는 세계 제패 기념 '탁구 전용 체육관' 건립 안을 내놓았다. 국

사라예보 세계대회 출전 선수단 청와대 예방. 나는 국민훈장 무궁화장을 받았다.

고 보조와 국민 모금 등으로 기금을 마련해 어린이공원이나 태릉선수촌, 효창공원 등에 짓는다는 계획이었다. 그 무엇보다 반가운 소식이었다. 우린 명색이 대표팀인데 그때까지 제대로 된 전용 체육관이 없었다. 그나마 김창원 회장의 호의로 사용하고 있는 신진공고 체육관은 여름 더위와 겨울 추위를 피하기조차 어려운 시설이었다. 탁구 전용 체육관이 생긴다는 상상만으로도 등에 날개를 다는 기분이었다.

우리가 우승한 4월 10일부터 22일까지, 체신부 산하 27개 우체국에서는 '한국 탁구 세계 제패 기념 1973. 4. 10'이라고 새겨 넣은 기념우표도 발행했다.

그뿐이 아니었다. 철도청에서는 무임승차권을, 소속팀인 신탁은행에서는 나를 종신 행원으로 보장하는 문제를 협의한다고 했다. 모교인 대전 대흥초등학교에서는 해체했던 탁구부를 부활시켰다는 소식도 있었다. 우리의 세계 제패가 생각지 못했던 변화의 바람을 일으키고 있었다.

공식적인 환영 행사가 끝난 뒤에도 강행군의 연속이었다. 각종 시범 게임, 모교 주최 환영회, 재경향우회 환영식, 게다가 신문사와 방송국 인터뷰가 줄을 이었다. 대회 출전과 여행의 피곤이 풀릴 겨를이 없었다. 오죽하면 방송에 출연해 "이제 잠 좀 잤으면 좋겠다"는 말까지 했을 정도였다.

사라예보 우승 관련 행사들은 계속되었다. 고향인 대전을 시작으로 지방을 돌며 환영 경기에 참가했다. 부산·광주·청주 등 각지를 도는 행사에서 다시 한 번 꽃다발을 목에 걸고 카퍼레이드도 했다. 환호하고 박수를 보내주는 많은 시민들을 보며, 내가 받는 사랑에 대한 감사함을 넘어 책임감을 느끼게 되었다.

뜻밖의 만남으로 기억에 남은 분들도 많았다. 대전에서는 내 기사로 '특종상'을 받았다는 기자를 만났다. 사라예보에서 귀국해 카퍼레이드 할 때 뒷자리에 앉아 나와 얘기를 나눈 사람이었다. 차에 타고 있으니 체육회 관계자인 줄 알고 묻는 말에 답을 해주었는데, 그 일문일답으로 기사를 작성해 특종을 냈다며 고맙다고 인사했다. 기자들은 정말 예측불가한 사람들이란 생각이 들었다.

대전에서는 정석모 충남지사로부터 따뜻한 환대를 받았다. 부인이 탁구 선수 출신이어서 더 특별한 관심을 가진 듯했다. 강창성 사령관과의 인연도 각별했다. 이분은 종래 오빠가 군에 입대해 탁구 선수로 뛴 3관구의 사령관이었다. 본인이 탁구를 좋아해 군 탁구팀을 창설한 주인공이기도 했다. 운동선수들이 어려운 여건에서 운동한다는 걸 누구보다 잘 알고 있었고, 내게 여러 가지 도움을 주신 분이었다. 많은 분들의 응원과 격려는 내 전진의 원동력이 되었다.

세계 제패를 기념하는 거국적인 행사는 거의 한 달이 넘게 이어졌다. 그 이후에도 두세 달 동안 여러 곳의 시범 경기를 비롯해 이리저리 불려 다녀야 했다. 그런 모든 일들이 내가 받은 사랑에 대한 보답이자 당연한 의무라고 여겼다. 하지만 마음과 달리 몸은 점점 지쳐 가고 있었다. 훈련에도 집중할 수 없었다. 나를 비추는 스포트라이트 불빛이 너무 뜨거워 모든 걸 태워버릴 것 같은 불안함을 떨칠 수 없었다.

빛과 그림자

구름 위를 떠다니는 것 같은 몇 달의 시간이 지나갔다.

사실 사라예보 우승 후 은퇴하고 싶다는 생각을 했었다. 나는 어느 자리에서건 '박수 받을 때 떠나야 한다'는 생각을 하고 있었다. '최고의 자리'에 오르는 건 영광과 압박감을 동시에 짊어지는 일이다. 선수로서 최고 목표였던 세계 제패를 이룬 후 나는 기쁨보다 부담이 더 컸다. '정상을 유지해야 한다'는 부담감이었다.

정상을 지키기 위해서는 어떻게 해야 하는지를 누구보다 잘 알고 있었다. 그래서 더 힘들었다. 높고 험한 산을 오를 때, 처음에는 겁없이 도전할 수 있다. 하지만 두 번째 똑같은 산을 오르려면 심적으로 더 힘들다. 그 산에 오르는 게 얼마나 힘든지 경험으로 알기 때문이다. 똑같은 고통을 두 번 세 번 되풀이한다는 건, 영원히 멈출 수 없는 쳇바퀴를 도는 것과 같은 일이다. 더구나 그때 나는 겨우 만으로 열여덟이었다.

열다섯 살에 국내 챔피언이 되면서 일찍부터 치른 유명세에 늘 처신을 신경 쓰고, 어디에서든 빈틈을 보이지 않으려 스스로를 다그치던 힘겨움 또한 누구도 알지 못했다.

시간이 흐르며 세계 제패의 영광은 빛이 바래고 있었다. 우승 당시 각처에서 경쟁하듯 쏟아져 나왔던 공약들은 슬그머니 내용이 달라지거나 자취를 감추기도 했다.

가장 분통이 터지는 일은 지지부진한 체육관 설립 문제였다. 전용 체육관 건립 이야기가 나왔을 때부터 모금은 이미 활발히 진행되고 있었다. 어린 학생들까지 나서서 성금을 보내와 선수들에겐 벅찬 감동이었다. 이제 여관이나 불편한 태릉선수촌을 전전하며 힘들게 훈련하지 않아도 된다고 좋아했다. 우리는 그만한 혜택은 누릴 자격이 있다고 믿었다. 전용 체육관이 건립되면 탁구를 하는 어린 선수들에게 꿈을 심어줄 수 있을 거란 기대도 있었다. 무엇보다 매스컴과 체육 관계자들이 주장해서 여론화된 일이었기에 그 실현을 의심할 이유가 없었다.

하지만 현실은 달랐다. '탁구 전용 체육관 건립추진위원회'는 모금된 돈은 은행에 넣어 놓고, 땅을 보러 다니느니 새로운 계획을 내놓느니 하면서 세월을 보내고 있었다. '쌍용'에서 체육관 공사에 쓸 시멘트를 기부하겠다고 했음에도 공사 부지를 확보하지 못한 채 탁상공론만 벌이는 눈치였다. 더 괴로운 건 사람들의 인식이었다. 모금된 돈이 선수들에게 지급된 것으로 아는지, 고아원이나 양로원에서 기부해 달라고 찾아오기까지 해 난감하기 이를 데 없었다.

탁구협회를 이끌고 있던 김창원 회장이 그간 가졌던 열정이라면 어떻게든 체육관을 건립했을지도 모른다. 그런데 불행하게도 그 당시 김창원 회장은 자신의 사업에서 어려움을 겪고 있었다. 결과적으로 누군가 나설 사람이 없었다.

결국 휘황찬란했던 약속은 신기루처럼 사라지고, 탁구 세계 제패 기념으로 국민들이 모은 성금은 잠실학생체육관을 짓는 예산으로 넘어갔다.

허탈했다. 기대를 했던 게 잘못이었을까? 아니면 우리가 세상을 너무 몰랐던 것일까?

다시 원상태였다. 탁구 선수들은 연습 장소가 없어 서울과 지방을 전전했으며, 대회가 목전에 다가와도 충분한 연습 시간이 주어지지 않았다. 비싼 체육관 대여료를 하루치라도 아끼기 위해 밤늦게까지 무리한 경기를 치르기 다반사였다. 탁구가 우리나라 구기사상 최초이자 여성 최초로 세계를 제패했다는 영광은 잠시였고, 달라진 건 아무것도 없었다.

능력 없는 체육계에 화가 났다. 정부의 지원도 제대로 받지 못하고, 국민들의 성원으로 마련된 기회조차 허무하게 날려버리는 것은 무능력이라고밖에는 달리 표현할 길이 없었다. 열악한 환경에서 선수와 지도자들에게는 승리만을 요구하면서, 자신들은 무엇을 했는지 묻고 싶었다.

어린 내 눈에도 뻔히 보이던 부조리들은 더욱 실망스러웠다. 선수 지원보다 자신의 입지와 이익을 앞세우는 체육계 인사들, 경기에 이겼을 때는 화창한 봄날 같은 얼굴로 찾아와 기념 사진 찍기 바쁘다가, 지고 나면 죄인 취급하는 일부 지도층의 행동은 선수들에게 실망과 분노만을 남겼다.

내가 속해 있는 체육계의 치부가 나를 괴롭혔다. 남은 것은 실망뿐이었고 허탈감은 극에 달했다. 의무라 생각하며 어렵게 버텨 왔던 일들에 염증을 느끼기 시작했다. 내키지 않는 자리에 불려 다니는 게 어떤 의미가 있을까 반문하게 되었다.

연습에 집중할 시간이 부족하니 훈련이 제대로 될 리 없었다. 선수로서 소중한 몇 달을 허송세월한 셈이었다. 그런 상태에서 경기에 출전해 지는 것은 어쩌면 당연했다. 우승 이듬해인 1974년, 철옹성 같던 내 기록에 금이 가고 말았다. 국내 대회에서 잇달아 패배를 하고 만 것이다. 세계 정상에 올랐던 선수의 부진에 매스컴에서는 비난을 쏟아 냈다. 팬을 자처하는 어떤 사람은 항의 편지를 보내기도 했다. 잠시 잊고 있었던 사실이 떠올랐다. 나는 지면 안 되는 선수였던 것이다.

그런 상태에서 탁구협회는 '서독 오픈선수권대회' 참가를 결정했다. 사라예보 세계선수권대회를 마친 지 1년 만이었다. 내 상태는 바닥이었다. 제대로 쉬지도 못하고 연습도 부족한 상태에서 국제 대회에 나간다는 것은 자살 행위나 다름없었다. 게다가 나는 지병처럼 달고 있던 기관지 질환 때문에 고통받고 있었다. 대회 불참 의사를 표명했지만 협회는 막무가내였다. 나는 할 수 없이 목에 붕대를 감은 상태로 비행기 침대에 누워 서독으로 갔다.

중국이 불참한 상태에서 우리는 단체전과 개인전을 모두 석권했다. 단체전을 마쳤을 때 이미 내 몸은 만신창이 상태였다. 개인전은 기권할 수밖에 없었다. 전력으로 달리다 갑자기 목표 지점을 잊고 멈춰 서버린 것 같았다.

그동안 내가 받았던 찬란한 스포트라이트의 뒤, 그 이면에는 어두운 그림자가 드리워져 있다는 사실을 알게 되었다.

쉼표가 필요한 순간

서독 오픈이 끝나고 선수단은 프랑스로 전지훈련을 갔다. 그곳에서 국제대회를 통해 친구가 된 프랑스 대표팀의 트리에트를 만났다. 그녀는 내가 서독 오픈에서 개인전을 포기한 걸 몹시 안타까워했다. 내 자신을 위해서는 단체전을 포기하고 개인전에 출전해야 했다고 거듭 강조했다. 개인을 우선하는 프랑스와 우리의 문화 차이였다.

나도 마음 한편에는 한 개인으로서 존중받고 싶은 욕구가 있었다. 하지만 선뜻 드러낼 수 없는 욕구였다. 나는 국민들로부터 특별한 관심과 성원을 받는 선수이기에 내 자신보다 국가의 명예가 우선이었다. 나는 대한민국의 이에리사여야 했다.

프랑스에서는 잊지 못할 사건도 있었다.

어느 날 우리가 사용 중이던 샤워장에 정체불명의 남자가 들어와 소동이 벌어졌다. 나는 샤워를 하기 전에 빨래를 하고 있던 참이었다. 옆 칸에서 목이 쑥 올라와 우리 쪽을 들여다보는데, 긴 머리를 하고 있어 무심코 지나쳤다. 그런데 문득 이상한 생각이 들어서 다시 고개를 들고 쳐다보니 턱수염이 보였다. 남자였던 것이다.

나는 놀라서 소리를 질렀다. 그 소리에 달아난 것 같던 남자는 잠시 후 다시 나타나 우리 샤워장으로 들어오려고 했다. 나는 나가라고 고함을 질렀으나 남자의 눈빛이 이상했다. 뭔가 정상 상태가 아닌 것 같았다. 있는 힘을 다해 남자의 배를 몇 대 쥐어박았다. 어릴 때 오빠 따라 샌드백을 치며 닦은 실력이 그렇게 요긴하게 쓰일 줄 몰랐다. 그는 그제야 멈칫하며 물러나 이리저리 헤매고 다녔다.

언니들이 다급하게 선생님들을 모셔 왔지만 여자 샤워장이니 마음대로 들어갈 수도 없고… 문 앞에서 발을 구르는 사이 남자는 어디론가 사라져버렸다.

그 순간엔 모두 혼비백산했지만, 한동안 잊지 못할 전지훈련의 추억으로 남은 사건이었다.

프랑스 전지훈련이 끝나고 선수단은 둘로 갈라졌다. 인도와 인도네시아 두 곳에서 친선 경기 초청이 있었기 때문이었다. 나는 김순옥, 박종호 코치와 함께 인도네시아행을 택했다. 단출한 일행 속에서 홀가분한 시간을 보내고 싶었다.

친선 경기는 부담이 없었다. 경기를 관전하고 오랜만에 관광도 하면서 휴식을 즐겼다. 비행기를 타고 1시간 반쯤 날아가 도착한 발리섬은 고즈넉하면서 아름다웠다. 바다낚시를 하고 변덕스러운 남태평양의 날씨도 즐겼다. 새파랗던 하늘에 갑자기 구름이 몰려와 무서울 정도로 세찬 빗방울을 쏟아 내는 걸 볼 때면 왠지 가슴이 후련했다.

발리에서 뜻밖의 행운도 있었다. 하루는 오래된 절을 방문했는데 사람들이 잔뜩 몰려 있는 게 보였다. 무슨 일인가 싶어 가까이 가보니 영국의 엘리자베스 여왕이 보였다. 가슴이 뛰었다. 내게 '에리사'란 이름을 갖게 만든 여왕을 발리에서 만나다니, 기막힌 우연이자 행운이었다. 화사한 원피스 차림에 모자를 쓴 여왕은 우아했다. 경호원들이 주위를 지키고 있었지만 요란하지 않았고, 자연스럽게 사람들 속에 어울리는 모습은 기품이 넘쳤다.

어렸을 적 나는 유별난 '네 글자 이름'을 부끄럽게 여긴 적이 있었다. 서울로 전학을 왔을 때는 명찰을 주머니 속에 감추기도 했었다. 하지만 우아한 여왕의 실제 모습을 본 뒤에는 특별한 내 이름을 더욱 자랑스럽게 여기게 되었다.

즐거웠던 발리를 떠나 서울로 온 지 얼마 되지 않아 인도네시아가 중국과 일본, 북한이 창설한 '아시아탁구연합' 가입을 공식 발표했다. 마지막 남았던 동지마저 이별을 택하며, 기존의 '아시아탁구연맹'은 해체 위기에 직면한 충격적인 상황이었다.

얼마 후 일본 요코하마에서 열리는 '제2회 아시아탁구연합선수권대회'에 신청서를 접수했으나 받아주지 않았다. 북한과 베트남이 회원국으로 있는 '아시아탁구연합'이 거절한 것이다. 한국 탁구는 국제 정치의 희생물이 되고 말았다.

귀국 후 내가 머물게 된 곳은 결국 병실이었다.

서독 오픈대회와 인도네시아 방문을 끝내고 돌아와 선수단 전원이 총리실을 방문했다. 김종필 국무총리께서 "건강이 어떠냐?"고 자상하게 물으셨다. 그리고 동행한 김창원 회장에게 "아픈 선수를 뭐 하러 데리고 다니느냐" 면서 빨리 치료를 받게 하라고 충고하는 것이었다. 진심으로 내 건강을 걱정해 주는 걸 느낄 수 있었다.

1974년 서독오픈 참가 후 김종필 국무총리 예방

　그 즉시 김 회장은 나를 세브란스 병원에 입원시켜 건강 진단을 받도록 했다. 진단 결과 '극심한 과로'였다. 오랜 시간 고통을 주었던 편도선을 떼어내는 수술을 받았다.

　병실은 어디나 마찬가지로 썰렁했다. 그래도 탁구를 좋아하는 의사와 간호사들이 자주 들러 얘기를 나눈 덕분에 심심하지는 않았다. 점잖은 성격의 의사 한 분이 간호사들의 응원을 받으며 관심을 표명하기도 했다. 하지만 나는 여전히 탁구 이외의 것에는 관심이 없었다. 내가 퇴원을 할 때 그는 엄격한 의사 선생님으로 돌아가 "찬바람 쐬지 말라"고 주의를 주었다.

　집에서 며칠간 요양을 한 후 나는 '아시안게임'을 위해 대표팀 선수들이 훈련 중인 태릉선수촌에 합류했다. 그사이 내 몸과 마음은 이전의 건강한 상태로 돌아와 있었다. 이제 사라예보의 영광은 뒤로 했다. 내겐 다시 전진뿐이다.

태릉선수촌의 청춘들

태릉선수촌에는 200명이 넘는 각 종목의 선수들이 모여 훈련을 하고 있었다. 그렇게 많은 선수들과 어울려 생활하기는 이번이 처음이었다. 당시 탁구는 올림픽 종목이 아닌 데다, 1970년 '제6회 방콕 아시아경기대회'에서는 주최국 권한으로 종목 제외가 되는 바람에 전체 대표팀 훈련에 참가할 기회가 없었다.

개인적으로는 태릉선수촌 생활에 대한 기대가 컸다. 탁구만이 아닌 여러 종목의 선수들과 어울려 훈련을 하는 것이 기대됐고, 다른 승부의 세계에 대한 호기심도 있었다. 여자 선수 숙소는 '영광의 집', 남자 선수 숙소는 '전진관'이었는데 남자는 여자 숙소 출입이 금지되어 있었다.

대한민국 대표팀 전체가 모인 태릉선수촌은 마치 스포츠 전시장 같았다.

각 종목별로 선수들의 특성도 뚜렷했다. 12명의 대부대가 움직이는 배구와 농구팀은 시끌벅적했다. 테니스 선수와 육상 선수들은 새까맣게 탄 얼굴이 공통점이었다. 레슬링 선수들은 귀만 보면 알 수 있었다. 일그러지고 쪼그라든 귀는 구겨진 것처럼 보였지만 그들의 자랑스러운 훈장이었다.

단체 운동을 하는 선수들이 거친 편이라면 개인 종목 운동선수들은 내성적이고 조용한 편이었다. 하지만 마음이 툭 트인 쪽은 단체 운동선수들이었고 개인 운동선수들은 다소 이기적인 면이 있었다.

　　선수들 사이에서는 뜻밖의 신경전이 벌어질 때도 있었다. 연습이 끝나고 샤워 시설을 이용할 때였다. 깨끗한 물을 여유 있게 쓰기 위해, 더운 물이 나오는 시간에 맞춰 연습을 빨리 끝내려는 눈치작전이 치열했다. 뒤늦게 갔다가는 탕 바닥에 남은 물을 긁다시피 퍼서 겨우 물 묻히는 시늉이나 해야 했기 때문이다.

　　당대 최고의 스타 선수들을 가까이에서 지켜보는 것도 흥미로웠다.

　　'아시아의 물개'로 불린 수영의 조오련 선수, '나는 작은 새'라는 애칭으로 통했던 배구의 조혜정 선수, 축구의 차범근 선수 등, 각 종목의 쟁쟁한 선배들이 태릉선수촌에서 함께 운동을 하고 있었다.

　　최고의 거물은 '아시아의 마녀'로 불린 투포환의 백옥자 언니였다. 서키트 트레이닝 훈련을 하다 말고 큰 거울 앞에서 갑자기 춤을 추는가 하면, 그걸 보고 놀라는 주위 선수들에게 "내 폼 어떠니?" 하고 넉살을 떨어 웃지 않고는 못 배기게 만들었다. 옥자 언니의 엉뚱한 행동과 에너지는 지루한 훈련 속에 잠깐이나마 웃을 수 있는 청량제였다.

　　테헤란에 갈 탁구 대표선수는 정현숙 언니, 김순옥과 나 외에 새롭게 가세한 산업은행 소속의 김진희 언니로 구성이 되었다.

　　그때 우리 방에는 고고 열풍이 불고 있었다. 그동안 국제 경기에 참가하며 우리는 탁구 실력에 비해 춤 솜씨가 형편없다는 걸 절감하고 있었다. 국제 대회에서 마지막 날에는 으레 파티가 벌어지는데, 춤에 익숙하지 않은 우리 선수들은 뻣뻣한 나무 막대기와 다를 게 없었다. 멋진 외국 선수가 청한

태릉선수촌 체력 훈련을 하는 모습

사교춤은 엉거주춤 끌려 다니는 짐짝 꼴이어서 우스꽝스럽기 그지없었다.

누군가의 획기적인 제의로 모두 춤을 배우자는 데 합의했다. 하루 운동을 마치고 저녁 식사 후 한바탕 춤을 추었다. 그리곤 "이것도 운동이라고 땀이 난다"며 신나게 웃었다.

태릉선수촌에서는 일주일에 한 번 일요일에만 외출이 허용되었다. 그나마 저녁 7시까지 돌아와야 하는 것이 규칙이었다. 결혼한 선수들에게만 외박이 허용되었다. 한창 피가 뜨거운 젊은 나이의 선수들에게 일주일에 한 번 허락되는 외출은 무엇보다 소중한 시간이었다.

데이트하던 아가씨를 선수촌 옆의 아이스크림 파는 노점에 앉혀 두고 저녁 7시 점호만 받고 다시 달려 나가는 남자 선수들도 있었다. 그들은 취침 시간 직전까지 데이트를 연장하다 마지막 순간에야 아쉬운 듯 헤어졌다.

태릉선수촌의 하루는 새벽 6시 조회로 시작되었다. 운동장에 선수 전체가 모여 아침 체조를 하는 모습은 장관이었다. 가끔 선수촌 뒷산에서 크로스 컨트리를 하거나 새벽 러닝을 하기도 했다.

각 종목별로 훈련 방법은 다르게 진행되었다. 다른 구기 종목은 오전에 운동하고 오후에 쉬든지 그 반대로 진행하며 휴식 시간이 있는 반면, 우리는 하루 종일 탁구공과 씨름해야 했다. 새벽 러닝, 오전 연습, 오후 연습에 야간 연습까지, 다른 종목에 비해 연습량이 많았다.

태릉선수촌 생활은 이전 '나고야 세계선수권대회'를 앞두고 입촌했을 때 보다는 훨씬 나았다. 우선 체육회가 적극적인 지원을 아끼지 않았다. 이번에 는 메달 레이스에서 북한을 앞질러야 한다는 목표 때문에 선수들 뒷바라지에 정성을 쏟았다. 식당 음식도 예전에 비해 훌륭했다. 게다가 탁구는 금메달 입 상 가능 종목이라 특별히 잘해 주었다. 그러나 나는 우승에 대한 자신감은 접 어 두었다. 입원과 치료 등으로 연습량이 이전에 비해 적었기 때문이다. 그래 도 할 수 있는 데까지 최선을 다한다는 다짐에는 변함이 없었다.

입원했던 세브란스병원의 간호사들이 찾아와 주었고, 언니와 형부들이 몰려와 사기를 올려주었다. 아시안게임이 국가간 대결의 장이라는 점에서 국민들의 관심이 컸고, 이를 반영하듯 박정희 대통령과 김종필 국무총리께 서 태릉선수촌을 방문하여 선수들을 격려했다.

선수들의 기분 전환을 위해 단체 영화 관람과 연예인 위문 공연도 있었 다. 그러나 그런 일들은 한순간의 이벤트였을 뿐이다. 우리는 매일매일 혹독 할 만큼 스스로와 싸우며 D-Day를 향해 가고 있었다.

인간미 넘치던 나의 지지자

본격적인 훈련에 들어간 지 한 달쯤 되었을 무렵, 내 생일이기도 한 8월 15일 광복절이었다. 이틀 뒤에는 아시안게임이 열리는 테헤란으로 떠날 참이었다.

여느 날처럼 오전 운동을 끝내고 식당에 갔을 때 엄청난 뉴스가 기다리고 있었다. 육영수 여사가 광복절 기념식 행사장에서 저격을 당했다는 것이었다. 너무 놀라서 한동안 멍하니 서 있었다. 선수들은 휴게실 앞에 모여 희망적인 소식이 전해지기를 기다리고 있었다.

나는 잠시 문 밖에 나갔다가 하늘이 빨갛게 물드는 광경을 목격했다. 심상치 않은 징조 같았다. 그리고 얼마 지나지 않아 육 여사가 운명했다는 뉴스가 라디오에서 흘러나왔다.

내가 육 여사를 처음 뵌 것은 1970년 '나고야 아시아선수권대회' 우승 이후였다. 국제 경기에서 좋은 성적을 내고 돌아오는 선수들은 청와대의 초청을 받았다. 난생처음 가본 청와대에서 우리들은 시선을 어디에 둘지 몰라 하며 긴장으로 굳어 있었다. 테이블에 차려진 과일과 떡은 먹을 여유도 없었다. 그런 우리 곁으로 다가온 그분은 직접 과일을 포크로 찍어 건네며 선수들에게 말을 붙이셨다.

육 여사는 선수들과 함께하는 자리에서 결코 딱딱한 분위기를 만드는 법이 없었다. 따뜻한 마음씨와 소탈한 성품이 행동과 말에서 고스란히 묻어났다. 나중에는 예방을 마친 뒤 나오려고 하면, 보자기에 사과며 배를 잔뜩 꾸려서 들려 보내기도 했다. 영부인이기라기보다 무한하게 자애로운 큰어머니나 이모 같은 느낌을 주는 분이었다.

1972년 스칸디나비아 오픈 단·복식 우승과 자카르타에서 열린 '제11회 아시아선수권대회' 단체전 및 개인전을 우승하고 돌아왔을 때도 청와대를 예방했는데, 마침 대통령은 부재중이었다. 우리가 안고 간 많은 메달과 우승컵을 보고 육 여사는 "이 많은 걸 다 가지고 왔느냐"며 "다른 나라 선수들에게도 좀 나누어주지 그랬느냐"는 말로 기쁨과 자랑스러움을 표현했다. 그리고는 "대통령이 보시면 얼마나 기뻐하시겠느냐"면서 "나중에 돌려보낼 테니 두고 가라"고 하셨다. 마치 자식이 받아온 성적표를 아버지에게 자랑스럽게 내놓고 싶은 어머니의 표정 같았다.

영접실에서 기념 촬영을 한 다음 사진사에게 "컬러예요, 흑백이에요?" 하고 묻고는 흑백이라는 답을 듣자 "아이-" 하면서 섭섭해 하는 표정이 소녀 같았다. 그 표정에 우리가 웃음을 터뜨리자 "왜들 웃느냐?"고 하면서 짓는 표정도 가식이 없었다. 끝내 "이 예쁜 아이들은 컬러로 찍어야 한다"면서 다시 포즈를 취하게 하는 다정하고 자상한 퍼스트레이디였다.

그분의 섬세한 마음씀씀이에 감동한 게 한두 번이 아니었다. 세브란스병원에 입원해 있던 어느 날, 내 병실로 철쭉 화분 하나가 배달되었다. 리본에

1974년 제2회 육영수여사배 전국여자탁구대회 개막식 당시.
육영수 여사는 탁구인들의 든든한 후원자였다.

는 '에리사 양의 쾌유를 빕니다. 육영수'라고 적혀 있었다. 내가 입원한 것을
알고 비서를 시켜 화분을 보낸 것이다.

그리고 얼마 후 '5·16민족상' 수상자로 결정돼 청와대 시상식에서 만났을
때 "글쎄 그걸 왜 나에게 안 알리니?" 하면서 내 어깨를 툭 치셨다. "병실에
누운 사진을 보니 측은해… 내가 진작 알았어야 하는데 미안하게 됐어"라며
나를 바라보는 눈빛엔 안쓰러움이 가득 담겨 있었다. 그렇게 기쁨보다 괴로
움을 나누는 데 더 세심한 정성을 다하는 분이었다.

마지막으로 육 여사를 뵌 건 장충체육관에서 열린 '제2회 육영수여사배
전국여자탁구대회'에서였다. 육 여사는 나를 단상으로 부르셨다. 나는 곁에
서 탁구에 대한 여러 가지 설명을 해드렸다. 내 나름의 탁구 발전을 위한 방
안들도 말씀드렸고, 그중 남자 대학팀과 실업팀 육성 강조에 대해 육 여사도

동의하셨다. 짧았던 그 만남이 마지막이 될 줄 몰랐다.

내가 힘차게 전진하고 있을 때에나 멈칫거리며 앞으로 나아가지 못할 때에도 그분은 내 정신적 후원자였다. 이제 다시 출발선 앞에 선 상황에서 그 절대적 지지를 잃은 기분이었다. 너무 허망했다.

우리 선수단은 비통한 심정에 젖은 채 테헤란 아시아경기대회 참가를 위해 전세기에 올랐다. 개막일은 9월 1일이었다. 현지 적응을 위해서는 10일 이상의 기일이 필요했다. 육 여사의 장례식이 치러지던 날 우리는 테헤란에 있었다. 선수들은 침통한 마음으로 묵념을 올렸다. 남과 북의 비극 속에 육 여사는 희생되고, 우리는 녹색 테이블 위에서 벌어질 남과 북의 일전을 기다리고 있었다.

준우승의 비애

테헤란에서의 남북 대결은 비장했다. 선수단은 물론 온 나라가 비통함에 휩싸여 있을 때였다. 탁구대 앞에 선 선수들의 팽팽한 적대감은 한순간 터질 듯한 분위기였다.

북한은 경기장 밖에서 우리를 만나면 영문 모를 욕설과 비하로 신경을 거슬리게 했다. 도저히 상대할 수 없을 정도로 무식하고 유치한 표현들이었다. 우리는 그들의 시선과 시비를 철저하게 묵살했다.

단체전 준결승에서 드디어 북한과 맞닥뜨렸을 때, 내 머릿속에는 '반드시 이기겠다'는 생각뿐이었다. 탁구대를 반으로 가른 네트는 군사분계선만큼이나 냉혹했다.

첫 단식에서 내 상대는 왼손잡이인 박영순이었다. 공격 선수로 공이 빠르고 힘이 있었다. 공이 안정돼 있는 걸로 봐서 상당한 연습량이 뒷받침되었다는 걸 짐작할 수 있었다. 그 대신 플레이는 교과서적이고 기계적이었다. 폼도 구식이었다. 나는 불규칙하게 경기를 끌고 나가며 박영순을 흔들어 놓았다. 대처 능력이 떨어지는 그는 내 템포에 끌려 들어왔으며 예측하지 못한 상황에 갈피를 못 잡는 눈치였다. 대회 출전 이전에 편도선 수술을 한 탓에 연습량은 적었지만, 나는 전략과 정신력으로 박영순을 이겼다.

내가 기선을 제압하며 선수단은 흐름을 타기 시작했다.

두 번째 단식에서 정현숙 언니가 박영옥을 이기고, 김순옥과 내가 복식마저 따내면서 우리는 북한을 3:0으로 완파했다.

경기가 끝나자 박영순은 울고 있었다. 나와 천영석 선생님이 북한 벤치로 가서 등을 두드리며 위로했다. 경기 중에는 불꽃 튀는 시선을 주고받으며 이기기 위해 사력을 다했지만, 막상 끝난 뒤에는 알 수 없는 허탈함을 느꼈다. 같은 민족임에도 적대적으로 날을 세워야 하는 분단의 비극이 씁쓸했다.

테헤란 아시아경기대회 결승에서 우리는 예상대로 중국과 만났다. 중국 여자 탁구는 새 챔피언이라는 황석평의 등장이 눈길을 끌었을 뿐, 사라예보에서 보았던 정회영, 호옥란, 장립이 여전히 주전이었다. 그중 장립은 사라예보대회에서 복식에만 출전해 우리를 꺾었던 선수였다.

장립은 특별히 잘 친다는 느낌은 아니었으나 약점이 없어 보였다. 그만큼 공수에 균형이 잡혀 있다는 얘기였다. 처음엔 장립이 긴장하고 있었으나 내 리시브가 흔들리며 분위기가 묘하게 흐르고 있었다. 장립은 내가 약한 백사이드 쪽으로 연속해 공격을 퍼부었다. 철저하게 나를 파악하고 치는 탁구였다. 이미 기세가 오른 경기를 되돌리기는 역부족이었다. 나는 결국 게임을 내주고 말았다.

우리는 첫 단식을 제외하고 나머지 단식과 복식을 내주며 중국에게 패하고 말았다. 사라예보에서 세계 정상에 오른 지 1년 반 만의 퇴위인 셈이었다. 나는 개인전에서도 황석평에게 지면서 개인전 부진의 징크스를 깨지 못했다.

테헤란에서의 패배를 추스르지도 못한 채 3개월 후 스칸디나비아 오픈선수권대회에 참가했다. 그러나 단체전 2회전에서 체코에 지고 탈락함으로써 최악의 참패를 기록하게 되었다. 그때까지 한 번도 진 적이 없던 체코에게 당한 패배라 충격이 더 컸다.

스칸디나비아 오픈 참가는 열성적으로 탁구팀을 지원하던 신탁은행 김진흥 은행장의 주선으로 이루어진 것이었다. 캘커타 세계선수권대회가 코앞으로 다가왔는데도 탁구협회는 별다른 계획이 없었다. 우리나라는 아시아에서 고립되어 친선 경기나 국제 경기를 치를 기회가 없었다. 그동안 중국과 북한, 일본은 한편이 되어 각종 경기를 치르고 있었으며, 유럽은 유럽대로 빈번하게 교류하고 있었다. 우리는 다시 한 번 부딪혀보자는 심정으로 출전했지만, 국제 경기를 오래 뛰지 못한 것은 무시할 수 없는 약점이었다.

개인전은 참패였다. 김순옥과 성낙소 언니, 정현숙 언니가 각각 소련, 일본, 중국 선수에게 완패를 당했다. 나와 김순옥은 복식 준결승에서 호옥란과 갈신애를 만났다. 갈신애는 그 대회에서 만난 새로운 얼굴이었다. 그는 수비 선수처럼 커트를 썼는데 비록 졌지만 그다지 어려운 상대라고 느껴지지 않았다. 그런데 나중에 경기 결과를 보니, 그 갈신애와 호옥란 조가 복식 우승자였다. 이때까지만 해도 갈신애가 내 탁구 인생에 어떤 존재가 될지 상상도 하지 못했다.

스칸디나비아 대회는 나와 팀의 완전한 패배였다. 사라예보의 영광은 흔적도 없이 사라진 듯했다. 스포츠 세계에서 과거의 영광은 무의미하다. 선수는 현재의 성적으로 평가받는다. 그것이 냉혹한 세상의 잣대였다.

김창원 회장은 의외로 담담하게 현실을 받아들였다. 경기 중에 스탠드와 벤치를 오르락내리락 하면서 안절부절 하던 모습과는 딴판이었다.

"그동안 우리는 연습이 부족해 거시기했는데 구라파 탁구는 사라예보 이후 괄목할 만한 향상이 이루어진 것 같다. 우리도 거시기하게 재정비해야겠다."

김창원 회장 특유의 '거시기'가 연달아 튀어나와 그 심각한 상황에도 웃음이 터져 나오려는 걸 꾹 참았다. 어쨌거나 모두가 주저앉을 그 상황에 웃으며 선수들을 다독이는 리더십은 존경할 만한 것이었다.

그 대회 최대 이변은 소련(현 러시아)의 단체전 우승이었다. 모두의 예상을 깨고 소련은 중국을 3:0으로 물리치고 우승을 차지했다. 이는 세계 탁구 무대에서 유럽세의 등장을 예고하는 것이었다.

캘커타 그리고 이질러버

다시 창문이 밀폐된 신진공고 체육관으로 돌아왔다. 신문은 스칸디나비아 오픈대회 소식을 조그맣게 다루고 있었다. '캘커타(현 콜카타) 세계선수권대회'는 2개월 앞으로 다가와 있는데 현실은 참담하기 이를 데 없었다. 우리는 스칸디나비아 오픈선수권대회에서 받았던 상처를 극복하기 위해 더 절박하게 훈련에 임했다.

하지만 현실은 여전히 답답했다. 이미 경쟁국의 선수들은 녹화된 비디오를 통해서 나를 분석하고 경기에 나오는데, 우리에겐 상대에 대한 자료나 어떤 정보도 없었다. 그저 과거에 맞붙었던 기억을 더듬어 머릿속으로 대비할 뿐이었다.

내 약점이 공격당하기 전에 내가 가진 장점으로 상대방을 공격해야겠다는 작전을 세웠다. 상대의 분석력과 나의 정신력이 어떻게 부딪칠 것인지는 예측할 수 없었다.

당시 대표팀을 맡고 있던 박성인 선생님은 빈틈없는 성격이었다. 1분 1초도 어김없이 정해진 시간에 시작해서 정해진 시간에 끝내는 타입이었다.

캘커타로 떠나기 보름 전쯤, 나는 선생님께 "현숙 언니와 복식조를 이뤘으면 좋겠다"는 말씀을 드렸다. 이런 시도는 상당한 모험을 동반하는 것이었다.

이상적인 복식은 왼손잡이와 오른손잡이가 팀을 이루는 것이다. 오른손끼리는 한쪽으로 몰리지만 왼손과 오른손 복식은 양쪽의 조화를 이루기 때문이다. 그 다음은 공격수는 공격수끼리, 수비 선수는 수비수끼리 팀을 이루는 게 정석이었다. 공격 선수와 수비 선수가 복식팀을 이루는 경우는 거의 없었다. 둘 중 한 사람은 희생될 수밖에 없기 때문이다.

나와 현숙 언니가 복식 경기를 하게 되면 내가 불리해질 공산이 컸다. 현숙 언니가 수비한 공을 상대방은 틀림없이 공격할 것이고, 나는 끈질기게 수비로 넘겨야 했다. 나의 장기인 공격 기회가 줄어들 수밖에 없었다.

하지만 나는 역으로 생각했다. 커트를 제대로 공략하지 못하는 유럽 선수들에게 현숙 언니의 수비는 심적으로 부담이 될 것이고, 현숙 언니 공을 전부 공격할 수도 없을 것이었다. 그 틈에 찬스가 생길 때 내가 공격해서 포인트를 올릴 수 있다고 생각했던 것이다.

선생님도 처음에는 반신반의 하셨지만, 실제 두 사람이 복식조를 이루고 경기를 해보니 기막히게 잘 맞아 들어갔다. 무엇보다 우리 둘은 서로를 잘 알기 때문에 상대를 더 든든하게 받쳐줄 수 있었다. 그렇게 급조된 복식조는 열흘 동안 호흡을 맞추고 캘커타로 떠났다.

캘커타의 첫인상은 찌는 듯한 무더위였다. 게다가 우리는 캘커타에 도착하고서야 우리가 보유했던 코르비용 컵을 가지고 오지 않았다는 사실을 깨달았다. 즉시 비행기로 공수해 개막일에 조직위원회에 반납하는 해프닝까지 벌어졌다.

인도 정부는 이스라엘과 남아프리카공화국의 비자 발급을 거부함으로써 한바탕 정치적 소용돌이가 몰아치고 있었다. 이스라엘은 로이 에반스 세계탁구연맹회장을 맹렬히 비난하면서 사임을 요구했으나, 중국의 입김으로 돌아가는 세계 탁구계의 현실을 바꾸지는 못했다.

우여곡절 끝에 1975년 2월 5일 '제33회 세계선수권대회'가 개막되었다. 남자팀 48개국, 여자팀 36개국, 약 500여 명의 선수가 참가한 가운데 네타지 서마지 스타디움에서 막이 올랐다.

우리는 첫날 홈 팀인 인도와 인도네시아를 꺾었다. 다음날은 프랑스와 스웨덴을, 그리고 경계 대상이었던 소련에게도 승리를 거두었다. 이후 체코와 헝가리까지 잡으면서 파죽의 7연승을 기록, 예선 리그를 완벽한 승리로 장식했다.

그 승리에는 현숙 언니와 내가 짝을 이룬 복식조의 공이 컸다. 이전 복식조에서 밀려 역전패를 당하곤 하던 약점이 지워지며, 우리는 훨씬 수월하게 예선전을 치를 수 있었다. 경기를 거듭할수록 호흡은 더 잘 맞아 들어갔고, 우리는 캘커타에서 최강의 복식조였다.

결승 토너먼트에 오른 국가는 1군 1위인 우리나라와 2위 헝가리, 2군 1위인 중국과 2위 일본 등 4개국이었다. 우리는 준결승에서 일본을 가볍게 제압하고 결승에 올랐다. 중국 역시 헝가리를 이기고 올라오며 또다시 숙명의 일전을 벌이게 되었다.

중국과 결승을 치르기 전, 캘커타에서 열린 '세계탁구연맹총회'에서 중국과 일본이 주축이 된 '아시아탁구연합(ATTU)'이 공인되었다. 동시에 우리나라가 속한 '아시아탁구연맹(ATTF)'은 자동 해체되었다. 이미 대부분의 회원국이 아시아탁구연합으로 옮겨 가고 한국·인도네시아·크메르·베트남 등 4개국으로 유지하던 아시아탁구연맹이지만, 이제 그마저 해체되며 우리는 발붙

1975년 제35회 캘커타 세계탁구선수권대회 경기 모습. 공격수와 수비수의 복식조 구성은 파격이었다.

일 곳이 없어진 것이다.

이제 실력으로 우리의 입지를 다지는 수밖에 없었다. 그런 의미에서 우리는 반드시 중국을 꺾어야만 했다.

대회 6일째에 접어든 10일 오후 3시, 드디어 코르비용 컵을 놓고 결전의 순간을 맞았다. 경기가 열릴 체육관은 붉은색 일색이었다. 중국은 오래전부터 세계 각지에 중국 출신 코치들을 대거 파견해, 캘커타대회는 노골적인 친중 분위기로 진행되고 있었다.

중국은 주전으로 호옥란 대신 예선전에 기용하지 않았던 갈신애와 장립을 출전시켰다. 갈신애의 등장은 뜻밖이었다.

내가 첫 단식에 나가자 중국은 장립이 출전했다. 테헤란 아시안게임에서 나를 꺾었던 경험에 승부를 거는 것 같았다. 나 역시 그때와는 다르다는 생각이었다. 하지만 실전은 뜻대로 되지 않았다. 장립은 내 드라이브를 자유자재로 받아 냈다. 나는 찬스를 노려 백사이드로 밀어붙였지만 장립은 빠르게 오른쪽으로 찌르는 것이었다. 머릿속에서 상상한 막연한 대비는 분석을 앞세운 중국의 전략을 이기기엔 역부족이었다. 결국 나의 대비가 불충분했다는 결론이고, 나는 첫 게임을 잃고 말았다. 뒤이어 벌어진 두 번째 단식에서 현숙 언니도 패해 우리는 2:0으로 열세에 몰렸다. 세 번째 게임인 복식에서 지면 모든 게 끝이었다.

현숙 언니와 내가 복식 경기에 나서자 중국 벤치는 당황하는 것 같았다. 그들은 예선전에 나선 우리 복식조가 속임수라고 생각했던 것이다. 우리는 환상적인 호흡으로 호옥란·갈신애 조를 2:0으로 꺾어버렸다. 하지만 나는 갈신애의 공에 짐짓 놀랐다. 그의 공은 눈앞에서 바람에 날리듯 흔들리며 변화를 일으켰다.

게임 스코어 1:2를 만들고 나니, 대회 2연패가 손에 잡힐 듯했다.

네 번째 게임에서 내 단식 상대는 갈신애였다. 복식에서 맞붙어 한 번 이긴 상대라 자신이 있었다. 그러나 경기가 시작되고 얼마 지나지 않아 뭔가 잘못됐다는 당혹감에 빠졌다. 상대가 보내는 공에 라켓을 대면 예기치 못한 방향으로 튕겨 나갔다. 도무지 갈피를 잡기 힘든 공이었다. '이질러버'가 국제무대에 첫 선을 보인 것이었다.

이질러버는 러버에 의한 구질 변화를 일으키는 게 특징이다. '폼'도 중요하지 않다. 그저 공을 넘기기만 하면 된다. 이질러버의 작용은 드라이브를 무력화시키는 용도가 아니라, 아예 드라이브를 구사하지 못하도록 차단해 버리는 것이다. 강력한 드라이브를 구사하는 내게는 치명적이었다. 복식에서는 갈신애의 변화구가 현숙 언니의 커트에 한 템포 늦춰지면서 위력이 반

감됐기 때문에 강력하게 느끼지 못했던 것이다.

그동안 우리는 왜 갈신애를 주목하지 않았던 것일까?

갈신애는 처음 등장한 스칸디나비아 오픈선수권대회에서는 수비 선수 행세를 했다. 두 번째 만난 캘커타에서 연습할 때도 주로 커트하는 모습을 보였기 때문에 크게 신경 쓰지 않았다. 중국은 철저하게 갈신애의 본모습을 숨기며 나를 대비할 전략을 짰던 것이다. 승부의 세계에서 상대방을 모르는 것처럼 큰 약점은 없다.

'이 모든 게 중국의 전략이었구나' 하고 깨달았을 때는 이미 늦은 상태였다. 경기 중 코치에게 사인을 받으러 갈 때도 그는 검은 고무의 라켓을 손으로 숨겼다. 모든 게 철저한 비밀 전략이었다. 마지막 결정적인 순간에 정체를 드러낸 갈신애의 공은 '마구'라고 할 수밖에 없었다.

테이블 앞에서 그런 무력감을 느껴본 것은 처음이었다. 어떤 방법을 써도 공은 내가 원하는 방향으로 가지 않았다. 공의 성질을 파악하기도 전에 경기는 끝났다. 그 두 세트는 내 생애 가장 견딜 수 없는 시간이었다.

2연패에 대한 뜨겁던 열망이 가슴속에서 와르르 무너져 내리는 소리가 들렸다. 내 자신을 다 바쳐 죽도록 뛰었던 순간들… 머리에 살얼음이 얼고 입에서 단내가 나도록 뛰었던 차가운 밤들이 머릿속을 스쳐지나갔다. 나는 울음을 터뜨렸다. 경기에 지고 울면 진짜 패배하는 것이라며 질색을 하던 내가 펑펑 울고 있었다.

체육관을 나와 호텔까지 오는 동안 나는 내내 울었다. 내 의지로 제어할 수 없는 감정이었다. 최선을 다해 싸운 뒤의 패배였다면 그렇게 허탈하지는 않았을 것이다. 공격다운 공격 한 번 못해 보고 속수무책으로 서 있다 물러났기 때문에 패배라는 말도 어울리지 않았다. 억울한 마음을 떨칠 수가 없었다.

중국은 세계 탁구의 왕좌에 올랐다. 비록 이질러버라는 변칙적인 방법을 썼으나 그들이 기울인 노력과 연구는 부러운 것이었다. 세계 정상은 노력만으로 얻을 수 있는 게 아니다. 높은 기량을 지닌 고른 수준의 선수가 여러 명 있어야 하고, 새롭고 독창적인 기술의 개발과 벤치의 전략이 어우러져야 한다. 중국은 그 모든 걸 갖춘 팀이었다.

　　국제 대회에 나가 보면 중국에는 늘 새로운 얼굴이 등장했다. 그들 중 만만한 선수는 없었다. 국산 라켓 생산이 변변치 않던 그 시절, 중국은 선수별 맞춤 러버를 개발해 제공했다. 선수 개인의 특성과 플레이에 맞는 강력한 무기를 가지고 있는 셈이었다. 중국은 세계 정상에 오를 조건을 갖추고 있었고, 그런 점들이 부러웠다.

　　단체전 이후 우리는 개인전에서도 모조리 탈락했으며 북한의 박영순이 개인 단식 챔피언이 되어 또 한 번 충격을 받아야 했다. 장립과 박영순의 결승전은 중국과 북한 코치가 나란히 앉아 있어, 이게 진정한 승부인지 의심을 하게 만들었다. 중국은 북한의 힘을 키워 상대적으로 우리의 입지를 좁히려는 속셈 같았다. 정정당당한 스포츠의 세계에 드리워진 정치의 그림자는 우울한 것이었다. 앞으로 전개될 일이 암담하게 느껴졌다.

한 걸음 후퇴, 세 걸음 전진

캘커타 세계선수권대회에서 돌아오자 김창원 회장이 탁구협회 회장에서 물러났다. 김 회장은 내가 대표 선수가 되기 1년 전부터 6년간이나 탁구협회를 이끌었다. 1971년 나고야, 1973년 사라예보, 1975년 캘커타 등 세 번의 세계대회를 함께 치르며 우리는 대한민국 탁구 역사를 함께 썼다. 김창원 회장은 열악한 상황에서도 사재를 털어서 대표팀을 지원했다. 훈련장을 불쑥 찾아 상금을 걸어 놓고 시합을 시킨 뒤 즐거워하던 모습이나, '거시기'를 연발하며 벤치까지 찾아와 선수들을 독려하던 모습은 잊을 수가 없다.

이별은 아쉬웠지만 그조차도 최선을 다한 선택이었다. 김 회장은 우리 탁구가 아시아에서 고립되는 것을 막기 위해 적극적인 외교 활동을 펼칠 수 있는 새로운 인물이 나서기를 바랐다. 우리 선수들을 향해서도 "항상 대표팀을 지켜볼 것이며 승리를 기대할 것"이라는 애정이 어린 인사를 남겼다.

캘커타의 여독이 풀리기도 전에 우리는 다시 합숙 훈련에 돌입했다. 5월 미국 휴스턴에서 열리는 미국 오픈과 캐나다 오픈 참가가 결정되었기 때문이다.

◀1969~1975년 전국종합선수권
대회 7연패 달성 기념 깃발

▼ 역대 우승팀 및 우승자

회수	년도	남자단체	여자단체	남자단식	남자복식	여자단식	여자복식	혼합복식
제1회	1947			최근황	김찬영/김규선	이정윤	이점윤/백옥희	
제2회	1948			중지	중지	중지	중지	
제3회	1949			김상훈	김상훈/장흥기	배옥희	황계선/김순애	
제4회	1950			중지	중지	중지	중지	
제5회	1951			중지	중지	중지	중지	
제6회	1952			중지	중지	중지	중지	
제7회	1953			장흥기	장흥기/조영제	김영희		
제8회	1954			이경호	조영제	위쌍숙	김국배/이이사베라	
제9회	1955			원영호	김진두/김광석	한영자	위쌍숙/위순자	
제10회	1956			원영호	주한공/최규출	한영자	윤부자/이경애	
제11회	1957			김경준	김경준/김종호	박정자	한영자/박정자	
제12회	1958			원영호	김경준/김종호	조경자	최경자/박정자	
제13회	1959			김경준	김경준/김종호	최경자	황율자/조경자	
제14회	1960			중지	중지	중지	중지	
제15회	1961			김경준	김경준/유진규	함병욱	황율자/조경자	
제16회	1962			강희정	박성인/이영철	곽수자	최정숙/민영애	
제17회	1963	전매청	계성여고	이달준	이달준/김지화	윤기숙	최정숙/민영애	
제18회	1964	전매청	계성여고	김충용	김충용/최승의	윤기숙	이신자/이숙자	
제19회	1965	전매청	산업은행	주창복	김충용/최승의	이신자	곽수자/김수경	
제20회	1966	육군PX	한일은행	강희정	김충용/최승의	곽수자	이신자/김수경	
제21회	1967	전매청	한일은행	김충용	최승의/홍종현	윤기숙	최정숙/김인옥	
제22회	1968	전매청	한일은행	주창석	김충용/김은태	최정숙	최정숙/김인옥	
제23회	1969	서울은행	한일은행	김충용	홍종현/최승의	이에리사	임원숙/박혜자	황상완/김길자
제24회	1970	서울은행	서울여상	홍종현	주창석/소영인	이에리사	이에리사/성낙수	황상완/임원숙
제25회	1971	공군	서울여상	문용수	김은태/최승국	이에리사	박혜자/안순환	
제26회	1972	공군	신탁은행	최승국	강문수/안성명	이에리사	이에리사/성낙소	
제27회	1973	서울은행	신탁은행	김은태	최승국/장하정	이에리사	이에리사/성낙소	김인수/김순옥
제28회	1974	서울은행	대한항공	최승국	최승국/장하정	이에리사	김순옥/손혜순	최승국/배옥엽
제29회	1975	대한통운	신탁은행	이상국	최승국/장하정	이에리사	정현숙/이에리사	최승국/배옥엽
제30회	1976	동아건설	신탁은행	이상국	최승국/김인수	이기원	정현숙/이에리사	
제31회	1977	삼양식품	대한항공	윤길중	윤길중/신동현	김순옥	심명숙/양숙희	윤길중/김순옥
제32회	1978	대우중공업	시온고	윤길중	윤길중/신동현	이수자	이수자/김경자	윤길중/김순옥
제33회	1979	대우중공업	근화여고	손성순	김완/유시흥	박홍자	신경숙/주성희	
제34회	1980	제일합섬	제일모직	김완	김기택/이재훈	이수자	신동화/박말련	신동현/조월연
제35회	1981	대우중공업	신탁은행	조동원	지용옥/김태수	이미우	신동화/장금옥	김용현/김은희
제36회	1982	제일합섬	제일모직	윤길중	조동원/노윤관	신득화	양영자/김숙	

신진공고 체육관에서 훈련을 시작한 지 며칠 되지 않았을 때, 나는 팔의 이상을 느꼈다. 팔이 너무 아파서 공을 칠 수 없었고 통증이 극심했다. 정형외과 진찰 결과 어깨를 무리하게 사용해서 '기름이 마른 것'이라고 했다. 어깨를 너무 써서 고장이 난 투수의 상태와 같은 것이라는 설명이었다. 의사는 치료를 받으면서 쉬는 것밖에 방법이 없다고 했다. 무리했다가는 선수 생명에 영향을 줄 수도 있다는 말을 듣는 순간 가슴이 철렁 내려앉았다. 그동안 가끔 '운동을 그만두어야겠다'고 생각했던 것이 나의 진심이 아니었음을 깨달았다.

병원과 접골원까지 찾아 치료를 했지만 별 효과가 없었다. 정상적인 훈련도 불가능했다. 나는 코칭스태프에게 집에서 치료하고 싶다는 의사를 전달했으나 받아들여지지 않았다.

그렇게 온전하지 못한 몸으로 미국 오픈대회 출전을 강행했다. 사실 나는 대회에 나가고 싶지 않았다. 지금 당장의 우승보다 더 멀리까지 선수 생활을 위해 치료에 전념하고 싶었다. 하지만 이 역시도 코칭스태프는 일축했다. 가서 한 게임이라도 뛰어야 한다는 것이었다. 그래도 출전을 망설이자 "미국에 가서 어깨 치료를 하자"는 말로 나를 설득했다.

미국 오픈은 그때만 해도 별로 알려지지 않은 대회인 까닭에 규모가 작았다. 9개국이 참가한 가운데 한국의 적수가 될 만한 나라는 스웨덴밖에 없었다. 나는 진통제를 맞아 가며 스웨덴전을 뛰었다. 주사까지 맞으며 경기에 나간다는 게 비참했지만 어쩔 수 없었다. 결국 우리는 스웨덴을 꺾고 우승을 차지했다. 단식 결승에서는 정현숙 언니와 김순옥이 맞붙어 순옥이의 승리로 끝을 맺었다.

이 결승전에는 뒷이야기가 있었다. 결승전을 앞두고 순옥이는 내게 고민을 토로했다. 모두 현숙 언니의 우승을 믿고 있고 그걸 원하니 자신이 양보해야 할 것 같다고 속마음을 털어놓은 것이다.

나는 진심을 담아 순옥이를 격려해 주었다. 순옥이는 그동안 누구에게도 뒤지지 않게 열심히 운동을 해왔고, 팀원으로서 헌신적인 선수였다. 우승을 할 충분한 자격이 있다고 생각했다. 순옥이가 한 번쯤 최고의 1인자가 되어서 그동안의 설움을 떨쳐 냈으면 싶었다.

내 격려가 자극이 되었던 것인지, 순옥이는 다음날 결승전에서 전력을 다한 승부를 펼쳤다. 그리고 난생처음 국제 대회 우승 메달을 목에 걸었다. 경기가 끝난 뒤 나에게 "고맙다"고 말하는 순옥이의 표정은 정말 뿌듯해 보였다.

선수단은 워싱턴·뉴욕·시카고·포틀랜드 등지를 순회하며 클럽 팀들과 친선 경기와 시범 경기를 가졌다. 가는 곳마다 교포들의 저녁 초대를 받고 국무성과 백악관, 국회의사당을 관광했다.

오랜만에 부담 없는 해외여행을 하면서도 내 마음은 여러 생각으로 복잡했다. 미국으로 떠나올 때 약속했던 어깨 치료에 대해서는 일언반구도 없었다. 다음 도시를 향하면서 '이번에는…' 하고 기다려 봐도 마찬가지였다.

다시 한 번 내 존재 가치에 대한 회의가 일었다. 우승을 위해 필요하지만 관리해 주지 않는 선수… 그럼에도 팀을 위한 헌신을 당위로 여겨야 하나 싶었다.

모든 일정을 마치고 김포공항에 도착한 순간, 나는 빨리 집으로 돌아가고 싶다는 생각뿐이었다. 이제 정말 탁구를 그만두겠다는 마음을 먹었다. 할 수 있는 최선을 다했고 성과도 거두었으니 그만두어도 후회가 남지 않을 것 같았다.

라켓을 내려놓고 한동안 집에 틀어박혀 지냈다. 답답할 때는 친구들과 어울려 배구나 농구 경기를 보러 다녔다. 오랜만에 다른 종목 경기를 관객의 입장에서 보는 것은 새롭고 즐거웠다. 하지만 긴박한 승부처에서 어느새 긴장하며 집중하는 자신을 발견할 때면 '나는 천생 운동선수인가?' 하는 생각이 들었다.

코트에서 열정적으로 뛰는 선수들을 보면서 중요한 사실을 깨달았다. 어떤 종목, 어느 경기장을 가더라도 가장 돋보이고 아름다운 건 '멋진 플레이를 하는 사람'이었다. 내가 그런 플레이를 할 때 사람들에게 어떻게 보였을까? 나도 아름다웠을까? 그런 생각을 해보았다. 내 플레이에 대해 '예술의 극치'라던 일본 매스컴의 평이 떠올랐다.

이렇게 끝낼 수는 없었다. '한때 세계 정상까지 올랐으나 어깨 부상으로 흐지부지 선수 생활을 마친 선수'로 기억되고 싶지 않았다. 누구를 위해 탁구를 한 건 아니었다. 내가 좋아서 선택한 운동인데 주변을 탓하며 포기하는 건 바보짓이란 자각이 가슴을 울렸다. 선수로서 최고의 명예를 얻었으니 끝맺음도 그렇게 하고 싶었다.

1976년 서독 국제오픈탁구선수권대회 개인 단식, 개인 복식 우승 후.
당시 탁구협회장이던 최원석 회장은 열정적으로 대표팀을 지원했다.

그날부터 필사적인 재기의 몸부림의 시작되었다.

먼저 세브란스병원에서 주사 치료를 시작했다. 의사는 어깨 쓰는 것을 엄격히 금지했다. 미세하지만 주사 치료 효과가 나타나는 것 같았다.

뜨거운 여름이었다. 콘크리트 마당은 뜨거운 태양열을 받아 바짝 달아 있었다. 물을 뿌리면 금방 말라버렸다. 나는 햇볕이 가장 뜨거운 낮 1시에 콘크리트 바닥 위에 섰다. 시원한 날씨에는 누구나 운동하기 좋겠지만, 숨이 막히는 땡볕에 뛸 수 있는 사람은 별로 없으리라 생각했다. 다른 선수를 이기기 위해서는 그 상대가 어려워 포기하는 것을 견뎌 내야 한다는 고집이었다.

차근차근 체력을 길러 두어 팔이 웬만큼 좋아졌을 때, 제 컨디션을 찾도록 해야 했다. 기초 훈련을 제대로 해놓지 않으면 다시 시작하기 어려워질 것 같았다. 복근 운동, 하체 운동, 순발력 운동 등을 이어 갔다. 뜨거운 콘크리트 바닥에 닿은 손은 물집이 생기고, 몸에서는 땀이 비 오듯 했다. 그렇게 1시간 정도 땡볕에서 운동한 뒤 샤워를 하고 낮잠을 잤다.

더위가 좀 가시는 밤에는 달리기를 했다. 빨리 달리는 스피드 러닝이었다. 새벽에도 러닝을 했으나 학생들 등교 전에 가벼운 운동 정도로 끝냈다. 아픈 어깨는 놔두고 손목만 사용해 아령으로 스윙 연습을 했다. 라켓을 쥐는 힘을 기르고 감각을 잊지 않게 하려는 것이었다. 이러한 훈련은 누가 가르쳐 준 것이 아니라 스스로 만들어 낸 나만의 방법이었다.

나는 수시로 탁구장에 들렀다. 라켓을 잡지는 않았으나 눈으로 공을 쫓았다. 탁구공은 작고 빨라서 오랫동안 안 보다 보면 어지럽고 리듬을 타기 어렵기 때문에, 꾸준히 눈에 익혀 두어야 다시 라켓을 쥐었을 때 박자를 맞추기가 용이할 것 같았다.

내가 다시 탁구대 앞에 섰을 때, '실업탁구대회'와 '종합선수권대회'까지

두 달 남짓 남아 있었다. 신탁은행 연습장에서 훈련을 하는 나를 보고 손병수 선생님은 놀라는 기색이 역력했다. 공백기가 있었던 선수가 아니라는 것이었다. 선수들은 "어깨 아프다는 핑계 대고 개인 연습한 것 아니냐?"고 농담을 던졌다.

다행히 내 계산은 맞아들었다. 체력과 공을 쫓아가는 눈의 움직임은 양호했고 감각은 이내 돌아왔다. 그동안 팀에서 연습해 온 선수보다 오히려 컨디션이 좋았다. 그래도 11월 '실업탁구대회'에 출전하면서 불안함을 감출 수 없었다. 어깨는 예전 같지 않고 오랜 공백기가 실전에 어떤 영향을 미칠지도 미지수였다.

결과는 뜻밖이었다. 나는 개인 단식과 복식, 단체전 우승으로 3관왕이 되었다. 나도 모르게 "감사합니다!"라는 말이 튀어나왔다. 무엇보다 '자신감'을 되찾은 게 큰 수확이었다.

되찾은 건강과 자신감을 무기로 나는 내처 달렸다. 내가 가장 정성을 쏟는 '종합선수권대회'가 기다리고 있었다. 다시 승부가 시작되고 나는 한 명씩 제치며 결승에 올랐다. 결승 상대는 정현숙 언니였다. 1973년과 1974년에 이어 세 번째 만남에서 나는 다시 현숙 언니를 이기고 종합선수권대회 7연패를 달성했다.

서로를 너무나 잘 아는 두 사람이 승부를 겨루기란 쉽지 않은 일이다. 상대가 좋아하는 코스와 구질, 사소한 습관까지 훤히 알고 있기 때문이다. 우리의 싸움은 공격과 수비, 드라이브와 커트의 싸움이었다. 나의 실수를 유도하기 위해 계속 공을 받아넘기는 현숙 언니의 수비와, 이를 연거푸 강한 드라이브로 넘기는 나의 공격은 누가 더 끈질기게 버티는가에서 판가름이 났다. 1973년도 한 번을 제외하고, 내가 현숙 언니와의 경기에서 모두 승리할 수 있었던 이유는 그 '끈질김' 때문이었을 것이다. 나는 공격 선수이기 때문에 수비 선수인 현숙 언니보다 마지막까지 더욱더 끈질기게 버텨야 한다는 각오, 그게 승부의 열쇠였다.

탁구협회에는 새로운 기운이 싹트고 있었다. 1976년, 동아건설 최원석 사장이 탁구협회 회장에 취임했다. 최원석 회장은 오랫동안 실업탁구연맹 회장직을 맡고 있었으며, 용산중학교 재학 시절 탁구 선수로 활동한 이력도 가지고 있었다. 언젠가 동아건설 남자 탁구팀에 연습하러 갔을 때, 점심시간을 이용해 탁구를 치러 연습장에 들른 최 회장을 만나 인사를 한 적이 있었다. 그 후 몇 번 함께 탁구를 치며 탁구를 정말 좋아하는 분이라는 인상을 받았다.

최원석 회장은 의욕적으로 지원을 시작했다. 불과 한 달 남은 서독 오픈 선수권대회에 출전을 제안한 것이었다. 대표단은 서울에 마땅한 연습 장소가 없어 청주로 내려갔는데, 최 회장은 운동복에 운동화 차림으로 일주일에 두세 번씩 청주로 달려왔다. 마치 본인이 선수단의 일원이 된 것처럼 직접 훈련에 참가하며 분위기를 맞추었다. 자신이 선수였을 때 태극마크가 붙은 유니폼을 입고 뛰는 국가대표 선수가 얼마나 부러웠는지 이야기하며 선수들의 사기를 올려주었다. 권위적인 회장이 아니라 선수들과 호흡을 함께하려는 리더의 모습이었다.

선수들도 그런 격려에 힘을 냈다. 20여 일밖에 남지 않은 준비 기간이지만 모두 열정적으로 훈련에 매진했다. 급피치를 올리다 보니 내 발바닥엔 물집이 생겼다. 나는 선배들로부터 배운 비법대로 바늘을 소독해 물집을 터뜨렸다. 그냥 바늘로 따면 물이 모두 빠지지 않고 또 세균이 들어갈 염려가 있으므로, 실을 꿰어 놓고 그 실을 통해 물이 빠지도록 했다.

발바닥은 쉽게 낫지 않았다. 계속되는 훈련으로 나을 시간이 없었다. 몇 번을 거듭해서 바늘로 물집을 따다 보니 나중에는 더 이상 바늘 꽂을 자리가 없었다. 발바닥을 딛기 어려울 지경이어서 솜을 대고 붕대를 칭칭 감은 채 뛰었다. 연습을 끝내고 운동화를 벗으면 빨갛게 물이 들어 있었다. 발에 감각이 없어질 정도였다.

그럼에도 나는 다른 선수보다 더 많은 훈련을 했다. 늘 그랬듯이 공식 훈련 외에도 아침과 저녁에 개인 운동을 따로 했다. 많은 훈련양은 내 마음의 부적 같은 것이기에 포기할 수 없었다.

서독 대회를 앞둔 어느 날, 나는 사라예보에 가기 전 꿈에서 보았던 호랑이를 3년 만에 다시 만났다. 그 호랑이의 등에 올라 불이 난 마을 산등성이를 오르는 꿈이 3년 전과 똑같았다. 이상하고 신비로운 꿈이었다. 호랑이가 나를 찾아온 이유가 이번에도 길조이기를 바랄 뿐이었다.

서독 오픈선수권대회는 내게 강력한 동기를 부여하고 있었다. 내 자신과 세상에 완벽한 재기를 증명하고 싶은 욕구가 강했다. 나는 넘어지기는 해도 쓰러져 절망하지는 않는 사람이다. 넘어진 그 자리에서 더 멋지게 일어서는 모습을 보여주고 싶었다.

단체전 결승 상대는 예상대로 중국이었다. 어느 국제 대회에서든 우승의 길목에서 중국과의 대결은 필연이었다. 나는 단체전 단식에서 또다시 장립과 대결해 패했다. 하지만 이전과 느낌이 달랐다. 다시 붙는다면 이길 자신이 있었다. 그때는 약점을 커버하는 데 급급할 것이 아니라 내 강점으로 먼저 선제공격을 해야 한다는 결론을 내린 것이다.

현숙 언니도 중국 선수에게 패하고, 우리는 복식 한 게임만 따낸 채 단체전 승리를 중국에게 내주었다. 처음 국제 대회에 동행하며 세계 정상을 다투는 현장을 목격한 최원석 회장은, 중국의 철저한 정보력과 막강한 기술에 우리가 오직 정신력과 투지로 맞서 왔다는 사실에 놀란 것 같았다. 최 회장은 우리의 단체전 패배에도 "잘 싸웠다"고 격려해 주었다.

이제 개인전을 위한 총력전만이 남은 상태였다. 이번만은 개인전에서 쉽게 물러나지 않을 참이었다. 그동안 단체전에서 뛰어난 성적을 거두고도 개인전에서 성적을 내지 못했던 불운을 떨쳐버리고 싶었다. 나는 중국, 체코, 루마니아 선수를 꺾으며 파죽지세로 내달렸다.

준결승 테이블에 마주선 상대는 중국의 장립이었다. 그때까지 장립과 세 번의 승부를 겨루었지만 개인전에서 만나기는 처음이었다.

단체전 패배 이후 약점을 무서워하지 않겠다고 결심했던 대로 맹렬한 선제공격을 퍼부었다. 백사이드로 넘어오는 공도 쇼트로 쉽게 넘기지 않고 모두 끝까지 쫓아가 드라이브를 걸었다. 쉽게 넘겼다가는 장립이 공격으로 연결할 게 뻔했기 때문이다. 장립은 내가 공격해 올 곳을 예상하고 그곳에서 기다리고 있다가 다시 공격을 해왔다. 상대의 약점을 찌르는 경기가 아니라 각자의 강점으로 공격하는 대결이었다. 쉴 새 없이 뛰느라 다리는 경련이 일었지만 완벽하게 몰입할 수밖에 없는 명승부였다.

장립의 공격은 거셌지만 승리를 향한 내 투쟁심은 그보다 더 강했다. 장립은 처음으로 무릎을 꿇었다. 최원석 회장은 내게 '사자'라는 별명을 붙였다. 투지를 불태우며 무섭게 상대를 공략한 모습이 사자 같았다는 이유였다.

현숙 언니 또한 준결승에서 중국을 물리침으로써 우리는 확실한 단체전 설욕에 성공했다. 그러나 설욕의 기쁨은 잠시뿐이었고, 우리는 다시 하나의 왕좌를 놓고 맞붙어야 하는 운명에 직면했다.

승부의 세계에서 승자는 하나여야 했다. 나는 현숙 언니를 이기고 개인전 우승을 차지했다. 1972년 스칸디나비아 오픈선수권대회 이후 4년 만에 차

지한 개인 타이틀이었다. 북한의 박영순 정도만 빠졌을 뿐 내로라하는 세계
적인 선수는 다 참가했으므로 사실상의 세계 제패와 다름없었다. 사라예보
에서 단체전 우승으로 날개를 달았지만 불완전한 기분이었다. 이제 하노버
에서 개인전 챔피언에 오르며 나는 완벽한 날개를 단 느낌이었다.

"여자 개인 단식 챔피언, 이에리사!"

시상식에서 내 이름이 호명됐다. 많은 선수들과 관중들의 박수를 받으며
시상식에 오르자 가슴이 터질 것 같았다. 부상과 부진으로 한 걸음 물러서야
했지만 나는 주저앉지 않았다. 그 순간을 견뎌 내고 다시 두세 걸음 앞으로
전진하고 있었다.

좌절된 8연패의 꿈

승자의 시간은 늘 달콤하다. 최원석 회장은 귀국길에 오른 우리를 극진하게 대우했다. 우리는 파리로 갔다가 도쿄를 거쳐 귀국할 예정이었다. 파리행 루프트한자기에 탑승한 지 얼마 되지 않아 기내 방송이 흘러나왔다. "서독 오픈선수권대회 개인전에서 우승과 준우승을 차지한 한국의 이에리사와 정현숙 선수를 1등석에 모시겠다"는 방송이었다.

뜻밖의 '1등석' 제공은 최원석 회장이 꾸민 일이었다. 태극기가 새겨진 단복을 입고 비행기에 오른 우리를 보고 기장이 "뭐하는 사람들이냐?"고 물었다. 최 회장은 우리를 서독 오픈대회 단체전 준우승과 개인전 우승을 한 한국 선수단이라고 소개했다. 그러자 기장은 축하 인사와 함께 자신들의 비행기에 타게 돼 영광이라는 인사를 덧붙였다. 재치 넘치는 최 회장은 "뭐 기쁘게 해줄 일이 없겠느냐?"고 물었고 기장은 "1등석에 모시겠다"고 화답을 했던 것이다.

뜻밖의 즐거움은 그 후에도 계속되었다. 파리에서 도쿄로 가는 프랑스에어라인으로 바꿔 타자, 프랑스항공은 "루프트한자에서 1등석을 배려했다면 우리도 못할 게 없다"며 쾌히 업그레이드를 해주었다. 다른 선수들과 선생님들에게는 미안했지만, 승자의 노고에 주어지는 작은 대가를 잠시 즐기고 싶었다.

도쿄에서는 그런 혜택이 없었다. 일본항공은 우리를 아는 척도 하지 않았다. 최 회장은 기분 좋게 귀국해야 한다면서 제값을 내고 우리를 1등석에 앉혔다.

서울의 하늘은 맑고 푸르렀다. 나는 개선의 꽃다발을 한껏 높이 쳐들었다. 사람들의 환호에 묻혀 다시 한 번 기쁜 마음으로 카퍼레이드를 할 수 있었다.

이제 정말 더 바랄 것이 없었다. 은퇴해도 아쉬움이 없을 것 같았다. 그러나 주변에서는 이미 1년 앞으로 다가온 버밍엄 세계선수권대회를 말하고 있었다.

나는 또다시 갈등하고 있었다. 이제 막 산 정상에 섰는데, 다시 저 밑으로 내려가 험한 산을 올라야 한다는 게 두려웠다. 마지막 순간은 패배로 인한 힐난이 아니라 승리의 영광으로 기억되고 싶었다. 또 하나, 중국의 치밀한 전략과 절대적 지지에 고작 투지로 맞서는 무모한 승부를 이어 가는 데 너무 지쳐버렸다.

그럼에도 내 자리를 대신할 만한 후배가 없다는 것과 주변의 기대는 내 소맷부리를 잡아당기고 있었다. 선수를 최우선으로 여기며 물심양면으로 지원하는 최원석 회장의 정성 또한 외면하기 어려웠다. 결국 나는 버밍엄 세계선수권대회 비상조에 들어갔다. 누가 요구해서가 아니었다. 나를 잡아 세운 것은 내 내부에서 자가 발전하는 '책임감'이었다.

버밍엄 세계선수권대회에 가기 전, 내겐 중요한 대회가 기다리고 있었다. '제30회 종합선수권대회'가 다가온 것이다. 대표팀 선수들도 대회 출전을 위

1976년 서독 국제오픈
탁구선수권대회 우승 후
귀국 환영 행사.
왼쪽부터 어머니, 이에리사,
아버지, 둘째언니.

해 소속팀으로 돌아갔다.

나는 오랜만에 신탁은행 선수들과 훈련에 들어갔다. 대회 20일 전부터 친구도 만나지 않고 외출도 삼가는 구도자 같은 생활에 들어갔다. 종합선수권을 앞두고 이런 루틴을 지킨 게 벌써 8년째였다.

국내 대회는 서로를 잘 아는 상대들이기에 평소처럼 차분히 대회 준비를 마쳤다. 그런데 대회가 시작되자 의외의 인물이 상대로 떠올랐다. 산업은행 소속의 이기원이 준결승에서 현숙 언니를 꺾은 것이다. 이질러버인 코발트 러버를 사용하는 기원이는, 대표팀에서 나를 지도했던 천영석 코치의 지도를 받고 있었다. 변화구 대응력이 뛰어난 현숙 언니가 기원이에게 졌다는 것은 신경이 쓰이는 부분이었다.

결승에서 만난 기원이와 나는 한 세트씩을 주고받으며 세트스코어 2:2로 팽팽한 균형을 이루었다. 이제 마지막 세트가 남았지만 내 자신을 믿었다. 나는 항상 위기에 강하고, 어떠한 고비라도 마지막 순간을 잘 넘길 수 있다는 자신감이 있었으므로 긴장하지 않았다.

그러나 그 경기에는 복병이 있었다. 바로 천영석 코치였다. 천 코치는 수

시로 기원이를 불러 작전 지시를 하며 내 리듬을 깨뜨렸다. 서비스를 넣으려고 하면 기원이를 부르고, 내 공격이 성공해도 또 기원이를 불렀다. 누구보다 나를 잘 아는 천 코치가 경기의 흐름을 끊으면서 신경전을 벌이는 것 같았다.

마지막 세트 후반에는 숨 막히는 듀스가 이어졌다. 나는 그때까지 듀스에서 진 적이 없었다. 내게는 기분 좋은 징크스였다. 열다섯 살에 종합선수권대회 패권을 처음 차지한 것도 듀스에서 이긴 덕분이었다.

20:20에서 내가 서비스할 차례였다. 승리가 눈앞에 와 있는 듯했다. 리시브해서 공이 넘어오면 탑 스핀을 걸어야겠다고 마음먹었다. 서비스를 하자 내가 가장 좋아하는 코스로 공이 되돌아왔다. 생각할 것도 없이 그 공을 내려쳤다. 그러나 공은 녹색 탁구대를 벗어나버렸다. 내 입에서 짧은 탄식이 터져 나왔다. 중요한 순간에 결정타를 놓친 것은 있을 수 없는 일이었다. 다음 공도 불발이었다. 20:22, 결과는 나의 패배였다.

종합선수권대회는 애착이 강한 대회였다. 할 수만 있다면 10연패까지 달성하고 싶었다. 그런 대회의 연승이 깨어졌다는 게 믿을 수 없었다.

경기가 끝나고 희극 같은 비극이 벌어졌다. 내가 진 게 이변이라 기자들이 승자를 놔두고 내게 몰려들었던 것이다. 언론의 관심이 집중된 패자는 너무 비참했다. "나는 최선을 다했으나 기원이가 잘한 것"이라고 상대를 칭찬해 주었다.

그날따라 경기장에 잘 오지 않던 언니와 형부 등 온 식구가 관중석에 와 있었다. 경기가 끝난 후 모두 중국 음식점에 가서 저녁을 먹었다. 나를 위로하려는 자리였다. 음식은 먹는 둥 마는 둥, 가슴속에서 뜨거운 물이 끓는 것처럼 열기가 차올랐다. 하지만 내가 속상한 티를 내면 유난히 자존심이 강한 우리 가족들의 마음이 더 아플 것 같아 담담하게 행동했다. 그렇게 해야 견딜 수 있을 것 같았다.

집에 돌아와 방에 누웠는데 뭔가 이상했다. 땅이 천장에 가 있고 천장이 땅이 된 듯한 느낌이었다. 천지가 뒤바뀐 느낌… 8연패의 좌절은 내게 그런 충격이었다.

우리나라에서 1인자가 되어야 세계에서 1인자가 될 수 있다는 신념을 가지고 탁구를 해왔다. 이제 국내 1인자의 자리를 내준 상태에서 세계 제패에 대한 의구심이 드는 건 어쩔 수가 없었다. 자신에 대한 확신 없는 도전은 불안한 것이다. 그렇다고 그만둘 수도 없는 입장이었다. 기원이가 나를 이기긴 했지만 세계대회에서는 내가 필요한 존재라는 걸 누구도 부인할 수 없었다. 결국 내가 나를 이겨 내는 것밖에 방법이 없었다.

집에서 음악을 들으며 쉰 다음 대표단이 훈련 중인 대전으로 내려갔다. 견디기 힘든 하루하루였다. 그러나 고통 속에 머무를 시간이 없었다. 나는 다시 운동화 끈을 묶고 뛰기 시작했다.

버밍엄 세계선수권대회

1977년 1월, 버밍엄 세계선수권대회를 앞두고 태릉선수촌에 들어갔다. 마지막 담금질이 시작된 것이다. 오전 9시부터 오후 6시까지 훈련은 쉴 새 없이 계속되었다. 잘하는 기술을 더 잘하도록 끝없이 반복하는 훈련이었다. 세계대회에 대한 부담감이 서서히 밀려오기 시작했다.

해가 짧은 겨울의 오후 6시는 깜깜했다. 모두 훈련을 끝내고 저녁을 먹으러 식당으로 향하는 시각에 나는 반대편의 운동장 둑으로 올라갔다. 산을 깎아서 만든 둑 위로는 매서운 산바람이 쌩쌩 휘몰아쳤다. 눈발이 날리는 때도 있었다. 나는 쌓인 눈을 소리 나게 밟으며 달렸다. 한 바퀴를 돌고 나면 귀가 떨어져 나갈 것 같았고, 훈련에 지친 다리는 제대로 움직여지지 않았다. 세 바퀴쯤 돌고 나면 그만 뛰고 싶은 유혹을 느꼈다. 거기에서 그만둬도 뭐라 할 사람은 없었다. 하지만 멈출 수 없었다. 지금 달리는 이 한 발자국이 경기에서 얻는 1점이라고 생각했다. 장립과 결승전을 치르고 있다고 상상하면 달리기는 더 빨라졌다. 한 바퀴가 600미터쯤 되는 운동장을 10바퀴씩 매일 달렸다.

고단한 훈련 속에 잠시 여유를 주는 곳은 선배들의 방이었다. 마침 배구와 농구 팀도 국제 경기를 앞두고 훈련 중이어서 조혜정 언니와 이옥자 언니를 자주 볼 수 있었다. 옥자 언니 방에 들러 커피를 마시며 수다를 떠는 게 그나마 고된 훈련의 숨구멍이었다. 모두 한창 놀고 싶고 연애도 하고 싶을 나이였다. 하지만 그 뜨거운 젊음을 유보한 채 우리는 어둑한 체육관에서 뛰고 또 뛰었다. 그 인내를 보상받을 수 있는 길은 우승뿐이었다.

버밍엄으로 떠나기 열흘 전, 라켓의 두께를 약간 높이고 뒷면에 이질러버를 붙였다. 빠르게 회전되어 오는 서비스 볼의 변화를 다소 죽일 수 있을 것 같았다. 이번에도 중국에 대한 대비는 이미지 트레이닝 외에 특별한 것이 없었다. 다시 또 부딪쳐보는 수밖에 없었다.

김포공항을 출발해 버밍엄으로 향하던 비행기는 급유를 위해 알래스카 공항에 잠시 머물렀다. 나는 4년 전 사라예보로 갈 때처럼 공항에서 줄넘기와 스윙 연습을 했다. 달라진 점이라면 그때처럼 긴장되거나 떨리지는 않았다. 이번에는 더 차분하게 대회를 시작할 수 있을 것 같았다.

내 컨디션은 최상이었다. 사라예보 때보다 훨씬 컨디션이 좋았다. 단장인 최원석 회장은 선수 숙소인 버밍엄대학 기숙사 시설이 형편없는 것을 보고, 경기장 앞 호텔로 우리 숙소를 옮겨주었다. 이번에도 김국배 여류탁구동우회장이 동행하며 우리를 뒷바라지했고, 박종호 코치는 호텔방에서 몰래 밥을 지어 선수들을 먹였다.

경기장에는 영국에 거주하는 교포들이 찾아와 열렬한 응원전을 펼쳤다. 대부분 런던에 거주하는 교포들은 버밍엄까지 기차로 4시간이 걸리는 거리를 달려와 주었다.

우리와 중국은 우승 후보답게 각기 A조와 B조의 1등으로 결승 토너먼트에 올랐다. 우리는 A조 2위인 북한을, 중국은 B조 2위인 일본을 각각 꺾어

1977년 버밍엄 세계
탁구선수권대회 8강전.
중국 장립 선수에게
대접전의 마지막 공
하나를 놓친
아쉬운 경기였다.

드디어 결승에서 한국과 중국이 만나게 되었다.

　중국은 역시 장립이 버티고 있었고, 장덕영이 뉴 페이스였다. 장덕영은 높이 던져 올려서 내려오는 공에 변화를 주는 '스카이 서브'를 구사했다. 처음 스카이 서브를 봤을 때 뒷머리를 한 대 맞은 기분이었다. '중국은 정말 끝없이 연구하고 개발하는구나!' 감탄할 수밖에 없었다. 중국은 신인 선수도 끝없이 튀어나왔다. 그리고 그 신인들마저도 놀라운 역량을 지니고 있었다. 몇 년째 똑같은 간판선수가 출전하는 우리의 얇은 선수층으로는 대적하기 역부족이었다.

　중국과의 단체전에서 현숙 언니와 내가 단식을 모두 잃고 복식마저 패하며 우리는 한 게임도 따내지 못하고 완패하고 말았다. 단체전 단식에서 내 상대는 역시 장립이었다. 그는 서독 오픈 때처럼 공격적으로 덤비지 않고 계속 리시브를 하며 나를 더 많이 뛰게 했다. 그리곤 내 자세가 흐트러진 틈을 타 빠르게 공을 찔러 넣어 포인트를 올렸다. 게임은 7번의 동점을 이룰 정도로 팽팽하게 진행되었지만 결과는 나의 패배였다. 우리는 준결승에서 세계 챔피언 박영순이 활약하는 북한을 꺾은 데 만족해야 했다.

최강으로 군림하던 현숙 언니와 나의 복식은 2년의 세월이 흐르며 상대 팀의 분석을 피할 길이 없었다. 우린 개인 복식도 3회전에서 탈락해 단식만 남겨두게 되었다.

개인 단식 8강에서 나는 다시 장립과 만났다. 사실상의 결승이나 다름없었다. 나는 단체전과 완전히 다른 작전을 썼다. 드라이브 위주의 공격이 아니라, 서비스를 전혀 깎지 않고 보내는 식의 변칙 작전으로 그를 혼란스럽게 만들었다.

장립은 확실히 당황하고 있었다. 내가 먼저 두 세트를 가져올 때까지 별다른 대응을 하지 못하고 있었다. 하지만 3세트에 들어가자 그는 돌변했다. 벼랑 끝에 몰렸다고 생각했던지, 더 과감한 플레이를 펼치며 3세트를 가져갔다. 이어진 4세트는 접전의 연속 끝에 역시 장립의 승으로 끝났다.

세트 스코어 2:2가 되고 나자 오히려 마음이 평온해졌다. 어려움에 처하면 오히려 차분해지는 게 내 성격이었다. 날아오는 공에 온 정신을 집중시켰다. 5세트는 거의 한 점씩 올라가는 대접전이었다. 내 생애에 그토록 처절한 싸움은 없었다. 혼신의 힘을 다해 한 구 한 구를 넘긴 결과 19대:17로 리드를 잡았다. 승리가 나를 향해 손길을 내미는 것 같았다. 그러나 장립도 순순히 물러서지 않았다. 장립의 과감한 공격에 밀려 3점을 내리 내주며 19:20으로 역전 당해, 이번에는 내가 낭떠러지 앞에 서고 말았다.

나는 특유의 과감한 공격으로 다시 1점을 만회하며 20:20을 만들었다. 파이널 세트의 마지막 듀스, 양쪽 모두 물러설 곳이 없었다. 이 게임을 잃고 나면 그동안 흘린 땀과 고통은 물거품이 되고 만다. 세상은 승자의 노력은 인정해 주지만 패자의 노력에는 의구심을 보낸다는 걸 몇 번이고 경험했었다. 나는 이를 꽉 물었다.

듀스에서 내가 다시 1점을 선취해서 21:20이 되었다. 이제 마지막 공 하나로 챔피언 자리가 결정 나기 직전이었다. 이런 상황에서는 실력 못지않게 운도 따라주어야 한다.

다음 순간 장립이 보낸 공이 내 눈에 들어왔다. 완전한 찬스였다. 나는 온 힘을 다해 공을 내리쳤다. 그러나 공은 탁구대를 벗어나 멀리에 떨어졌다. 믿을 수 없는 나의 실수에 중국 벤치 뒤에서 북한의 박영순이 만세를 부르는 모습이 눈에 들어왔다. 마치 자신이 경기에서 이긴 것처럼 펄쩍펄쩍 뛰고 있었다. 그걸 본 게 잘못이었다. 가슴속에서 뜨거운 불길이 활활 타오르며 평정심을 잃고 말았다.

나는 이후 내리 3점을 내주고 21:23으로 패하고 말았다. 세계선수권자가 될 수 있는 기회가 눈앞에서 사라져버린 그 순간은 너무 현실감이 없었다. 정말 미칠 것만 같았다. 주체하기 힘든 감정에 서둘러 경기장을 나섰다. 그리고 숙소를 향해 뛰기 시작했다.

강자끼리의 승부는 마지막 순간 간발의 차이로 결정 나는 경우가 허다하다. 나는 그동안 그 간발의 차이를 이겨 내는 저력을 자랑스럽게 여겼다. 하지만 이번에는 아니었다. 이유가 무엇이건 간에, 나는 단체전에 이어 개인 단식에서도 장립과의 듀스 대결에서 모두 게임을 잃고 말았다. 단지 한 경기의 패배가 아닌, 내 선수 생활의 끝을 예고하는 것 같아 참담했다.

현숙 언니도 순옥이도 모두 시합에 패했다. 우리는 중국의 벽을 넘지 못하고 세계선수권 탈환에 실패했다. 버밍엄에서 정상에 오른 다음 멋지게 은퇴하려던 꿈도 물거품이 됐다. 히말라야 정상을 눈앞에 두고 크레바스에 빠진 것 같은 절망감을 느낄 뿐이었다.

마지막 순간

    버밍엄의 패배 후유증은 생각보다 길었다. 그 흔적도 깊었다. 길을 걷다 가도 장립과의 마지막 듀스 순간이 불현듯 떠오르고 피가 거꾸로 흐르는 것 같았다. 만사에 의욕이 없었다. 버밍엄 대회 이후 또 하나의 변화는 정현숙 언니의 은퇴였다. 언니는 결혼과 함께 은퇴를 선언했다.

    현숙 언니는 좋은 연습 상대였으며 파트너였다. 우리 둘은 8년 동안 지겹도록 탁구대를 마주하고 공을 주고받았다. 현숙 언니의 까다로운 커트를 상대하는 훈련으로 나는 세계적인 수비수들을 꺾을 수 있었고, 현숙 언니 또한 나의 강한 드라이브를 받아 내며 웬만한 공격수들에게 끄떡하지 않는 강력한 수비 선수가 될 수 있었다. 서로 다른 탁구 스타일만큼 판이한 성격으로 맞설 때도 있었지만, 탁구에 대한 열정으로 그 감정들을 녹여 낼 수 있었다. 국가대표 유니폼을 입는 순간 우리는 최고의 팀이었다.

    나의 남성적인 드라이브와 현숙 언니의 여성적인 커트가 동시대에 만난 것은 서로에게, 또 대한민국 탁구에게도 행운이었다.

    새로운 파트너를 구해서 처음부터 다시 시작할 엄두가 나지 않았다. 다시 출발선으로 돌아가 선다는 일은 늘 큰 결심과 용기가 필요했다. 최원석 회장이 일신상의 이유를 들어 탁구협회장을 물러난 것도 기운이 빠지는 일이었다.

나를 우울하게 하는 일은 또 있었다. 버밍엄 세계선수권대회에서 우리가 거둔 단체전 준우승 성적은 국내에서 그 가치를 인정받지 못하고 있었다. 나로서는 개인의 패배가 뼈아팠을 뿐, 세계 2위가 된다는 건 분명 대단한 성과였다. 그럼에도 매스컴과 국민들, 심지어 탁구 관계자들까지 우리의 성적에 대해 냉담했다. 1위가 아니면 어떤 성과도 무의미하게 여기는 사람들을 보며 좌절감을 느꼈다. 그렇게 내 마음은 탁구로부터 뒷걸음질을 치고 있었다.

버밍엄의 상처가 그대로인 채 1달 정도 시간이 지났을 때였다. 탁구협회로부터 다음 세계대회 대표 선발 리그전에 출전하라는 지시가 내려졌다. 세계대회에서 피 말리는 승부를 겨루고 육체적·정신적으로 탈진 상태인 선수에게 곧바로 선발전에 응하라는 요구가 비정하게 느껴졌다.

나는 나고야, 사라예보, 캘커타, 버밍엄까지 4차례의 세계대회를 쉬지 않고 달려왔다. 끊임없이 반복된 합숙 훈련과 성적에 대한 부담 속에 '나'라는 개인은 없었다. 한 차례의 대회가 끝나고 나면 온몸의 에너지가 완전히 방전된 듯했다. 그런 나를 또다시 국내 선발전이라는 형식에 묶어 두려는 협회 임원들의 결정에 서운함이 느껴졌다.

탁구협회에 건강 문제를 이유로 불참 의사를 밝혔지만 무조건 한 게임은 뛰어야 한다는 게 답이었다. 도중에 기권을 하더라도 일단 참가하라는 것이었다. 내 기본에는 있을 수 없는 일이었다. 아무리 사소한 경기라도 도중에 기권을 한다는 것은 운동선수로서는 비겁한 행동이다. 나는 선발전이 열리기 일주일 전에 정식으로 협회에 불참 공문을 보냈다.

대표팀 1차 선발 불참은 2,3차 선발전 자격 상실로 이어졌다. 나는 자의 반 타의 반 방치된 상태에 놓이게 되었다.

사실 버밍엄 대회를 마치고 돌아와 긴 고통의 시간을 보내면서도 '은퇴'를 결정하지 못한 이유는 다음 대회가 '평양'이라는 사실 때문이었다. 대표팀 세대교체는 언젠가 이루어지겠지만, 현숙 언니가 먼저 은퇴한 상황에서 나마저 빠진다면 평양대회의 결과는 장담할 수 없었다. 비록 중국에게는 패했지만 나는 북한과 세 번 싸워서 모두 이겼고, 정신적으로 항상 그들을 압도했으므로 전력만이 아니라 전략상으로도 필요한 존재였다. 그러나 그 문제에 대한 결정은 내 권한 밖이었다.

협회는 끝내 나를 부르지 않았다. 어쩌면 그들에게는 대표팀의 전력보다 권위가 중요했는지 모른다.

이제 스스로 내 앞길을 결정해야 하는 순간이 다가오고 있었다. 마음속으로 선수 생활을 하나 둘 정리하며 조용히 대학 진학을 준비하기 시작했다. 탁구를 위해 잠시 접어 두었을 뿐, 나는 언젠가는 대학에 진학하겠다는 계획을 가지고 있었다. 공부를 잘하고 모두 대학에 진학한 우리 형제자매는 늘 나의 학구열을 자극했다. 체육특기자로 대학 예비고사를 치러야 했기 때문에 영어 공부를 위해 학원에 등록부터 했다. 사람들 사이에서는 이미 내 은퇴에 대한 소문이 돌기 시작했다.

해가 바뀌어 1978년 새해를 맞은 지 며칠 지나지 않았을 때였다. 탁구협회에 천영석 선생님을 주축으로 한 새 집행부가 들어섰다는 뉴스가 들려왔다. 그리고 며칠 후 첫 이사회에서 나를 평양 세계대회 대표단의 주장 겸 트레이너로 뽑았다는 소식이 전해졌다.

다시 머릿속이 하얘지는 느낌이었다. 그사이 나는 탁구라는 세계로부터 먼 곳까지 걸어와 버렸다. 이제 다시 방향을 바꿔 되돌아가기에는 거리가 너무 멀었다. 그럼에도 천영석 선생님이 고마웠다. 나를 평양대회에 전격 기용한 것은 천 선생님다운 결정이었다. 우리의 세계 제패를 이끌었던 선생님은 개성이 강한 뛰어난 지도자였다. 성격은 날카로웠으나 탁구 기술을 전수하고 전력을 파악하는 데는 뛰어난 지도자였다. 나의 재능과 노력을 누구보다 높이 평가했기에, 누구도 용단을 내리지 못했던 나의 재기용 문제를 관철시켰을 것이었다.

사실 천 선생님은 집행부가 구성되기 전 내게 평양대회까지 한 번 더 뛰자는 제의를 했었다. 선생님은 이미 중국 선수들의 랭킹까지 파악해 놓고 나의 승리에 대해 확신하고 있었다. 하지만 내가 문제였다. 다시 그 자리로 돌아간다는 게 버겁게만 느껴졌다. 고된 훈련과 육체적인 고통은 두렵지 않았다. 다만 나에게 돌아올 책임과 정신적 부담을 감당하기엔 자신이 없었다. 마치 너무 늦게 돌아온 첫사랑을 마주한 것 같은 기분이었다.

내 이야기를 듣고도 천 선생님은 "너는 마음만 먹으면 하고 마는 놈이야" 라며 뜻을 굽히려 들지 않았다.

이제 거취를 분명히 해야 할 때가 된 것 같았다. 내 앞날을 위해서, 또 나를 기용하겠다고 밝힌 천 선생님의 입장이 난처해지는 걸 막기 위해서도 정확한 의지를 표명해야 했다.

그럼에도 나는 머뭇거리고 있었다. 1972년 스칸디나비아 오픈대회 이후 국제대회마다 계속 만났던 독일 여성 사진 기자 카롤라가 떠올랐다. 버밍엄에서 내가 "더 이상 선수 생활을 못할 것 같다"고 했을 때, 그는 "그 멋진 플레이를 왜 그만두느냐?"며 "우승의 기회는 얼마든지 있다"고 나를 격려했었다. 카롤라의 믿음에 찬 말과 표정은 내게 큰 격려가 되었다. 다시 한 번 시끌벅적한 세계대회 경기장에서 카롤라와 정다운 인사를 나누고 싶다는 욕구가 일었다.

하지만 다음 순간, 그 마음은 풍랑을 만난 조각배처럼 흔들렸다. 다시 버밍엄에서의 패배와 같은 순간으로 돌아가 비난의 화살을 맞는다면… 그 고통은 결코 감당하지 못할 것 같았다. 나는 내면의 갈등으로 좌충우돌하고 있었다.

어느 날 잠자리에 누워 천장을 바라보다가 예전 생각이 났다. 깜깜한 운동장을 달리면서 '이 고통을 이기지 못하면 최고가 될 수 없다'고 무수히 되뇌었던 순간을 떠올리자 가슴이 뻐근해졌다. 그렇게 모든 열정을 다 바쳤던 내 자신을 따뜻하게 안아주고 싶었다.

'그래, 이제 그만하자. 난 정말 최선을 다했어.'

은퇴 결정은 그날 밤 한순간에 결정이 났다. 나는 고민은 깊게 하되 결정이 나면 그 실행에는 망설임이 없는 성격이다. 천 선생님에게 먼저 말씀드리면 다시 설득하려 들 것이고 이야기가 길어질 것 같았다. 곧바로 탁구협회 경기이사에게 전화를 걸어 "내일 아침 중요하게 할 이야기가 있다"고 알렸다. 그리고 그 자리에 신탁은행 손병수 코치도 함께하도록 연락을 했다.

두 선생님에게 은퇴 사실을 납득시킨 다음 함께 탁구협회 사무실로 갔다. 천 선생님도 더 이상 나를 잡을 수 없다는 걸 알고 있었다. 그 자리에서 은퇴 문제는 완전히 매듭이 지어졌다. 곧바로 은퇴선언문을 만들어 기자실에 돌렸다. 속전속결이었다.

1978년 2월 3일, 신문과 방송을 통해 국가대표 탁구선수 이에리사의 은퇴가 공식 발표되었다. 내 은퇴 소식에 모두가 아쉬워했다. 너무 오랫동안 선수를 방치했다며 탁구협회를 비난하는 사람들도 있었다. 팬들로부터 은퇴 번복을 요구하는 편지를 받기도 했다. 여전히 내가 선수로 뛰기를 바라는 사람들이 있다는 것은 큰 위로였다.

은퇴식에서 수년간 국가대표 탁구팀을 헌신적으로 보살펴 주신
故김국배 여류탁구동우연맹 회장으로부터 꽃다발을 받는 모습

그동안 열렬한 나의 지지자였던 가족들도 서운해 하는 것 같았다. 그러나
항상 내 일은 내가 결정해 왔고, 그런 나의 결정을 존중하는 가족이었기에
누구도 뭐라 하는 사람은 없었다. 막내딸이 어릴 때부터 힘들게 운동하는 걸
안쓰럽게 여기던 어머니는 나의 은퇴를 오히려 반기는 분위기였다. "힘들게
외국 다니며 운동하지 않아도 되니 좋다"는 말씀에서 어머니의 깊은 속마음
이 느껴져 가슴이 뭉클했다.

은퇴는 기정사실인데 내 마음에는 커다란 구멍이 하나 뚫린 것 같았다.
지금까지 내 생활은 모두 탁구와 연결된 것이었다. 그런데 이제 무얼, 어떻
게 해야 하나… 내 존재가 무의미하게 느껴졌다.

그러나 탁구와의 인연이 완전히 끊어진 것은 아니었다. 신탁은행에서는
은퇴 후의 내 활동에 관심을 두며 트레이너 자리를 제안했다. 그럼에도 확실

한 건, 나는 더 이상 코트 앞을 누비며 강력한 드라이브를 날리는 '선수'가 아니라는 사실이었다. 여전히 실감이 나질 않았다.

3월이 되어 나는 그렇게도 원하던 대학생이 되었다. 체육관이 아닌 강의실은 내게 완전히 다른 세상이었다. 오랜만에 하는 공부가 쉽지 않았지만, 내게는 운동선수 특유의 성실함이 있었다.

대학 생활에 적응하느라 정신이 없던 그 봄, 마침내 '그날'은 오고야 말았다.

5월 8일 '제4회 국무총리기 시도 대항 대회'가 개막되는 문화체육관에서 은퇴식이 거행되었다. 은퇴식에는 많은 체육계 인사와 탁구를 함께한 선·후배들이 자리를 함께했다. 각계각층에서 보내온 기념품과 꽃다발이 증정되었다. 한껏 고조된 분위기에 올드 랭 사인(Auld Lang Syne)이 울려 퍼지자 사람들의 뜨거운 박수가 터져 나왔다.

이미 몇 달에 걸쳐 마음의 준비를 하고 있었지만, 은퇴식은 더 이상 여지를 남기지 않는 종지부를 찍는 것과 같았다.

'마지막'이란 단어가 떠오르며 왈칵 눈물이 솟구쳤다. '이제 다시는 이런 뜨거운 박수는 못 받겠구나…' 하는 슬픔과 함께, 지난날 탁구에 바쳤던 온갖 노력과 열정의 순간들이 스쳐지나갔다.

대덕군수 관사에서 처음 낡은 탁구대를 발견했을 때의 넘치던 호기심… 탁구대에 서면 목만 삐쭉 보일 정도의 꼬맹이였지만, 라켓을 잡은 이후 내 삶은 탁구 그 자체였다. 잠자리에 누우면 천장은 탁구대로 변하고 열심히 움직이는 내 모습이 그려졌다. 상상 속의 경기에서 비상한 전략이 떠오르면, 다음날 아침 가장 먼저 탁구장에 나가 그걸 시도해 봐야 직성이 풀렸다.

나는 탁구를 사랑했고, 그 작은 탁구대는 내 세상의 전부였다. 그 전부와 이별하는 순간은 말로 다할 수 없는 아쉬움인 동시에 가누기 힘든 슬픔이었다. 예상치 못했던 뜨거운 눈물이 뺨을 적셨다. 서울여상 후배들도 나를 따라 울기 시작하면서 은퇴식장은 숙연한 분위기로 변해 버렸다. 선수 생활의 인내는 길고 길었는데 은퇴식은 순식간에 끝이 났다.

안녕….

15년에 걸친 나의 선수 생활에 마침내 마침표가 찍혔다. 승리의 환희도 패배의 쓰라림도 모두 내 가슴 깊은 곳의 작은 방에 넣어 두었다. 그 찬란하고 아팠던 순간들을 원동력으로 나는 다시 전진할 것이다.

1978년 5월 8일 문화체육관에서 열린 은퇴식

Part **5**

험난한 최초의 길

사람이 모든 것을 다 가질 수는 없다. 내 인생의 법칙
은 51:49다. 절반이 넘는 51을 갖는 것만으로도 잘 살
아낸 인생이다. 그 51을 가지기 위해서 49는 포기해
야 한다.

최고의 선수가 되는 사람도 마찬가지. 챔피언이라
는 51의 성취는 49에 해당하는 평범한 일상을 포기한
대가다. 나는 특별함을 누리며 살았지만 평범함의 기
준을 지키려고 노력했고, 51의 비율을 상식, 원칙, 공
정에 두었다.

비극은 49에 대한 미련이다. 사람들은 손에 51의 값
어치를 쥐고도 가지지 못한 49를 자꾸 뒤돌아본다.
어떤 걸 포기한다는 건 그만큼 아프고 힘든 일이다.

초보 코치

　늦깎이 대학생과 코치 역할을 병행하는 생활이 시작되었다. 나는 명지대학 야간인 2부 대학 행정학과에 재학 중이었다. 탁구에 대한 미련 때문에 2부를 택했지만 2부에는 체육학과가 없었다. 행정학과를 선택한 이유는 나중에 스포츠 행정 쪽에서 일을 할 경우에 도움이 되리라는 생각에서였다.

　명지대학 진학 결정에는 아버지와 친분이 있었던 명지대학 설립자 유상근 박사의 조언이 크게 작용을 했다. 사라예보 우승 이후 우연한 자리에서 나를 본 유상근 박사는 "대학에 진학할 생각이 있으면 언제고 도와주겠다"는 격려를 해주었다. 명지재단 유영구 이사장 역시 대학 진학을 권유하며 격려를 해준 덕분에 '공부하는 지도자'를 머리에 그리며 용기를 낼 수 있었다. 내게 입학을 제의한 다른 대학들은 탁구 선수로 뛰거나 탁구부를 맡아야 한다는 조건이 붙어 있었으나, 명지대학은 그런 단서가 붙지 않아서 더 마음이 끌렸다.

　바쁘고 피곤한 생활이 시작되었다. 낮에는 선수들을 지도하고 밤에 강의를 듣는 일이 쉽지는 않았다. 은행에서 선수들과 씨름하다 저녁에는 학생으로 돌아갔다. 강의가 끝나고 집에 돌아오면 밤 11시를 넘기기 일쑤였다. 그래도 졸린 눈을 비비며 책상에 앉았다. 나는 지도자로 성공하고, 기회가 오면 대학 강단에 서고 싶다는 목표를 가지고 있었기 때문에 공부를 소홀히 할 수 없었다. 선수로서 쌓아올린 내 이름과 명예에 걸맞은 사람으로 산다는 게 무엇보다 중요했다.

야간 대학은 공부에 허기진 사람들이 대부분이었다. 어려운 여건 속에서도 눈을 빛내며 강의에 집중하는 사람들의 모습은 큰 자극이 되었다. 나는 공부와 연구를 겸하며 노력하는 지도자의 모습을 갖추겠다는 다짐을 더 단단히 했다.

신탁은행팀은 8월에 열리는 미국 오픈대회 출전을 준비하고 있었다. 6월부터는 합숙 훈련에 돌입하며 본격적인 훈련을 시작했다. 그런데 정작 선수를 지도해야 할 코치는 여권 수속과 대회 참가 준비로 정신이 없었다. 해외 원정을 떠날 때마다 치르는 소동이었다. 당시에는 외국에 한 번 나가려면 절차가 복잡했다. 1년에 몇 차례씩 해외에 나가도 매번 같은 서류를 제출하고 소양 교육과 예방주사 접종 등의 절차를 밟아야 했다. 한두 명도 아닌 10여 명의 수속을 밟는 일이니 더 정신이 없었다.

그나마 탁구협회 오병환 사무국장이 해외 원정 경기 때마다 큰 도움을 주고 있었지만, 그렇다고 번거로움이 줄어드는 것은 아니었다. 시합을 앞두고 마지막으로 전력을 다져야 할 시기에 서류 준비에 매달린다는 게 시간 낭비처럼 느껴졌다.

이런 상황에서 학교에 간다고 합숙소를 빠져나온다는 게 마음에 걸렸다. 비록 저녁 시간이긴 하지만 자기 일에만 신경을 쓰는 사람으로 보일까 봐 신경이 쓰였던 것이다. 큰 경비를 들여 처음으로 참가하는 해외 원정 경기이므로 성적에 대한 부담도 있었다.

트레이너라는 직업이 내가 희망하는 미래와 거리가 있다는 생각에 이르렀고, 미국 원정을 마치고 돌아오면 사표를 내고 학업에만 열중해야겠다는 결심을 하게 됐다. 미국 원정은 성공적이었다. 신탁은행팀은 단체전과 개인전, 그리고 복식에서 모두 우승을 거두었다. 선수가 아닌 트레이너로서 미국을 여유 있게 살펴볼 수 있었던 점도 좋았다. 우리와 달리 개인을 존중하고 자유로운 삶을 구가하는 모습이 인상적이었다.

원정에서 돌아온 직후 나는 은행에 사의를 밝히고 열흘 후 정식으로 사표를 제출했다. 신탁은행은 내게 특별한 의미가 있었던 곳이다. 사라예보 우승도 신탁은행 소속일 때 이루었고, 그 밖에 많은 대회에서의 좋은 성적 또한 모두 이곳에서 이루어진 것들이었다.

경제적인 자립을 하게 된 것도 은행에서 근무하면서부터였다. 3만 원의 월급을 받아 내 이름으로 된 통장에 적금을 부으며, 어머니에게 택시비를 드리는 즐거움도 알게 됐다. 그런 은행을 떠난다는 것은 내 탁구 인생 1장이 막을 내리는 것과 같은 의미였다.

사표는 바로 수리되지 않았다. 그러나 번복할 생각은 없었다. 학교 생활에 충실하면서 재미삼아 모교인 문영여중에서 하루 두세 시간 정도 탁구를 가르쳐야겠다는 생각을 하고 있었다.

그러던 어느 날, 동아건설의 유진규 감독으로부터 연락이 왔다. 유 감독은 내가 은행에 사표 낸 것을 모르고 있었다. 동아건설에서 여자 탁구부를 창단할 계획을 세우고 있는데 나에게 코치를 맡아달라는 요청이었다. 내가 코치를 맡는다면 선수 스카우트 등 팀 창단이 수월하리라는 생각을 하고 있었다.

나는 몇 차례나 거절을 했다. 먼저 학교 공부에 전념하겠다는 목표가 있었고, 이미 사의를 표명한 신탁은행에 오해를 사는 것도 싫었다. 하지만 동아건설의 끈질긴 설득을 외면하기 힘들었다. 탁구협회장으로 인연을 맺었던 최원석 회장의 회사였고, 탁구에 대한 최 회장의 열의를 알고 있기 때문이었다. 적극적인 지원이 보장된 팀은 선수나 지도자에게 매력적일 수밖에 없다. 또 하나, 은행보다 나은 보수도 무시할 수 없었다.

새 팀의 창단은 여자 탁구에 활력을 불어넣을 게 분명했다. 그렇다면 기꺼이 그 역할을 맡아야 했다. 신탁은행에는 미안했지만, 내가 더 큰 역할을 할 수 있는 곳으로 가기로 결정했다.

내가 코치직을 받아들이자 동아건설에서는 운동부 예산을 늘리는 등 한층 더 의욕적으로 나섰다. 회사에서는 내가 코치로 부임한다는 사실에 상당히 고무된 분위기였다. 하지만 이런 상황을 못마땅해 하는 사람도 있었다. 실업팀 코칭스태프 자리를 자신들만의 영역으로 여기고 있었던 남자 코치들은 나의 등장을 달가워하지 않았다. 그들에게는 내가 자신들의 자리를 가로챈 '어린 여자아이' 정도로밖에 보이지 않는 모양이었다.

나는 묵묵히 내가 해야 할 일에 전념했다. 창단을 위해서는 먼저 선수를 선발해야 했다. 제일모직에서 먼저 탁구팀 창단 준비를 하면서 1차적으로 선수 스카우트를 해놓았으므로, 좀 더 좋은 선수에 대한 우선권이 없는 게 아쉬웠다. 하지만 미련을 둘 여유가 없었다. 남은 선수 중 재목을 고르고 선수들을 모았다. 선수들은 코치 이전에 '선배'인 나에 대한 믿음으로 망설임 없이 팀에 합류해 주었다.

10월 28일 동아건설 여자 탁구부가 정식으로 창단하며 나는 지도자로 첫발을 내딛었다. 만 스물네 살의 대학생 초보 코치였다. 대부분의 선수들이 지방 출신이어서 합숙 생활을 하며 보살피기로 했다.

나는 첫걸음을 내딛는 코치로서 몇 가지 철칙을 세웠다.

먼저, 선수 지도에 욕심을 부리지 않기로 했다. 유명 선수 출신이 좋은 지도자가 되기 힘든 이유는 지나친 자기 과신 때문이다. 내가 1인자가 되기 위해 기울였던 노력을 다른 선수에게 무리하게 요구하지 않기로 했다. 빠른 시일 안에 우승을 차지해 내 능력을 증명하겠다는 생각도 버렸다.

연습은 능률적으로 하기로 했다. 그날의 연습 분위기와 선수 컨디션을 봐서 연습량을 조절하도록 했다. 단지 10분을 연습하더라도 최선을 다하는 것이 중요했다. 건성으로 뛰면서 흘리는 땀과 집중해서 움직이며 흘리는 땀이 다르다는 것을 선수들에게 강조했다.

자기만의 개성이 있는 탁구를 만들려면 끊임없는 훈련 못지않게 창의성이 필요했다. 그런 단계로 발전하기 위해 자기만의 탁구를 예술 작품처럼 소중히 갈고닦아야 한다는 게 내 소신이었다. 선수들은 잘 따라와주었다. 처음 연습 경기를 치렀을 때, 나를 이기는 선수는 아무도 없었다. 내가 자신들보다 기술적으로 우위에 있다는 사실이 나를 더욱 신뢰하게 만들었을 것이다.

선수들을 지도하는 문제에 대해 때로 선배들과 의견을 나누기도 했다. 혜정 언니는 현대 배구팀의 트레이너로, 옥자 언니는 일본에서 코치 생활을 하고 있을 때여서 우리 셋은 서로의 경험과 생각을 공유했다. 무엇보다 '선수 우선'이라는 생각에 동의했다. 그 당시만 해도 선수보다 자신의 공을 앞세우는 지도자들이 더러 있었다. 하지만 우리 생각은 달랐다. 선수에게 좋은 지도자가 필요하듯이, 지도자의 역량이 발휘되기 위해서는 가능성 있는 선수가 있어야 한다. 그 선수들을 우선으로 하는 지도 방식이어야, 선수로부터 신뢰를 얻고 훈련 효과도 높을 것이라고 믿었다. 지도자의 공로는 부차적으로 따라오는 결과였다.

선수는 코치나 감독이 지도해 주지만 초보 코치에게는 선생님이 없었다. 현장이 내겐 교실이었다. 다른 지도자들이 경기를 이끄는 모습을 보며 어떤 상황에서 어떤 전략을 내는지 유심히 살폈다. 경기 중 선수를 독려할 때의 표정도 어떻게 해야 심리적으로 도움이 될까 고민했다. 경기장에 나갈 때는 꼭 정장 차림을 고수했다. 실력뿐 아니라 경기 외적으로도 우리 선수들에게 자랑스러운 코치가 되고 싶었다. 외부적으로는 선수들이 내 이름에 가리지 않도록 철저하게 신경을 썼다. 아직 어린 선수들에게는 사기와 직결되는 문제였기 때문이다.

한 팀의 코치 자리에 머물고 있었지만, 내 시선은 늘 한국 탁구 전체를 향하고 있었다. 안타깝게도 탁구계에는 변화가 보이질 않았다. 선수에 대한 지원도 국제무대에서의 입지를 다지는 일도 지지부진 제자리였다. 당시 탁구는 올림픽 종목이 아니어서 기량을 겨루고 인정받을 수 있는 무대는 '세계선수권대회'밖에 없었다. 그런데 지원이 미미하니 세계 정상을 노릴 선수를 키워 내는 일도 어려웠다. 성적을 내지 못하는 스포츠 종목은 관심 밖으로 밀려날 수밖에 없었다.

여전히 세계 탁구는 중국이 석권하다시피 하고 있었고, 우리는 스포츠 외교에서 힘을 쓰지 못한 채 밀려나 있었다. 북한에서 열린 제35회 세계선수권대회는 출전마저 봉쇄당한 형편이었다. 한때 우승국이었던 우리가 왜 이런 처지가 되었는지… 외부에 의한 것인지, 스스로 자처한 것인지 모를 일이었다.

그 속에서 내 역할을 찾기에 나는 너무 젊었다. 내가 속한 세상은 실력이나 비전보다 알 수 없는 이해관계들을 앞세웠다. 현장에서도 한계가 느껴졌다. 나는 한 팀의 코치로 선수들을 이끌고 있는데, 정당한 지도자로 대우하지 않는 이들이 있었다. 그들에게 나는 여전히 '선수 이에리사'였다. 나는 한 걸음씩 성장하는 꿈을 꾸는데, 누군가 자꾸 발목을 잡는 것 같은 상황이었다.

어느 날 문득, 이대로 가서는 안 되겠다는 생각이 들었다. 그 상황에서 계속 머무르면 내 자신도 한국 탁구에도 득이 될 게 없을 것 같았다. 잠시 거리를 두고 내 역량을 키우기로 결심했다.

분데스리그의 동양인 코치

내 장점 중 하나는 '과감한 실행력'이다. 나는 어떤 일을 결정해야 할 때 깊고 조심스러운 고민 과정을 거치지만, 일단 결심이 서면 주저하지 않고 행동으로 옮긴다.

곧바로 아는 사람을 통해 '독일' 쪽 진출 가능성을 타진해 봤다. 당시 독일은 프로 탁구팀들이 생기며 외국 선수의 영입에도 적극적이었다. 평소 외국 원정을 다니며 유럽에 많은 관심을 가지고 있었고, 전혀 다른 분위기에서 새로운 도전을 해보고 싶었다.

독일행을 결정하면서 가장 중점을 둔 것은 두 가지였다.

'무엇을 할 것인가?'와 '무엇을 얻을 것인가?'이다.

나는 유럽의 선수 육성과 스포츠 시스템에 관심을 가지고 있었다. 국제무대에서의 활동을 위해서 독일어 공부도 하고 싶었다. 확실한 '나만의 것'을 만들어서 누구도 이의를 제기할 수 없는 지도자가 되어 돌아오는 게 목표였다.

내가 계약한 팀은 서독 'FTG 프랑크푸르트', 선수 겸 코치로 활동하는 조건이었다. 독일은 이미 탄탄한 '스포츠 클럽' 시스템을 갖추고 있었다. 학생들의 학교 수업은 오전이면 끝이 나고, 오후에는 스포츠 클럽에서 좋아하는 운동을 즐기거나 다른 관심 분야의 문화 활동에 참여했다. 오후 3~4시까지 교실을 벗어나지 못하고 공부에만 매달리는 우리나라 학생들의 환경과 너무 차이가 났다.

독일은 유아기부터 클럽에서 운동을 접하고 연령이 높아지면 다음 단계로 넘어가는 식이기 때문에, 이 스포츠 클럽에서 올림픽이나 기타 세계대회에 출전하는 선수들이 만들어지는 시스템이 가능했다. 스포츠를 대하는 자세도 우리와 달랐다. 우리가 '이기는 것'에 방점을 둔다면 그들은 부럽게도 '즐기는 것'에 가치를 부여했다.

나는 주중에는 중·고생들을 가르치고 주말에는 분데스리그에 참여해 경기를 뛰었다. 당시 분데스리그는 10부까지 운영되며 독일을 포함한 중국, 유럽의 현역 선수들이 대다수 포함될 만큼 선수층이 두텁고 활성화돼 있었다. 그때까지 2부에 속해 있던 우리 팀은, 내가 합류하면서 1부 2등 팀으로 도약

1981년 서독 FTG 프랑크푸르트1847 클럽 동료들과 함께.
탁구선수 최초의 해외 진출로 분데스리그 여자 랭킹 1위에 올랐다.

했다. 팀 성적에 기여할 뿐 아니라 누구보다 성실하게 생활하는 나를 동료들도 인정해 주었다.

어떤 이는 독일 정착을 권하기도 했지만, 마음이 거기까지 이르지는 않았다. 거리에서 나치 문양을 새긴 옷차림의 사람들을 볼 때면 게르만 우월주의에 흠칫 놀라곤 했다. 세계에서 가장 이성적이고 논리적이라고 자랑하는 그들에게서 다른 인종에 대한 배타성을 발견할 때는 뒷맛이 씁쓸했다.

독일 생활 2년째에 접어든 1981년 9월, 바덴바덴에서는 '제84차 IOC총회'가 개최되고 있었다. 일본 나고야와 1988년 제15회 올림픽 개최지 선정을 두고 치열한 경쟁을 벌이던 한국 올림픽 유치단도 독일을 방문했다. 당시 탁구협회장을 맡고 있던 최원석 회장도 그 유치단의 일원이었다. 인사를 하러 간 나를 무척이나 반가워하며 최 회장은 뜻밖의 이야기를 꺼냈다.

"네가 독일에서 탁구를 아무리 잘하면 뭐하니? 너는 한국에서 해야 할 일이 있는 사람이다. 그만 한국으로 돌아와라."

'한국에서 해야 할 일이 있는 사람'이란 그 말이 가슴을 쿵 울렸다. 언제든 돌아간다는 생각은 하고 있었지만, 그 회귀에는 시기와 계기가 필요했다. 최 회장의 말은 내게 그 사실을 새삼 일깨우고 있었다.

최 회장과 올림픽 유치단이 88올림픽 유치에 성공해 한국으로 돌아간 다음, 나는 차근차근 귀국 계획을 세우기 시작했다. 아직 계약 기간이 남은 클럽과 잘 헤어지는 게 중요했다. 클럽에서 선수로서나 코치로서 내 역할을 충실히 수행했기에 귀국 의사를 밝힌다고 해도 나는 떳떳했다. 하지만 내 개인의 신용뿐 아니라 한국 선수에 대한 이미지를 고려해 최대한 좋은 감정으로 팀과 작별해야 했다.

먼저 내 건강 상태를 들어 양해를 구했다. 사실 그 당시 몸 상태가 썩 좋지 않았기 때문에 건강 문제는 터무니없는 이유가 아니었다. 거기에 좀 더 확실한 구실을 만들기 위해 계획에 없던 '결혼'을 추가하기로 했다. 결혼을 할 것이라고 하면 좀 더 너그럽게 나를 보내줄 것 같았다.

클럽에서는 순순히 내 뜻을 받아들였다. "그동안 열심히 뛰어줘서 고맙고 네 입장을 이해할 수 있다"며, 예정에도 없는 결혼까지 미리 축하를 해주었다.

3년이 채 안 되는 기간이었지만 독일 생활은 내 인생의 폭을 넓히는 계기가 되었다. 독일에서 보낸 시간은 내 생애 최초의 완전한 '독립생활'이었다. 말과 음식, 문화가 다른 타국에서, 선수가 아닌 한 인간으로 살며 바라보는 세상은 이전과 달랐다. 내가 속한 세상만을 주시하던 좁은 시야는 그 각이 확연하게 넓어졌다. 그리고 그것들을 수용하고 생각하는 폭이 예전과 비교할 수 없을 정도로 유연해지는 것을 느꼈다. 어린 시절의 나는 운동밖에 몰랐다. 그제야 세상을 이해한다는 게 운동은 물론 삶 전체에 얼마나 큰 영향을 미치는지 알게 된 것이다.

한국으로 돌아와 보니 여자 탁구에는 변화가 있었다. 기존의 제일모직, 동아건설 등 실업팀뿐 아니라 산업은행, 외환은행, 한일은행 등 은행팀들의 약진이 눈에 띄었다. 나는 최원석 회장의 권유로 다시 동아건설 탁구팀 코치로 복귀했다.

그때 독일에서 최 회장이 내게 귀국을 권유하지 않았다면 어땠을까? 인생에서 '만약'은 가정일 뿐이지만 어쩌면 내 인생은 또 다른 길로 전개됐을지도 모른다. 경험이 일천한 내게 처음 코치직을 제의하고, 돌아올 자리로 부른 것도 최 회장이었다. 내 인생의 여정에서 첫발을 잘 떼도록 이끌어준 최원석 회장에 대한 고마움을 지금도 잊지 않고 있다.

최초의 여성 스포츠 지도자

내가 맨 처음 국가대표 코치를 맡게 된 건 1984년이었다. 파키스탄에서 개최된 '제7회 아시아탁구선수권대회'에 참가하는 국가대표 여자팀 코치로 선임된 것이다.

내 이름 앞에는 '최초의 여성 스포츠 지도자'라는 수식어가 붙었다. 한국 탁구를 대표하던 스타 선수 출신이 국가대표 코치로 기용됐다는 점에서 일반인들의 관심도 집중되었다.

1972년 '아시아탁구연합(ATTU)'이 창설된 후, 우리나라는 중국과 북한의 정치적 방해로 아시아선수권대회에 출전하지 못하고 있었다. 우리나라는 제7회 아시아탁구선수권대회에 출전하게 됨으로써 12년 만에 아시아 무대에 복귀하는 셈이었다.

누구보다 태극마크의 의미와 중요성을 잘 알기에 나 역시 의욕이 넘쳤다. 하지만 지금처럼 전임제가 아닌 해당 대회에만 참가하는 코치로서는 한계가 있었다. 나름대로 열심히 준비를 했다고 생각했으나 막상 대회에 나가 보니 중국의 벽이 너무 높았다. 게다가 우리와 비슷한 실력이라고 생각했던 북한의 전력도 만만치 않았다.

북한의 성장 뒤에는 세계 최강이던 중국이 있었다. 북한은 1983년 4월 동경세계선수권대회 이후 중국 코치를 초빙해 국가대표 선수들을 조련해 온 터였다. 북한 주전인 이분희와 방춘덕 등은 중국식 탁구 기술을 구사하고 있었다. 중국의 최대 강점이었던 스카이 서브를 거의 완벽하게 구사하며 빠른 변화구를 정확한 위치로 보냈다. 승패의 50%를 좌우한다고 해도 과언이 아닌 서브에 강하다는 건 엄청난 승부의 패를 쥔 것이나 다름없다.

　　또 하나의 차이는 '체력'이었다. 중국은 시니어 무대에 오르기 전까지는 체력과 기본기에 치중하고 그 이후 테크닉을 쌓아 가는 데 비해, 우리는 일찍부터 잔기술 연마에 더 중점을 두었다. 북한은 그런 체력과 기본기까지 중국을 본뜨고 있었다.

　　대회 결과는 비참했다. 우리 여자팀은 중국과 북한에 이어 단체전 3위를 차지했다. 개인전에서는 양영자·윤경미 조가 복식 준우승을 차지하고, 개인전 단식에 출전한 양영자가 8강까지 진출하는 결과를 거두었다. 남자 복식에서는 김완·김기태 조가 동메달을 획득한 게 전부였다.

　　기대에 못 미친 성과에 언론의 비난이 쏟아졌다. 나는 비난을 피하거나 변명하지 않았다. 회초리 같은 기자들의 매운 질문에 "모든 게 내 책임"이라고 고개를 숙였다. 선수들에게 비난의 화살이 돌아가게 하고 싶지 않았다. 그건 코치인 동시에 선배로서 용납할 수 없는 일이었다. 우리 선수들은 그들만의 장점이 있기 때문에 기본기를 보강한다면 얼마든지 경쟁력이 있다고 강조했다.

　　정말 뼈아팠던 건 일부 탁구인들의 근거 없는 비난이었다. 그들은 단지 성적 부진을 탓하는 게 아니라 인신공격으로 나를 몰아세웠다. '노처녀 히스테리를 선수들에게 풀었다더라' 식의 인격 모독이었다. 탁구에 대한 나의 마음가짐을 아는 사람이라면 도무지 만들어 낼 수 없는 말이었다.

그때 나는 겨우 서른 살이었다. 그리고 이제 막 국가대표 코치로 첫발을 내딛은 참이었다. 한때는 대한민국 탁구를 대표했던 사람을 좋은 지도자가 되도록 지지해 주지는 못할망정 그렇게 비참하게 만들어야 했을까? 아무리 생각해도 그들을 이해할 수 없었다. 지금 다시 돌이켜봐도 가슴에 담고 싶지 않은 기억이었다.

국가대표 코치로서의 첫 도전은 불명예 퇴진으로 끝났다. 지도자는 선수의 성적에 따라 평가가 달라진다. 성적이 좋지 못했기 때문에 어쩔 수 없는 결과였다.

그 참담했던 자리로 돌아간 건 3년 뒤였다.

'88서울올림픽'에서 탁구는 처음 올림픽 정식 종목으로 채택이 되었다. 그리고 1987년, 나는 탁구 대표팀 여자 감독에 선임되었다. 이번에는 '최초의 대표팀 여자 감독'이라는 타이틀이 붙어 그 책임이 더욱 막중했다. 탁구가 올림픽 종목에 포함되지 않아 올림픽 출전 기회가 없었던 나로서는 더욱 뜻깊은 기회였다.

3년 전의 실패를 들먹이며 대표팀 감독 선임을 깎아내리는 사람도 있었다. 하지만 나는 개의치 않았다. 아시아선수권대회 코치에서 물러난 후, 경희대학교 여자 탁구팀 코치로 재직하며 한 발 물러나 대표팀을 지켜보았다. 감독도 코치도 아니었지만, 우리 선수들과 경쟁국 선수들을 함께 분석하고 전략을 세워보며 경기 보는 눈을 키웠다. 실패 후 주저앉으면 끝이지만, 실패를 밑천 삼으면 몇 걸음 더 앞으로 전진한다는 걸 선수 생활을 통해 알고 있었기 때문이다. 그렇게 3년간 내공을 키웠다.

1988 서울올림픽 탁구 복식 결승전에서 현정화 선수에게 작전 지시를 하는 모습

　모든 사람이 잘 알고 있는 것처럼 당시 대표팀의 주전은 양영자와 현정화 두 선수였다. 둘은 탁구 스타일이 완전히 달랐다. 하지만 올라운드 플레이어인 양영자와 전진속공형인 현정화는 복식에서 엄청난 시너지 효과를 내고 있었다. 그 둘은 이미 1986년 서울 아시안게임 동메달, 1987년 세계선수권대회 복식 금메달 획득으로 중국과의 경쟁력을 갖춘 선수들이었다.

　윤길중 코치와 논의한 끝에 우리는 '복식'에 주력하기로 했다. 단식과 복식은 연습부터 다르다. 단식은 자신이 친 공이 되돌아온 걸 받아치지만, 복식은 파트너가 친 공을 상대로부터 되돌려 받아치게 된다. 그렇기 때문에 단식과 훈련 방식이 다를 수밖에 없다. 훈련 시간도 복식에 좀 더 할애했다.

　리더는 양영자였다. 양영자는 차분하고 듬직했다. 경기 운영도 안정적이어서 어지간한 위기에는 흔들리지 않았다. 이미 세계탁구선수권대회 복식 금메달과 단식 은메달로 세계 톱 랭킹에 드는 선수였다. 현정화는 파이팅이 넘치고 영리했다. 현정화 역시 발군의 실력을 인정받고 있었으나, 아직은 양영자를 향해 성장하는 선수였다. 따라서 양영자가 이끌고 현정화가 뒤를 받치는 게 이상적인 그림이었다.

나는 그 둘이 한 방을 쓰고 함께 식사를 하게 했다. 서로를 좀 더 깊이 이해할 수 있게 하기 위해서였다. 유니폼도 똑같은 것을 입도록 주문했다. 훈련이나 시합에서 입을 유니폼을 함께 의논해서 결정하는 것도 팀워크를 이루는 과정이라고 여긴 것이다. 두 선수를 철저하게 '원 팀'으로 만들기 위해 아주 세밀한 부분까지 공을 들였다.

실전에 대한 전략은 구체적이고 치밀하게 짜두었다. 각 스코어를 상정하고 그 상황에 맞춤 작전을 구상해 미리 연습을 해두는 식이었다. 결정적인 순간 마지막 일격을 가하는 작전은 이랬다.

'양영자가 회전성 서브를 길게 넣는다. 회전이 많이 걸린 공을 자오즈민과 첸징이 안전하게 들어올릴 것이다. 그러면 현정화가 바로 스매싱을 한다.'

문제는 현정화가 스매싱을 제대로 성공시킬 수 있느냐 하는 것이었다. 강타한 공은 회전 때문에 사이드로 보내면 아웃될 가능성이 높다. 그걸 대비해 스매싱은 한가운데로 넣을 것을 주문했다. 시합은 공이 바닥에 떨어져야 끝나는 것이다.

아무리 좋은 작전도 그걸 수행하는 선수가 제대로 하지 못하면 소용이 없다. 우리는 그 상황이 적중되도록 무수한 연습을 되풀이했다. 수많은 연습의 진가는 실전에서 드러난다. 철저한 준비와 연습 덕분에 실전은 연습처럼 술술 풀려 갔다.

양영자와 현정화는 올림픽 8강전에서 네덜란드를, 4강전에서는 일본을 각각 2:0으로 가볍게 제압했다. 그리고 1988년 9월 30일 서울대학교 체육관에서 열린 결승전에서 중국의 자오즈민·첸징 조를 2:1로 꺾으며 올림픽 탁구 초대 챔피언에 등극했다. 탁구 세계 최강이라 자부하던 중국은 양영자와 현정화를 이기기 위해 서울올림픽을 한 달여 앞두고 두 왼손잡이 선수로 복식조를 꾸리는 변칙 작전을 감행했지만, 대한민국 여자 탁구팀 '환상의 복식조'에게는 무릎을 꿇고 말았다. 우리가 세워 두었던 마지막 작전이 듀스 상황에서 그대로 들어맞았을 때는 온몸이 찌릿해지는 희열을 느꼈다.

우리나라에서 열린 최초의 올림픽, 탁구가 정식 종목으로 채택된 첫 올림픽에서 대한민국 여자 탁구가 복식 금메달을 차지하는 기록을 세웠다. 남자 단식에서는 김기택과 유남규, 우리나라 선수끼리 결승을 겨뤄 유남규 선수가 금메달을 차지했다. 지도자로서 지켜본 유남규는 노력과 실력 모두 우리나라 남자 탁구 최고의 에이스였다.

늘 그렇듯이 승부의 현장에는 기자와 마이크가 몰려들었다. 나는 선수들이 훈련에 집중하게 하기 위해 인터뷰 규칙을 만들었다. 먼저 국내 언론사를 상대하고, 다음날은 외국 언론사와 인터뷰를 진행하는 방식이었다. 이게 우리나라 스포츠 현장 최초의 '미디어 데이'였다.

▲ 1988년 서울올림픽 환상의 복식조 양영자 현정화와 함께. 지도자로서 나의 성공은 훌륭한 선수들 덕분이었다.

▲ 2014년 인천 아시아경기대회 선수촌장을 맡았을 당시 양영자(좌), 자오즈민(우)의 방문을 받고 기념 촬영.

1988년 서울올림픽선수단 축하 모임에서 김대중 당시 평화민주당 총재 내외와 함께

88서울올림픽이 끝난 뒤, 대표팀 감독직 사의를 표명했다. 사람들은 올림픽 우승 감독의 자진 사퇴를 놀라워했다. 최원석 탁구협회장도 무척 서운해하며 만류를 했지만, 내 마음은 사라예보 때와 같았다. 올림픽 우승으로 지도자로서 1차적 성공을 거두었다. 명예 회복도 이루었다고 생각했다. 가장 높이 올라섰을 때 물러나고 싶었다. 그래야 더 먼 곳을 바라볼 수 있을 것 같았다.

51 : 49의 법칙

    1994년, 현대백화점 탁구팀이 창단을 한다고 연락이 왔다. 감독을 맡아달라는 요청이었다. 그즈음 탁구부 창단 준비를 하던 다른 대기업에서도 감독 제의를 받은 상태였다. 김영일 현대백화점 사장은 예전부터 잘 알고 지내던 분이었다. 감독직 수락을 머뭇거리는 내게 그분이 말했다.

    "당신이 매일 탁구부 창단하라고 하지 않았소? 책임을 져야지."

    그 한마디에 꼼짝 못하고 현대백화점 여자 탁구부를 맡게 되었다.

    그런데 창단 준비부터가 쉽지 않았다. 선수 스카우트가 문제였다. 다른 팀들이 이미 고1때부터 선수들을 스카우트 해놓은 바람에 데려올 선수가 마땅치 않았다. 내 이름이나 위치로 그 선수들을 접촉할 수 있었지만, 다른 팀이 점찍은 선수는 아예 명단에 올리지 않았다. 내 원칙인 페어플레이를 지켜야 했다.

    결국 최상위권의 선수 영입 없이 팀을 꾸렸다. 1, 2위를 다투던 제일모직은 3명, 대한항공은 2명의 국가대표 선수를 보유하고 있었다. 우리 팀에 대한 객관적 평가는 3, 4위권이었다. 그런데 막상 뚜껑을 열고 보니 결과가 달랐다. 국가대표 2명을 보유하고 있던 대한항공을 이기며 일약 2위 팀으로 올라서게 된 것이다.

'최상의 전력이 아닌 팀을 이끌며 최고의 성적을 내는 유일한 여자 감독'에 대한 견제와 시샘은 상상 이상이었다. 말도 안 되는 유언비어를 퍼트려 곤경에 처하게 하는가 하면, 대회에서 보이지 않는 불이익을 주기도 했다.

대회의 결승에서 1위 팀과 우리 팀이 맞붙은 적이 있었다. 게임 스코어 3:2 상황에서 우리는 마지막 세트 리드 상태였다. 그런데 심판이 우리 선수의 서브 동작을 문제 삼으며 레드카드를 꺼내 들었다. 그리고 상대 선수에게 점수를 줘버렸다. 옐로카드도 없이 곧바로 레드카드라니?

항의를 해도 눈 하나 깜빡 안 하던 그 심판은 영원히 내 리스트에서 지워졌다. 나를 공격하는 건 참을 수 있었다. 하지만 내 선수를 부당하게 대하는 사람은 절대 용납할 수 없었다.

여수에서 열린 한 국내 대회에 참가했을 때였다. 경기 도중 심판이 우리 선수에게 촉진 룰을 적용하더니 애매한 판정을 내렸다. 시합 중인 선수로서는 위축이 될 상황이었다. 나는 심판에게 항의를 했다. 불이익을 당할 수 있단 생각은 했지만, 감독으로서 당연히 해야 할 일이었다. 심판의 판정은 존중하지만 명백하게 잘못된 판정은 용납할 수 없다. 부당한 행동에 굴복하면 나중에 또다시 그 부당한 처사의 희생자가 될 수 있기 때문이다.

대회의 남은 시합을 모두 기권하고 선수단을 철수시켜버렸다. 그리고 김영일 현대백화점 사장에게 전화를 걸어 그 상황에 대해 보고했다. 사장의 답은 간단했다.

"모든 판단은 감독이 하는 거지. 나는 감독을 지지합니다."

명쾌하고 든든한 답이었다. 윗사람의 신뢰만큼 아랫사람을 힘나게 하는 것은 없다. 그날 선수들을 데리고 바닷가에 나가 맛있는 회를 잔뜩 먹이고

1997년 현대백화점 탁구팀 첫 우승 후 정주영 회장으로부터 격려를 받는 모습

서울로 돌아왔다. 감독과 사장이 자신들이 받는 부당한 판정을 용납하지 않았다는 게 선수들에게는 승리 못지않은 힘이 되었을 것이다.

나는 평소 화를 잘 내지 않는다. 참을 수 있을 때까지 무조건 참는다. 하지만 정말 간과할 수 없는 일이라는 판단이 서는 순간, 그 인내는 끝나버린다. 그리고 상대가 질릴 만큼 논리적으로 따지며 모든 걸 끝내버릴 듯이 폭발한다.

내 성격은 날카롭다. 까다롭다. 물러서지 않는다.

어떤 사람들처럼 타인의 면전에서 부드러운 얼굴로 달콤한 말을 하고 돌아서서 뒤통수를 후려치는, 그런 기만적인 행동은 하지 못한다. 나는 좋으면 좋다, 싫으면 싫다, 정확하게 말한다. 날카롭고 까다로운 성격이어서 타인들로부터 오해도 많이 받는다.

까다로운 성격이지만 타인에게 박하게 굴지는 않는다. 자신에게 인색하고 남에게는 넉넉해야 한다고 배웠고, 그렇게 살기 위해 스스로에게 엄격하려고 노력했다. 자신에 대한 인색함은 욕심을 버리는 거다. 주변과 갈등이 생길 때는 나를 비우면 된다. 나는 스스로 그런 원칙들을 지키고 있는지 매 순간 내 자신의 언행을 돌이켜봤다.

'원칙'을 지키며 산다는 건 정말 힘든 일이다. 원칙을 지키기 위해 무엇인가를 잃을 때도 있다. 사람을 잃는 게 가장 고통스럽다. 우습게도 원칙을 고수하는 사람에겐 칭찬보다 원망이 더 많이 돌아온다.

살아가면서 모든 것을 다 가질 수는 없다. 내 인생의 법칙은 51:49다. 100 중에서 절반이 넘는 51을 갖는 것만으로도 잘산 인생이다. 그 51을 가지기 위해서 49는 포기해야 한다. 최고의 선수가 되는 사람도 마찬가지다. 챔피언이라는 51의 성취는 49의 평범한 일상을 포기한 대가다.

비극은 49에 대한 미련이다. 사람들은 손에 51의 값어치를 쥐고도 가지지 못한 49를 자꾸 뒤돌아본다. 어떤 걸 포기한다는 건 그만큼 아쉽고 힘들다.

나는 일찌감치 49에 대한 미련을 버렸다. 내가 추구하는 완벽을 지키기 위해 까다롭다는 평을 감수했다. 원칙을 지키기 위해서는 고집스럽다는 평을 들어도 어쩔 수 없었다. 자신의 인생 비율을 어떻게 나눌지는 각자의 가치관 차이다. 나는 특별함을 누리며 살았지만 평범함의 기준을 지키려고 노력했고, 51의 비율을 상식, 원칙, 공정에 두었던 것이다.

인생의 과정에는 한순간도 버릴 게 없다. 현대백화점 감독으로 보낸 7년의 시간은 나를 더 강하게 만들었다. 한 팀에서 오래 선수들의 성장을 바라보는 건 행복한 일이다. 김경아, 석은미 등을 주축으로 한 팀은 국내외 대회에서 수많은 우승을 차지했다. 석은미 선수는 2002년 부산아시안게임 여자 탁구 복식 금메달과 2004년 아테네올림픽 복식 은메달을 획득했고, 김경아

선수는 2004년 아테네올림픽 단식 동메달을 획득하며 국제무대에 이름을 알렸다.

그 시절이 내 인생에 자랑스럽게 남아 있는 건, 많은 우승과 뛰어난 성적 때문만은 아니다. 그 당시 함께 울고 웃었던 선수들이 지금은 학교와 사회체육 현장 곳곳에서 대표적인 탁구 지도자로 활동하며 좋은 평가를 받고 있기 때문이기도 하다. "현대백화점 출신 지도자들이 잘 가르친다"는 평을 들을 때면 더할 수 없이 뿌듯하다.

내 제자들은 자랑스럽게도 '덕장 밑에 졸장 없다'는 말을 증명해 주었다. 선생은 한 그루 나무고 제자들은 거기에서 뻗어 나온 줄기며 이파리다. 곧게 뻗은 나뭇가지와 무성한 이파리만큼 그 나무의 뿌리를 값지게 만드는 것은 없다.

지도자는 한계를 넘어서게 하는 사람

　'88서울올림픽' 대표팀 감독에서 물러난 뒤 2년 후, 국가대표 3군을 맡아 어린 학생들을 지도했다.

　국가대표팀은 정식 국가대표 선수로 구성된 1군, 청소년 선수들로 구성된 2군, 그리고 초등학교 5, 6학년과 중학생 선수로 구성된 3군으로 나뉘어 있었다. 당시 상비3군에는 김경아, 석은미, 이은실 등이 속해 있었고, 이들은 나중 2004년 '제28회 아테네올림픽' 주전으로 발돋움했다.

　어린 3군 선수들을 지도할 때 선수들에게 가장 강조한 건 '기본기'였다. 어느 운동이나 그렇지만 탁구에서는 기본기가 절대적이다. 수비와 공격 모두, 멋지게 하는 것보다 정확하게 하는 게 중요하다. 그 정확성을 갖추기 위해 필요한 게 기본기다. 기본기가 부실한 선수는 절대 최고가 될 수 없다. 수학에서 덧셈 뺄셈이 안 되면 방정식을 풀 수 없는 것과 같은 이치다. 예컨대 수비의 기본기는 자세, 스윙, 박자의 정확성을 갖추는 것이다. 그에 따른 체력 훈련과 자기 분석 능력도 필요하다.

　선수가 기본기를 갖추게 하는 가장 좋은 방법은 지도자가 직접 선수의 상대가 되어주는 것이다. 나는 선수들과 함께 뛰기 위해 매일 선수 수만큼 갈아입을 유니폼을 준비했다. 어린 선수의 경우, 말로 하는 지도에는 한계가 있다. 지도자는 선수와 함께 뛰면서 장·단점을 찾아내고 각자에게 맞는 연습 방법을 찾도록 도와야 한다.

선수들을 가르칠 때 기술 못지않게 심리적인 부분을 중시했다. 수비 선수에게는 "공격수보다 하나를 더 받으면 이기는 것"이라고 강조했다. 당연한 이야기 같지만 이런 마음가짐이 있느냐 없느냐에 따라 탁구대 앞에 나설 때의 자신감에 차이가 있다. 반대로 공격 선수에게는 서두르지 말 것을 강조했다. "서두르는 선수는 진다. 서두르지 말고 상대의 실수가 나올 때까지 끈질기게 공격하라"고 주문했다. 승부에 대한 조급함에 서두르다 보면 실점 가능성이 크다는 것을 잊지 않도록 주지시켰다.

지도자는 선수들의 관리자가 되어야 한다.

어린 선수들이 놀고 싶은 것, 먹고 싶은 것을 참아 가며 운동을 한다는 건 보통의 인내가 아니다. 절제력이 떨어지는 어린 나이이기 때문에 그 인내가 더 고통스러울 수밖에 없다.

나는 선수들의 훈련은 물론이고 먹는 것까지 꼼꼼하게 관리했다. 한창 나이의 여자 선수들에게 단것, 탄산음료 같은 군것질을 금지시키는 것은 전쟁에 가까웠다. 아이들은 제 딴에는 선생님 몰래 먹어치웠다고 생각하고 아무렇지도 않은 얼굴로 나타나지만, 나는 귀신같이 사탕이나 초콜릿의 흔적을 찾아냈다. 외출에서 돌아오며 입에 사탕을 물고 마냥 신이 난 선수를 보면 '못 먹게 해야 한다'는 생각과 함께 안쓰러운 마음이 들기도 했다. 그래도 선수를 생각해서는 모진 선생님이 되어야 했다.

단것만이 아니라 기름기가 많은 음식도 금물이었다. 위에 부담을 주기 때

경기 중 지도자는
마음으로 선수와 함께 뛴다.

문이다. 잘 먹는 것은 건강한 몸을 만드는 기본이고, 선수에게는 전략이자 실력이다.

지도자는 선수가 스스로 한계를 넘어서도록 이끄는 사람이다.

나는 선수들에게 '많은 훈련'을 요구하는 지도자였다. 운동선수는 충분한 연습량을 채워야 기술을 연마할 수 있고, 자신이 마음먹은 대로 그 기술을 구사할 수 있다. 기량이 좋은 선수가 되기 위해서는 남들이 쉴 때 연습하고, 남들이 연습할 때 같이 연습하고, 시합을 앞뒀을 때는 더 많이 연습해야 한다는 게 내 지론이었다. 선수들은 우스갯소리로 "우리는 1년 365일 강화 훈련 중"이라고 할 정도였다.

그렇게 많은 훈련을 한다는 것은 육체적으로나 정신적으로 몹시 고된 일이다. 사람들은 경기 결과만을 가지고 몇 마디 말로 간단하게 평가하지만, 운동선수들이 흘리는 땀의 양은 상상을 초월한다. 숨이 턱에 차오르도록 운동장을 뛰고 총알같이 날아오는 몇 천 개의 공을 주고받다 보면, 더 이상은 죽어도 못할 것 같은 지점에 이를 때가 있다. 하지만 이 한계점을 극복하고 다시 달리는 사람이 최고의 자리에 도전할 수 있다. 지도자는 선수가 그 마지막 한계점을 넘도록 이끌 수 있는 능력과 인내심이 있어야 한다.

어린 나이에 코치가 되고 국가대표 감독이 되었지만, 나는 누구보다 지도자의 막중한 책임감을 잘 알고 있었다.

선수들과 차량으로 이동을 할 때 나는 늘 운전석 뒷자리에 앉았다. 이동 내내 내가 하는 일은 백미러를 통해 운전기사의 상태를 주시하는 것이었다. 때로는 차 안이 너무 조용하면 일부러 기사에게 말을 붙이기도 했다. 장시간 운전을 하다가 혹시 졸음운전이라도 하게 될까 싶어서였다. 선수들과 함께 하는 순간만큼은 버스를 운전하는 사람도 '우리 팀'이라고 생각했다.

이 이야기를 하면 어떤 사람들은 "뭘 그렇게까지 하느냐?"며 과민하다는 반응을 보이기도 한다. 하지만 선수를 둘러싼 환경은 모두 예측 불허다. 사고란 아차 하는 순간에 벌어진다. 선수들을 열심히 뛰게 하는 것만큼 안전하게 보호하는 것도 지도자의 책임이다.

선수들에 대해서도 항상 눈을 떼지 않았다. 어떤 제자는 그런 나를 보며 "졸지도 않고 먹지도 않으며 자신들을 지켜보는 것 같다"고 말해 내 어깨를

1991년 임원단으로 참가했던 지바 세계선수권대회에서 남북단일팀 선수들과 함께.
왼쪽부터 이분희, 유순복, 이에리사, 홍차옥, 현정화, 故박경애.

더 무겁게 만들었다.

내가 선수들에게 가장 강조한 것은 "선수 이전에 인격을 갖춘 인간이 되어야 한다"는 것이었다. 늘 마주치는 사람들에게 고개 숙여 인사하고 감사한 마음을 표시하도록 강조했다. 제자들이 선수촌을 떠날 때 그곳에서 일하는 분들로부터 "참 괜찮은 선수"라는 평을 들으며 박수 받는 사람이 되기를 당부했다.

나는 제자들이 운동만 할 줄 아는 선수가 되기를 원치 않았다. 그래서 실업팀에서 감독을 할 때는 물론 대표팀에서도 교양 서적을 구입해 선수들에게 나눠주곤 했다. 전문적인 교육을 받지 않더라도 인문학적인 교양은 스스로 얼마든지 쌓을 수 있다고 믿었다.

아무리 좋은 지도 방법이라고 해도 모든 사람에게 똑같이 적용될 수는 없다. 그래서 지도자는 '칠면조'와 같아야 한다. 선수 각각의 특성에 맞춰 말과 지도 방식이 달라야 한다는 이야기다. 지도자의 손에 선수 인생이 달려 있다는 사실은 늘 내 자신을 경계하게 만들었다. 지도자는 '선수의 거울'이다. 지도자가 어떻게 행동하고 가르치느냐에 따라 선수 한 사람의 인생이 달라질 수 있다. '좋은 거울'이 되기 위해서는 지도자 자신부터 좋은 인간이 되어야 한다. 선수에 대한 지도자의 책임은 무한하다.

어린 시절 주변 사람들은 내게 "선생님이 돼라"는 말을 자주 했다. 첫째는 내가 말을 어른스럽고 조리 있게 한다는 이유였고, 둘째는 예의나 규칙을 중요하게 여기는 내 성격 때문이었다.

예전 운동선수들은 수업을 마치고 오후와 야간에 운동을 했다. 간혹 훈련 핑계를 대고 수업을 빼먹은 뒤 행방이 묘연한 아이들이 있었다. 그러면 나는 학교 근처를 뒤져서 후배들을 잡아오곤 했다. 수업을 빼먹고 도망쳐 봐야 학교 근처에 갈 곳은 빤했다. 후배들 입장에서는 어쩌면 선생님 같은 선배가 미웠을지도 모른다. 그런데도 그들은 내게 이끌려 순순히 교실로 돌아왔다. 시간이 흐르고 나이를 먹은 뒤 그들은 "그때도 언니는 달랐다"는 이야기를 했다. 내가 하는 행동이 옳다는 걸 알기 때문에 따를 수밖에 없었다는 것이다.

대표팀에서도 내가 어리다고 함부로 대하는 사람은 없었다. 내가 특별 대우를 받은 건 아니었다. 누가 뭐라 하기 전에 제할 일을 알아서 해버리니 간섭할 일도, 나무랄 일도 없었던 것이다.

탁구선수출신 「1호」 이에리사 박사된다
25일 명지대서 체육학 학위수여받아

「사라예보 신화」의 주인공 이에리사 현대여자탁구단감독(43·사진)이 탁구선수출신으로는 최초로 박사모를 쓴다. 지난 73년 유고 사라예보세계탁구선수권대회에서 여자단체전 금메달을 획득, 한국탁구사에 한획을 그었던 이감독은 오는 25일 명지대 졸업식에서 이학박사 학위를 받는다. 학위논문제목은 「생활체육활동과 직장인의 여가몰입 및 생활만족의 관계」.

이감독은 이 논문에서 생활체육에 참가하는 직장인이 그렇지 않은 직장인에 비해 여가 및 생활에 대한 만족도, 작업의욕과 생산성 등이 높다는 사실을 통계적으로 밝혀냈다.

70년부터 8년간 국가대표 여자팀 에이스로 활약하다 78년 은퇴, 지도자로 전환했던 이감독이 만학의 길에 들어선 것은 지난 85년. 이론적·학문적 토대 없이는 훌륭한 지도자가 될 수 없다는 신념으로 명지대 체육학과의 문을 노크했다. 이후 학문을 병행하며 국가대표 여

자팀감독으로 88서울올림픽금메달을 획득하는 등 지도자로서도 혁혁한 공적을 쌓았던 이감독은 91년 명지대 대학원에서 석사학위를 받은 뒤 용인대·명지대·서울대 등에 시간강사로 출강해왔다. 이 기간중 탁구후배들을 위해 탁구훈련지도서와 탁구선수의 심리검사지침 등을 펴내기도 했다. 이감독은 이론과 실기를 겸비한 지도자로 인정받아 93년 현대백화점여자탁구단 창단감독으로 발탁됐으며 지난해 12월에는 아시아탁구연맹 이사직에 선임되기도 했다. 〈송채수기자〉

탁구선수 출신 1호 박사가 되었다.
(1997.02.22 경향신문)

할 일도, 나무랄 일도 없었던 것이다.

나는 어려서부터 선생님이 하지 말라는 일은 절대 하지 않았다. 어떤 음식이 운동선수에게 나쁘다고 하면 절대 입에 대지 않았다. 에어컨 바람이 좋지 않다는 걸 안 이후에는 에어컨도 멀리했다. 그 습관 때문에 지금도 나는 에어컨 사용을 거의 하지 않는다. 어렸을 때부터 '어른 말을 들어서 나쁜 게 없다'는 걸 경험적으로 알고 있었다.

아테네올림픽의 환희

2004년 아테네올림픽을 앞두고 또다시 국가대표팀 감독을 맡게 됐다. 당시 탁구협회 내부의 문제로 올림픽 4개월 전 갑작스레 맡게 된 자리였다. 남은 기간은 짧고 채워야 할 부분은 많았다.

막상 대표팀을 맡고 보니 전반적으로 기본기의 탄탄함이 떨어졌다. 그런데도 선수들은 여전히 기술에 치중한 훈련을 하고 있었다. 이런 경우는 훈련양으로 부족함을 채울 수밖에 없다.

이번에도 '러닝'으로 시작했다. 운동선수에게 달리기는 아무리 강조해도 지나치지 않을 만큼 중요하다. 달리기를 통해 하체의 힘을 키우고 근지구력과 정신적 지구력을 함께 키울 수 있다. 정신적 지구력은 곧 자기 자신과의 싸움을 견뎌 내는 힘이 된다. 또 뛰면서 연습 내용과 시합에 대해 생각하다 보면 잡념이 생길 겨를이 없었다. 얼마나 러닝을 많이 했던지, 나중에 선수들이 당시를 회상하며 "죽도록 뛴 생각만 난다"고 말할 정도였다.

짧은 기간 동안 선수들을 심리적으로 단단하게 하는 것도 중요했다. 나는 평소보다 좀 더 단호한 태도로 선수들을 대했다. 훈련을 힘들어 하며 중간에 포기 의사를 밝힌 선수에게는 설득하는 대신 "뜻대로 하라"고 담담하게 말했다. 선수를 달래야 할 상황과 거세게 밀어붙여야 하는 상황이 따로 있는데, 그 당시는 달래려고 하면 오히려 선수를 나약하게 만들 것 같았다.

내 생각대로 그 선수는 스스로 어려움을 극복하고 돌아왔고, 아테네올림픽에 복식조로 출전해 은메달을 획득했다. 선수로서 한계를 넘어서며 한 단계 성장한 모습을 확인할 수 있었다.

선수들을 훈련시키면서 한편으로는 상대할 팀들을 분석하느라 동분서주했다. 요즘은 국제 대회를 앞두면 가장 먼저 전력 분석팀을 꾸리고 전문적으로 상대 팀 분석을 하지만, 그때까지도 우리는 거의 맨땅에 헤딩 식이었다. 더구나 그즈음 우리는 국제 대회에서 북한과의 전적이 그다지 좋지 못했다. 정식 전력 분석팀도 없는 상태에서 백방으로 뛰며 북한 선수들에 대한 자료부터 모으기 시작했다. 우리는 어렵게 구한 북한 경기 동영상을 보면서 각 스코어마다 그들이 어떤 서브를 넣고 어떤 작전을 쓰는지 하나하나 확인했다. 그리고 상황별로 어떻게 싸울 것인지 미리 전략을 세웠다.

4개월의 혹독한 담금질이 끝나고 출국을 며칠 앞뒀을 때, 선수단을 이끌고 며칠간 강릉으로 이동해 훈련과 휴식을 취할 계획을 세웠다. 탁구협회에서는 "올림픽이 눈앞인데 놀러간다는 게 말이 되느냐?"고 펄쩍 뛰었다. 겨우겨우 탁구협회를 설득해 강릉에서 4박 5일간 특별한 시간을 보냈다. 오전에는 강도 높게 훈련에 집중하고, 점심 식사 이후에는 바닷가를 거닐거나 충분한 휴식을 취하도록 했다. 대회 직전의 체력 보충을 위해 먹는 것도 최고로 준비하도록 신경을 썼다.

강릉에서의 마지막 날, 우리는 첫새벽 일출을 보러 나갔다. 선수들에게 각자 소원을 빌라고 한 뒤 나도 눈을 감은 채 두 손을 모았다.

'우리 선수들이 흘린 땀이 수포로 돌아가지 않게 도와주세요!'

짧은 기간이었지만 최선을 다했다. 선수들에겐 실수하지 말고 준비한 대로 만 하라고 당부했다. 그렇게 하면 목표인 메달권 진입은 무난할 것 같았다.

우리 여자 대표팀은 석은미, 이은실, 김경아, 김복래, 윤지혜가 아테네올림픽에 출전했다. 탁구 경기가 열린 아테네 갈라치올림픽홀에 갔을 때, 선수들은 "네트가 낮아 보인다"고 했다. 내심 쾌재를 불렀다. 탁구대에 섰을 때 네트가 높아 보이면 선수는 무의식적으로 공을 들어올리게 된다. 반대로 네트가 낮아 보이면 공을 바로 치게 된다. 네트가 낮아 보인다는 건 자신 있다는 이야기다.

선수들은 자신들이 준비했던 대로 차근차근 경기를 풀어 갔다. 사전에 북한 전력을 분석하고 미리 짜두었던 전략은 그대로 적중했다. 우리는 복식 8강에서 처음으로 북한을 누르고 4강에 진출했다. 그러나 불행하게도 준결승은 우리나라 선수끼리 맞붙게 되었다. 김복래·김경아 조와 석은미·이은실 조가 승부를 겨뤄 석은미·이은실 조가 결승에 진출했으나 중국의 왕난·장이닝 조에 막혀 은메달 획득에 만족해야 했다.

시합이 시작되면 선수들은 탁구대 앞에서, 코칭스태프는 그 선수들의 뒤에서 함께 싸운다. 당시 우리나라 대표팀은 여자팀 감독인 나와 함께 현정화 코치, 남자팀에는 양현철 감독과 김택수 코치로 화려한 코칭스태프를 구성하고 있었다. 선수들에겐 '우리 선생님이 상대팀 선생님보다 강하다'는 믿음이 필요하다. 그래야 감독의 지시에 대한 기대감을 갖고 심리적으로도 상대보다 우위에 서게 된다.

보이지 않는 곳에서도 심리전은 계속 됐다. 개인 단식에 출전하고 있는 김경아는 싱가포르의 리자웨이와 3, 4위전에서 대결을 펼쳤다. 중국인이면서 싱가포르에 귀화한 리자웨이는 한국에 와서 훈련을 한 적이 있었는데, 나

2004년 아네테 올림픽 출전 당시. 석은미, 이은실 선수는 여자 복식 은메달을 획득했다.

는 그때의 인연으로 그를 알고 있었다.

선수촌 식당에서 리자웨이와 마주칠 때면 반갑게 인사를 했다. 그리고 슬쩍 "너 남자 친구 있니?" 하고 물었다. 그는 얼굴이 발그레해지며 "있다"고 대답했다. 그 다음부터 선수촌을 오가며 그를 만날 때마다 자연스럽게 남자 친구 이야기를 꺼냈다. 그러면 리자웨이는 또다시 신이 나서 남자 친구에 대한 이야기를 하곤 했다.

사실 내가 자꾸 남자 친구 이야기를 꺼낸 것은 리자웨이의 마음을 흐트려 놓으려는 의도에서였다. 선수의 관심이 분산되는 것은 경기력에 좋은 영향이 될 수 없다. 그래서 선수는 경기 준비 과정부터 마지막 라켓을 내려놓는 순간까지 오직 경기에만 집중해야 하는 것이다.

리자웨이는 싱가포르 선수단에서 유일하게 메달을 기대할 만큼 실력이 출중했다. 중국 선수들도 까다로워할 만큼 끈질긴 선수였다. 3, 4위 결정전에서 리자웨이의 지독한 드라이브와 김경아의 끈질긴 수비가 팽팽한 맞대결을 펼쳤다. 남자 친구 이야기가 내 의도대로 작용한 것인지는 모르지만, 리자웨이는 풀세트 접전 끝에 김경아에게 무릎을 꿇고 말았다.

우리 여자팀은 석은미·이은실이 여자 복식 은메달, 김경아가 단식 동메달을 차지하며 메달권을 겨냥했던 목표를 달성했다. 시상대에 오른 제자들을 바라보며 기쁨은 잠시였고, 그 자리에 도달하기까지 그들이 견뎠던 뼈를 깎는 고통의 순간이 떠올랐다. 사람들은 1등에 환호하지만 세계 1등과 2등은 종이 한 장 차이일 뿐이다. 한순간의 실수로 갈리는 경우가 허다하다. 전 세계에서 세 손가락 안에 드는 선수가 된 제자들이 진심으로 자랑스러웠다.

마침 올림픽 기간 중간에 8월 15일 내 생일이 끼어 있었다. 한창 경기가 진행 중일 때라 생일을 생각할 겨를도 없었는데, 선수들이 쭈뼛거리며 내 앞에 뭔가 내놓았다. 풀어 보니 '아테네올림픽 기념 시계'였다. 내 생일을 축하

2004년 아테네올림픽 경기 후 선수들과 함께 헤로메스 아티쿠스 음악당 위에서

하려고 돈을 모아 산 것이라고 했다.

시계 선물이 무척이나 특별하게 느껴졌다. 아테네에 오기까지 선수들과 함께한 인내의 시간, 아테네올림픽에서 우리가 한 계단 한 계단을 오른 그모든 시간을 영원히 간직하자는 의미 같았다. 나는 아직도 그 시계와 기억들을 소중하게 간직하고 있다.

아테네올림픽에서도 최강자는 중국이었다. 남자 단식에서 우리나라 유승민 선수가 중국의 왕하오와 겨뤄 남자 단식 금메달을 차지한 것을 제외하고, 여자 단식과 남녀 단체전 금메달이 모두 중국 선수의 목에 걸렸다. 중국은 과거에도 현재도 미래에도 우리가 넘어서기 위해 부단히 노력해야 할 상대라는 걸 다시 한 번 절감했다.

선수 시절부터 국제 대회를 치를 때마다 매번 느끼는 건, 좋은 선수들이

2004년 아테네올림픽 탁구 국가대표팀 귀국 환영 행사

더 많이 발굴되어야 한다는 것이었다. 지도자가 되어 보니 그 필요성이 더 간절했다. 나는 현대백화점 감독으로 있을 때도 어떻게 해서든 팀의 지원을 받아 초등학교부터 고등학교까지 인연이 닿는 학교들에 탁구용품을 보냈다.

아테네에서 귀국한 뒤 포상금을 받았다. 모교인 명지대학에서 5백만 원, 당시 재직 중이던 용인대학에서 5백만 원, 초등학교탁구연맹에서 1천만 원, 총 2천만 원이었다. 나는 망설임 없이 포상금 전액을 기부했다. 그 돈으로 초등학교 지도자들이 중국 세계탁구선수권대회에 견학을 가도록 지원했다. 초등학교 선수들을 가르치는 지도자들에 대한 고마움에 조금이나마 보답의 표시를 하고 싶었다. 어린 선수들을 길러 내는 일은 무엇보다 값진 일이다. 그때나 지금이나 내게는, 그것이 어떤 일이든 '가치'와 '의미'가 가장 중요하다.

Part **6**

태릉선수촌
최초의 여성 촌장

어려운 문제를 선택해야 하는 순간마다. 나는 자신에
게 '지금 이 자리에 있는 이유가 무엇인가?'를 물었
다. 답은 명료했다. 선수촌장은 좋은 환경에서 선수들
이 운동에 집중하도록 돕기 위한 존재다. 그리고 나
는 촌장 이전에 그들의 선배다. 선수들을 생각하면
싸움꾼 소리를 듣는 게 두렵지 않았다.
사람들은 '여성 선수촌장'에 무수한 물음표를 보냈지
만, 나는 신념을 지킨 덕분에 이 모든 일을 할 수 있
었다.

40년 만의 첫 여성 촌장

2000년 3월, 내 인생의 전환점을 맞았다. 선수와 지도자로 몸담았던 현장을 떠나 대학으로 자리를 옮기게 된 것이다. 49세의 새내기 교수였다.

나는 대학 과정을 마치고 학위 취득을 하기까지 남보다 몇 배의 시간이 필요했다. 그렇지만 열심히 공부해서 '좋은 지도자'가 되겠다는 확실한 목표를 가지고 있었다. 이론과 실기를 겸비한 제대로 된 지도자, 노력하는 지도자가 되고 싶었다. 그래서 공부를 허투루 할 수 없었다. 내 인생과는 전혀 관계없을 것 같던 행정법이며 통계 공부를 하기 위해 머리를 싸매야 했다.

나는 이미 유명세를 탄 사람이라 학교에 다닐 때도 늘 사람들의 시선이 따라다녔다. "운동하는 사람이라 공부는 별로"라는 소리는 듣고 싶지 않았다. 무엇보다 나중에 학생들을 가르치기 위해서는 더 열심히 공부해야 했다.

대학 졸업까지는 12년이란 세월이 걸렸다. 서독 'FTG 프랑크푸르트'에서 플레잉 코치 겸 선수로 생활한 약 3년의 기간은 할 수 없이 휴학을 해야 했다. 돌아온 뒤에는 실업팀과 대표팀 감독을 오가며 활동하느라 또다시 공부를 미뤄야 했다. 결국 '88올림픽' 감독직에서 물러나고서야 다시 대학생 신분으로 돌아가 공부를 마칠 수 있었다.

나는 어떤 일이든 한 번 시작하면 끝을 봐야 직성이 풀리는 성격이다. 곧바로 다시 대학원에 진학해 2년 뒤인 1992년 체육학 석사 학위를 취득했다. 그리고 연이어 박사 과정에 진입했다. 지도 교수님은 깐깐한 분이었다. 나 역시 완벽주의자이기에 교수님의 가르침과 기대 그 이상에 도달하기 위해 최선을 다했다. 박사 과정 4년 동안은 마치 다시 캄캄한 새벽길을 달리며 스스로를 극한으로 몰아붙이는 것 같은 시간을 보냈다.

수없이 쓰고 고민하고 다시 고치고… 그렇게 완성한 논문 「직장인의 여가 몰입, 여가 만족 및 생활 만족의 관계」로 1996년 이학 박사 학위를 취득할 수 있었다. 이는 우리나라 탁구 선수 최초의 박사 학위 취득이어서, 내 나름 '공부하는 운동선수'의 표본을 제시했다는 자부심이 있다.

열다섯 살에 탁구 국내 챔피언이 되고 열아홉 살에 세계 챔피언이 됐지만, 마음 한편에는 공부 잘하는 언니, 오빠들에 대한 부러움이 있었다. 탁구 때문에 대학 진학을 잠시 미루면서도 '언젠가는 대학에 진학해 공부하겠다'는 목표를 잊은 적이 없었다. 대학 진학부터 박사 학위 취득까지 19년의 세월이 걸렸지만, 나는 그 목표를 이루고 말았다.

대학 강단에 선 지 2년여가 지났을 즈음, 어느 날 아침 신문에서 내 시선을 잡아당기는 기사를 발견했다. '태릉선수촌 촌장과 사무총장 공개 모집' 기사였다.

그때까지 태릉선수촌의 촌장은 대한체육회 회장이 임명하도록 되어 있었다. 당시 대한체육회의 수장은 김정길 회장이었다. 행정자치부 장관을 역임하기도 했던 김정길 회장은 합리적인 사고를 하는 분이었다. 평소 여성의 사회 진출 필요성을 적극적으로 피력하며, 순경 출신인 김강자 씨를 첫 여성 경찰서장에 임명한 분이기도 했다.

신문 기사에는 '민주적 리더십'을 갖춘 선수촌장을 찾는다고 적혀 있었다. 그 문구가 내 마음을 흔들었다. 그간 선수와 지도자로서 내가 경험했던 선수촌은 고인 물처럼 정체되고 권위를 벗어나지 못하는 곳이었다. 그곳을 철저한 선수 위주의 공간으로 바꾸기 위해서는 섬세하면서도 추진력 있는 선수촌장이 필요하다고 생각해 오던 참이었다.

'생각만 할 게 아니라 도전해 보자!'

평소 자리 욕심과는 거리가 멀게 살아왔지만, 이번에는 의욕을 보여야 한다는 생각이 들었다. 후배들을 위해서도 나설 순간이라고 판단했던 것이다.

그런데 곧바로 변수가 생겼다. 내가 '선수촌장 및 사무총장 심사위원회'의 일원으로 선발이 된 것이다. 심사위원회에 나를 넣은 것은 그만큼 신뢰한다는 뜻일 텐데, 그 상황에 '후보로 응모할 것'이란 이야기를 꺼내는 건 예의가 아닌 것 같았다. 나를 신뢰하는 사람들의 믿음에 부응하는 것만큼 값진 것은 없다. 고민할 것도 없이 심사위원직을 수락하고 후보 공모는 마음에서 지웠다.

7인으로 구성된 심사위원회는 선수촌장과 사무총장 후보들의 서류 심사와 인터뷰를 했다. 지원자는 꽤 많았다. 하지만 모든 인터뷰가 끝난 뒤 심사위원회의 의견은 "선수촌장으로 적합한 인물이 없다"는 것이었다. 결국 긴 논의 끝에 다시 공모를 하든지, 회장이 직접 선수촌장을 임명하는 게 좋겠다는 결론에 이르렀다.

그리고 얼마 후 김정길 회장의 측근으로부터 연락이 왔다. 나와 마주한 그분은 "태릉선수촌장 자리를 맡아볼 의향이 있느냐?"고 물었다. 이야기를 들어보니 체육계의 개혁적인 인사들이 나를 선수촌장으로 추천한 모양이었다.

막상 그런 제의를 받으니 마음이 조심스러워졌다. 앞으로 갈 자리 못지않게 현재 있는 자리에 대한 의무와 책임이 중요함을 알기 때문이었다. 그 점에 대해 먼저 양해를 구했다.

"현재 제가 용인대학 교수로 재직 중이니까 총장님과 먼저 상의를 해보겠습니다."

미리 예상했던 문제라는 듯, 그분은 "학교 총장님에게는 김정길 회장님이 직접 연락을 할 테니 걱정하지 말라"며 내 마음의 짐을 덜어주었다.

며칠이 지난 뒤 용인대학 총장으로부터 전화가 걸려 왔다. 내심 '회장님이 연락을 하셨구나' 생각하며 전화를 받았는데, 통화 내용은 뜻밖이었다. 자신이 나를 태릉선수촌장으로 추천했으니 기다려보라는 것이었다.

이미 진행 상황을 알고 있는 나로서는 좀 당혹스러운 통화였다. 그렇다고 사실 관계 확인을 하려 들 수도 없었다. 별다른 내색을 하지 않고 통화를 마쳤지만 뭔가 석연치 않은 기분이었다.

그야말로 복잡 미묘한 상황을 거쳐 2005년 3월 태릉선수촌 촌장으로 취임했다. 이번에도 '최초'라는 기록은 어김없이 붙었다. 매스컴에서는 '태릉선

2005년 태릉선수촌장 임명장 수여식. 왼쪽은 김정길 대한체육회장.

수촌 설립 40년 만의 첫 여성 선수촌장'이라고 떠들썩했다. 체육계에서는 박수와 의구심의 눈초리가 동시에 집중됐다. 난 굳이 입 밖으로 자신감이나 거창한 계획을 내놓지는 않았다. 하지만 누구보다 잘해 낼 자신이 있었다. 이미 대표팀 감독을 하며 수차례 선수촌 생활을 경험한 바 있었다. 더구나 바로 전년에 아테네올림픽 준비로 장기간 선수촌 생활을 했기에, 선수촌의 문제점과 필요한 것들을 잘 알고 있었다.

태릉선수촌은 내가 처음 국가대표에 발탁되어 갔을 때와 별반 달라진 게 없었다. 21세기인데도 몇몇 건물의 화장실은 여전히 남녀공용이었다. 낡은 체육관에는 여기저기 물이 새고 다른 시설들도 노후 상태가 심각하기 그지없었다. 선수들이 편히 쉬면서 다음날을 준비해야 할 숙소는 낡은 데다 부족하기까지 했다.

태릉선수촌에 가서 가장 먼저 한 일은 20평이 넘는 촌장실을 절반으로

축소한 것이었다. 대통령 집무실에나 있을 법한 커다란 책상과 회의용으로 쓰기엔 부담스러운 무거운 원탁을 치워버렸다. 운동장처럼 커다란 촌장실의 큰 책상에 앉아 권위를 내세울 생각은 전혀 없었다. 알차게 일하는 촌장이 되겠다는 의지를 표현한 것이다. 또 선수와 동떨어진 공간이 아닌 편하게 찾아올 수 있는 촌장실로 만들기 위해 노력했다.

그 다음 챙긴 것은 선수들의 먹을거리였다. 그 당시 선수촌에서는 캔에 담긴 과일을 간식으로 제공하고 있었다. 과일 캔은 내가 선수로 뛰던 1970년대에도 제공되던 것이었다. 30여 년의 세월이 흐르고 운동선수의 영양 섭취에 대한 인식이 달라졌는데도, 여전히 달고 열량만 높은 과일 캔을 제공한다는 것은 무심함에서 빚어진 소홀한 관리라고밖에 볼 수 없었다. 간식은 당장 신선한 것으로 바꾸도록 조치했다.

식단 역시 직접 확인했다. 선수들이 식사하는 시간에 직접 식당을 돌며 어떤 것을 잘 먹고 어떤 것을 먹지 않는지 확인했다. 그걸 바탕으로 매달 선

2005년 노무현 전 대통령으로부터 민주평통 자문위원 위촉장을 수여받는 모습

수, 지도자 대표들과 머리를 맞대고 영양평가회의를 열었다. 그리고 그 내용을 참고해 영양사가 식단을 짜도록 했다.

부족한 부식비는 늘 고민이었다. 한우 갈비 한 대가 1만 원인데 선수 1인당 부식비는 1만8천 원이었다. 선수 한 명이 갈비 두 대를 먹을 수 없는 비용이었다. 예나 지금이나 운동선수는 잘 먹는 게 기본이다. 고심 끝에 외부에서 태릉선수촌을 방문하는 사람들의 '공짜 밥'을 없애기로 했다. 직책이 높건 낮건 외부 인사들이 선수촌 식당을 이용할 때는 식권을 사도록 한 것이다. 여기저기서 불만이 터져 나왔지만 개의치 않았다. 식권 판매로 생긴 수입은 제철 과일을 구입해 선수들 방에 넣어주었다. 내게는 무조건 선수들이 1순위였다.

잘 먹이는 것 못지않게 위생 상태도 중요했다. 그런데 선수들의 식사 준비를 하는 주방 상태를 확인하다가 충격을 받고 말았다. 주방에는 닥트 시설도 돼 있지 않고 에어컨도 없었다. 한여름에 선풍기 몇 대를 돌리며 몇 백 명

2005년 박근혜 당시 한나라당 대표 태릉선수촌 격려 방문

이 먹을 음식을 만든다는 건 상식 이하의 환경이었다. 즉시 주방에 닥트 설비 공사를 하도록 하고 에어컨도 설치하도록 했다.

주방 근무 직원들은 1일 1교대로 일을 하고 있었다. 당시 주방 직원들이 잠을 자던 공간은 충격 그 자체였다. 지하의 빈 공간에 대충 합판을 깔고 그 위에서 잠을 자거나 휴식을 취하는 상태였다. 그런 곳에서 휴식을 취하게 하면서 양질의 노동력을 제공하라고 하는 건 염치없는 요구였다. 마침 선수촌에는 일반 직원들이 숙직실로 사용하던 휴식 공간이 있었다. 나는 그곳에 고생하는 주방 식구들이 휴식을 취할 수 있는 숙소를 만들도록 지시했다. 휴게실을 빼앗긴 직원들의 불만이 터져 나온 건 당연한 일이었다. 나에겐 당당하게 그들을 설득할 논리가 있었다.

"주방 근무자들의 컨디션이 좋아야 음식을 맛있게 만들 것이고, 그 음식을 먹은 우리 선수들 경기력도 향상될 겁니다."

직원들의 처우 개선은 단지 그들을 위한 차원이 아니라 선수들을 위한 일이기도 했다.

선수촌에서 근무하는 외부 인력 직원은 약 120명 정도였다. 그 직원들을 관리하는 외부 업체 담당자를 불러 직원들의 보수를 파악해 보았다. 예상대로 대부분 박봉의 근무자들이었다. 내가 먼저 관리 업체에 제의를 했다.

"우리 쪽에서 좀 더 비용을 낼 테니까, 선수촌 근무자들 월급을 올려주십시오."

용역 업체에서 온 직원은 뜻밖의 제의에 놀라는 눈치였다. 분명 예산을 깎자고 제의할 것이라 여기고 단단히 마음 먹고 왔는데, 오히려 예산을 늘려주겠다고 하니 놀랐던 모양이다.

그동안 식당에서 고생해 온 외부 인력에 대한 선수촌의 대우가 야박했다는 생각이 들었다. 그 사람들은 구내식당을 이용할 때도 각자 밥값을 내고 있었다. 예산을 집행하는 대한체육회에 이들의 식비 지급에 대한 건의를 했지만 들은 척도 하지 않았다. 심지어 준비한 음식이 남아도 이들에게는 무료 식사를 제공할 수 없다는 것이었다. 사정을 해도 안 되고 소리쳐 싸워도 마이동풍이었다. 하지만 나 역시 한 번 뺀 칼을 쉽사리 칼집에 넣을 사람은 아니었다.

"그럼 외부 직원들이 먼저 밥을 먹게 하고 우리가 나중에 먹겠습니다."

'선수촌 구성원 전체가 한 식구'라는 게 내 생각이었다. 내 집에 와서 일을 하고 있는 사람에게 "밥값 내고 먹으라"고 한다는 건 어이없는 처사였다. 나의 끈질긴 설득과 강경한 태도에 담당 직원은 결국 두 손을 들고 말았다.

주방에서 일하는 직원들만이 아니라 전기실 관리 직원, 청소하시는 분들도 마찬가지였다. 여름이면 소박하지만 얼음물에 수박 몇 통이라도 더위를 피하도록 챙겨 보냈다. 가을에는 태릉 숯불갈비 잔치로 그분들의 노고를 위로하는 자리를 마련하곤 했다.

태릉선수촌에서 주방 직원들이 쉴 수 있는 유일한 때는 선수들이 대회에 출전하는 기간이다. '전국체육대회'가 개최될 때는 대한체육회 버스를 대절해 그분들을 체전 장소로 초대했다. 입장식 관람과 귀경 길 근처 관광지를 잠시 둘러보는 소박한 일정이었다. 주방 식구들은 자신들이 뒷바라지한 선수들이 대회에 나가는 모습을 볼 수 있다는 걸 몹시 행복하고 자랑스럽게 여겼다.

이런 일들을 '예산 낭비'라고 지적한다면 나도 할 말이 있다. 집을 떠나 선수촌에서 먹고 자는 선수들에게 이들은 부모를 대신하는 존재다. 나는 여전히 '입장식 관람과 반나절의 관광'은 직원들로 하여금 선수들에 대한 책임감을 더 강하게 만드는 비용으로 충분히 가치가 있다고 믿는다.

선수촌에 개혁 드라이브를 걸다

태릉선수촌 촌장에 임명됐을 때, 꼭 해결하겠다고 생각한 몇 가지 과제가 있었다.

> 첫째, 태백분촌(1998년 6월 개촌)을 '태백선수촌'으로 명의 변경하고,
> 체육관 등 시설을 신축해 제2훈련캠프로 만드는 것.
> 둘째, 선수촌 지도자들의 처우 개선.
> 셋째, 물리치료실 치료사 증원.
> 넷째, '감래관'을 리모델링해 부족한 여자 선수 숙소로 만드는 것.
> 다섯째, '선수회관'을 '챔피언하우스'로 리모델링해 선수들이 안락하게
> 쉬고 연구할 수 있는 현대식 시설로 만드는 것.

국가대표 선수들의 훈련 환경을 개선하기 위해 해결해야 할 문제는 한두 가지가 아니었지만, 이 다섯 가지는 최우선으로 해결해야 할 과제였다.

1998년 6월 개촌한 '태백분촌'은 함백산 1,330m에 자리잡은 고지대 훈련장이다. 애당초 선수들의 심폐 기능 강화와 지구력 증강을 위해 마련한 훈련장이라는데, 건물이라곤 숙소 한 동과 조그만 체육관 하나, 400m짜리 울

통불통한 우레탄 트랙 정도가 전부였다. 관리동 내의 식당은 턱없이 규모가 작았다. '여기서 무슨 훈련이 될까?' 싶은 게 솔직한 심정이었다.

이곳에 다목적체육관을 건립해 본격적인 국가대표 훈련 장소로 활용하는 계획을 세웠다. 이미 포화상태에 이른 태릉선수촌 문제를 해결하기 위한 대안이었다.

이 '태백선수촌'을 만들기 위해 백방으로 뛰었다. 체육관 건립과 시설 확충을 위한 예산을 따내는 일은 멀고도 험난했다. 대한체육회에서 올린 예산안을 문화체육관광부가 1차 검토해 기획재정부로 넘긴 다음, 국회 예산결산특별위원회의 승인이 떨어져야 했다. 앉아서 기다릴 수만은 없었다. 나는 직접 기재부 담당자를 찾아가 예산의 필요성에 대해 소상하게 설명했다. 내 간절함이 통한 것인지, 기재부에서는 "정성에 감동했다"며 고개를 끄덕였다. 그렇게 336억 원의 예산을 확보했다. 또 태백시의회와 협의 과정을 거쳐 2007년 7월 '태릉선수촌 태백분촌'에서 '태백선수촌'으로 명칭을 변경했다.

시간이 될 때면 먹을 것을 사들고 태백으로 달려갔다. 그곳 직원들과 함께 밥을 먹으며 애로사항을 듣고 격려했다. 아직 공사 전이었지만 태백시의 수도과장과 함께 현장을 돌아보며 어떻게 고지대로 물을 끌어올릴지 의논하며 차근차근 계획을 세웠다.

나는 무언가 목표를 세우면 끝없는 열정이 끓어오르고 오직 그 목표를 달성하기 위한 방법에 몰두한다. 선수촌 일을 할 때도 그랬다. 주변에서는 "어떻게 그렇게까지 하느냐?"고 묻는 사람들도 있었다. 내 대답은 아주 간단했다. "목표에 온 신경을 집중하고 끝없이 성공할 방법을 찾아낸다"는 것이다.

'지도자 처우 개선' 문제는 훈련 기간과 관계가 있었다. 2005년 당시 태릉선수촌의 연간 훈련비는 98억 원, 훈련 가능일은 105일밖에 되지 않았다. 이 훈련 일수는 선수들의 기량 발전과 지도자의 보수, 두 가지 문제와 관계가 있었다.

운동의 성과는 훈련량과 비례하는데, 대표팀이 105일만 훈련을 한다는 건 어불성설이었다. 감독이나 코치 역시 5개월이 채 되지 않는 기간의 보수만 받을 수밖에 없었다. 최소한의 생활 보장도 되지 않는 국가대표 지도자에게 자긍심을 기대한다는 건 무리한 요구였다.

나는 공개적으로 이 문제를 제기했다. 선수촌장 취임 석 달이 되었을 때, "훈련 일수 문제가 해결되지 않으면 선수촌 문을 닫겠다"는 폭탄선언을 한 것이다. 언론사와의 인터뷰마다 '태릉선수촌에 필요한 지원'들을 언급하며 연일 폭탄을 던졌다. 훈련 일수를 늘려달라는 요구를 관철시키기 위해 백방으로 뛰며 할 수 있는 모든 일을 다 했다.

하루는 문체부 간부가 전화를 하더니 따지듯이 물었다.

"촌장님! 우리랑 같이 가겠다는 겁니까, 따로 가겠다는 겁니까?"

어이가 없었다. 선수를 위하는 일을 하는 게 정부와 다른 길을 가는 거란 말인가?

결국 이 문제는 2005년 당시 국회 문화체육관광위원회 국정감사에서 큰 이슈가 됐다. 그 결과 예산이 늘면서 2006년에는 150일로, 이후에는 190일까지 늘어났다. 그리고 2011년에는 210일까지 지원받도록 토대를 마련할 수 있었다.

물리치료사 증원 문제는 뜻밖의 기회에 해결되었다. 2008년 베이징올림픽을 앞두고 이명박 전 대통령이 태릉선수촌을 격려 방문했을 때, 간담회에서 "선수촌에 필요한 게 무엇이냐?"고 물었다. 나는 주저 없이 물리치료사 증원 문제를 건의했고, 주요 과제 중 하나가 해결되었다.

'감래관' 리모델링이 가장 큰 문제였다.

국제 대회 참가 중 임원들과 회의하는 모습

태릉선수촌 내의 감래관은 88올림픽 당시 식당으로 쓰다가 보조 웨이트 트레이닝 장소로 쓰는 곳이었다. 하지만 너무 낡아 외벽에는 금이 가고 장마철이면 비가 새고 곰팡이 냄새가 코를 찔렀다. 이 건물을 리모델링 하려던 이유는 여자 숙소 문제 때문이었다. 그 당시 태릉선수촌은 남자 숙소인 '올림픽의 집'이 256실인 데 비해 여자 숙소인 '영광의 집'은 105실로 턱없이 부족했다. 할 수 없이 남자 숙소 일부를 여자 선수들이 사용해야 하는 형편이었다. 항상 숙소 부족 문제에 시달리다 보니 일부 선수들은 아예 선수촌 생활을 하지 못하는 어이없는 경우까지 생겼다.

감래관 개보수 예산은 겨우 확보했지만, 태릉을 관리하는 문화재청에서는 공사를 반대했다. 태릉이 문화재 보존 구역이기 때문에 공사 승인을 할수 없다는 것이었다. 10월에 현상 변경 허가 신청을 낸 뒤 12월 재신청을 요청했지만 문화재청은 답이 없었다. 문화재 보존 구역을 지키는 것은 중요하다. 하지만 우리나라를 대표하는 국가대표 선수들 역시 그에 못지않은 중요한 존재다. 그냥 물러설 수는 없었다.

싸움꾼 촌장

2007년 12월 18일, 대통령 선거 하루 전날이었다. 미리 써놓은 사표는 사무실 책상 서랍에 넣어 두었다. 선수와 지도자들을 이끌고 문화재청 앞에서 항의 시위를 할 예정이었다. 직원들은 피켓 제작부터 차량과 점심 준비까지 전폭적인 지원을 해주었다.

선수와 지도자 200여 명이 차량 다섯 대에 나눠 타고 대전 문화재청으로 향했다. 국가대표 선수들이 이처럼 대규모 단체 행동에 나선 것은 처음이었다. 단호한 우리의 의지를 보여줄 참이었다. 그런데 막상 버스가 문화재청 앞에 도착하니 선뜻 나서질 못하고 머뭇거리고 있었다. 운동선수들은 '룰'을 지키는 데 익숙한 사람들이다. 시위라고는 해본 적이 없으니 뭘 어떻게 해야 할지 몰랐던 것이다.

나는 이동 마이크를 잡았다.

"여러분, 오늘 우리가 여기 왜 왔습니까? 우리가 하려고 하는 일은 부족한 여자 선수들 숙소 공사 진행을 허가해 달라고 요구하기 위해서입니다…"

시위에 익숙하지 않기는 나도 마찬가지였다. 곁에서 지켜보던 우슈 감독이 나서더니 자청해서 마이크를 잡았다. 그리고 선수들을 진두지휘하며 전열을 정비하기 시작했다.

문화재청의 정문은 굳게 닫힌 채 경찰이 두 줄로 가로막고 있었다. 국가대표 선수들이 시위를 해본들 얼마나 하겠느냐고 생각했던지 여유만만한 대응을 하고 있었다. 이러다 죽도 밥도 안 되면 어쩌나 싶었다. 나는 대열의 선봉에 섰다.

"청장님, 따님이 남자 숙소에서 잔다면 좋겠습니까? 이 선수들이 딸이라고 생각해 보십시오. 그래도 상관없습니까?"

"한국 스포츠의 역사인 우리 아이들은 살아 있는 문화재입니다!"

몇 차례 구호가 이어지고 누군가의 "넘어!" 하는 외침과 함께 선수들이 앞으로 돌진하는 모습이 보였다. 운동선수들의 체력이 경찰만 못할 리 없었다. 레슬링 선수들을 앞세운 한 무리가 얼마 지나지 않아 폴리스라인을 넘자 경찰은 기다렸다는 듯이 경찰차로 끌고 가버렸다. 선수들이 부상을 당할까 걱정스러웠다. 경찰에 엄중하게 항의를 하는 동시에 선수들을 일단 후퇴시켰다.

차가운 길바닥에 앉아 점심으로 준비

2007년 태릉선수촌 숙소 리모텔링 허가 관련 언론 보도.
(2007.12.20. 경향신문)

한 햄버거를 먹으며 행동 지침을 짰다. 다시 정문 앞에 섰을 때 선수들은 오전보다 더 일사분란하게 움직이고 있었다. 그사이 경찰은 병력을 두 배 이상 늘렸을 뿐 아니라 물 대포까지 동원한 상태였다. 우리는 맨몸이었지만 힘으로 밀어붙여 또다시 폴리스라인을 무너뜨렸다. 바깥 사정이 혼란스러워지고서야 문화재청장이 면담을 요청했다는 전갈이 왔다.

감독과 선수 등 7명의 선수단 대표를 안으로 들여보냈다. 문화재청을 대표하는 청장이 밖으로 나오지 않는데 선수촌의 대표인 내가 안으로 들어갈 이유는 없었다. 정당한 요구이니 만큼 상대가 누구든 나는 당당하게 맞설 뿐이었다.

한참 후 나온 선수단 대표들로부터 들은 청장의 답은 "검토해 보겠다"는 것이었다. 그처럼 두루뭉술한 답을 듣자고 훈련에 매달릴 시간에 국가대표들이 단체로 실력 행사에 나선 것은 아니었다. 우리는 다시 문화재청 정문 앞에 도열해 구호를 외쳤다. 그 사이 내 주머니 속 휴대폰은 쉴 새 없이 울렸다. 문체부 차관을 비롯한 몇몇 사람이 계속해서 전화를 했지만 나는 받지 않았다. 사표까지 써놓고 간 마당에 뒤를 돌아볼 이유가 없었다.

다시 한 번 문화재청 직원이 나오고 선수단 대표들이 안으로 들어갔다. 그래도 우리는 전열을 유지한 채 대표단이 나오기를 기다렸다. 한겨울 추위에 차갑게 식은 햄버거로 점심을 때운 채 떨고 있는 선수들을 보니 너무 서글펐다. 운동밖에 모르는 아이들이었다. 자신의 젊음을 바쳐 국가의 명예를 드높이는 이들에게 편한 잠자리를 마련해 주는 게 이렇게 어려운 일일까?

한참 시간이 흐른 뒤 면담을 마친 선수단 대표가 밖으로 나왔다. 그제야 기다리던 답을 들을 수 있었다.

"문화재청에서 감래관 리모델링을 허락했습니다."

선수들과 체육인들은 환호와 격려를 보냈다. 하지만 외부에서는 곱지 않은 시선을 보내는 사람들도 있었다. "훈련 일수 늘리게 예산을 올려 달라", "지도자 처우가 열악하다", "시설 개선을 해달라"… 내가 선수촌 문제에 목소리를 낼 때마다 상급기관인 문화체육관광부 실무자들은 "새 촌장이 온 뒤에 갑자기 문제가 많아졌다"며 볼멘소리를 했다. 과거의 선수촌장들은 조용히 왔다가 조용히 갔는데, 내가 선수촌장이 된 뒤에는 선수촌이 시끄럽다는 것이었다. 내게는 '싸움꾼'이라는 별칭도 생겼다.

그들은 내게 '까다롭다'고 했다. 맞는 이야기다. 하지만 나는 까다로운 동시에 상식적인 사람이다. 상식에 어긋나면 분노하고 타협할 줄 모른다. 그날 문화재청이 우리의 요구를 받아들일 수밖에 없었던 것은, 우리의 요구가 상식적인 것임을 알기 때문이었을 것이다.

선수들의 행복한 집을 위하여

선수촌은 훈련 장소인 동시에 선수들의 '집'과 같은 곳이다. 어쩌면 자신의 부모나 형제가 사는 집보다도 더 많은 시간을 보내는 곳일지도 모른다.

국가대표 선수들이 매일매일 어떻게 훈련하는지 사람들은 알지 못한다. 한여름 36도가 넘는 찜통더위에 뛰고 뒹구는 훈련은 죽음의 직전까지 가는 고통이다. 그들이 먹고 자는 태릉선수촌의 시설과 환경은, '경기력'으로 직결될 수밖에 없다. 그렇기 때문에 그곳을 조금이라도 더 편하고 아름답게 만들어주고 싶었다.

선수촌 곳곳에 꽃을 심고, 식당의 식탁도 원형과 사각 테이블을 섞어 시각적 즐거움을 주도록 배치했다. 식탁 의자를 교체할 때는 여러 개를 가져오게 해 일일이 앉아 본 다음 가장 편한 것으로 골랐다.

계단을 만들 때에도 어느 정도의 높이가 오르내리기에 편한가를 꼼꼼하게 살폈다. 선수들은 이동하면서 뛰어다니는 경우가 많다. 아이들이 눈을 감고 다녀도 걸려 넘어지지 않도록 높이에 신경을 써서 계단을 만들었다.

'선수회관' 건물은 대대적으로 리모델링을 했다. 이 건물은 외부에서 오는 손님맞이를 하거나 프레젠테이션을 하는 장소로 쓰고 있었다. 이름은 '선수회관'인데 정작 선수를 위한 공간이 없다는 게 아이러니였다. 이름에 걸맞게 선수를 위한 공간으로 새 단장을 했다. 이곳에 당구장, 노래방, 북카페 등 여가 시간을 보낼 공간과 경기력 향상에 도움이 될 영상 분석실, 그리고 영어 학습이 가능한 랩까지 만들었다.

외국어 공부는 내가 선수들에게도 자주 강조했던 부분이다. 능숙하지 않더라도 기본적인 언어 소통이 된다면 국제 대회에서 심판과 마주할 때 플러스 요인이 된다. 이 역시 시합에서 자신감의 일부분이 된다. 나는 촌장이기 이전에 선수 출신 선배로서 선수들에게 필요한 것을 알았기에 그 부분을 채워줄 수 있었다.

'선수회관'이란 고색창연한 명칭은 '챔피언 하우스'로 변경했다. 선수들이 드나드는 건물 명칭에서부터 자신감을 느끼게 하고 싶었다.

선수촌 내부 시설의 개선은 촌장을 물러나는 날까지 계속되었다.

그때까지 선수촌 숙소는 '열쇠'를 쓰고 있었다. 세상은 디지털을 향해 가는데 선수촌은 아날로그를 벗어나지 못하는 형편이었다. 무엇보다 열쇠는 휴대가 번거롭고 보안에도 한계가 있었다. 열쇠 시대에서 카드 인식 시스템으로의 변화는 선수촌 현대화를 향한 한 걸음이었다고 자부한다.

선수촌 정문도 새 단장을 했다. 창피한 이야기지만, 과거 태릉선수촌 정문은 상징성이 전혀 없었다. 늦은 밤 택시를 타고 선수촌에 가자고 하면 택시 기사들이 정문을 몰라 지나친다는 우스갯소리를 할 정도였다.

정문 앞에는 LED로 태릉선수촌 표식을 만들고, IOC 오륜마크가 새겨진 조형물을 세웠다. 정문을 드나들 때마다 선수 자신의 목표가 무엇인지 깨닫는 동시에 동기 부여가 되기를 바랐다.

선수회관에서 챔피언하우스로 리모델링▲　▲태릉선수촌 내부 리모델링
태릉선수촌 정문 리모델링▼　▼태릉선수촌 전경

　선수촌의 사소한 물품 하나도 의미 없이 그 자리를 차지하는 것은 없었다.

　선수촌 식당 안에 대형 TV 몇 대를 설치한 데는 이유가 있었다. 고된 훈
련을 마치고 지친 선수들이 재미있는 방송을 보면서 천천히 밥을 먹으라는
뜻에서였다. 나는 식당에서 선수들과 함께 식사를 하면서 밥 먹는 모습을 지
켜보곤 했다. 먹는 게 시원치 않거나 중간에 일어서는 아이에게는 따로 전화
를 했다.

　숟가락을 놓았던 아이가 다만 몇 숟가락이라도 먹고 훈련장으로 향하는
걸 봐야 마음이 놓였다. 정말 입맛이 없어서 끼니를 거르는 아이도 있었고,
고민이 깊어서 밥맛을 잃은 아이들도 있었다. 저녁에 운동장이나 선수촌의
외진 곳에 나가 보면 고민에 빠져 풀죽어 있는 아이들을 만나곤 했다. 혼자
숨죽여 울고 있는 아이들을 볼 때면 너무 안타까웠다. 매일 죽도록 몸부림치

느데, 목적지가 너무 멀어 숨이 막히는 그 절망감을 나는 누구보다 잘 알았다. 때로는 내 선수시절의 경험을 함께 나누고, 또 때로는 말없이 함께 있어 주는 것으로 그들을 위로했다.

위로와 격려가 필요한 건 선수만이 아니었다. 지도자들에게도 남모를 고충이 있었다. 평생 운동만 해온 지도자들은 자존심이 강하다. 그런 사람들이 직원들에게 아쉬운 이야기를 하기란 힘든 일이었다. 나는 지도자들이 아쉬운 이야기를 꺼내기 전에 직원들이 먼저 그 일을 챙기도록 분위기를 만들었다. 지도자는 다른 곳에 마음 쓰지 않고 선수 지도에 전념하고, 직원들은 각자의 본분에 충실할 수 있도록 지원해 주는 것, 이게 내가 생각하는 '섬기는

서울신문   2008년 04월 21일 월요일 023면

"감기 들면 어쩌나… 엄마 마음으로 선수들 다독여요"

김문기자가 만난사람   베이징 올림픽 D-109일 이에리사 태릉선수촌장

2008년 베이징올림픽 출전을 앞둔 당시 언론 인터뷰.
성적보다 선수들의 건강한 몸과 마음을 강조했다.(2008.04.21. 서울신문)

리더십'의 출발이었다.

사람들은 여성 지도자의 속성을 '부드러움'이나 '섬세함'으로 일반화한다. 나는 그 부드러움과 섬세함에 신념을 실현시키는 행동력을 가지고 있다고 자부한다. 남자 지도자가 강하면 멋지다고 하고, 여자 지도자가 강하면 드세다는 말로 폄하하는 이유는 무엇일까? 그건 그저 세상의 편견일 뿐이다.

어려운 문제를 선택해야 하는 순간마다, 나는 자신에게 '지금 이 자리에 있는 이유가 무엇인가?'를 물었다. 답은 명료했다. 선수촌장은 좋은 환경에서 선수들이 운동에 집중하도록 돕기 위한 존재다. 그리고 나는 촌장 이전에 그들의 선배다. 선수들을 생각하면 싸움꾼 소리를 듣는 게 두렵지 않았다.

사람들은 '여성 선수촌장'에 무수한 물음표를 보내고 때론 흔들기도 했지만, 나는 신념을 지킨 덕분에 이 모든 일을 할 수 있었다.

2008 베이징올림픽

2008년 베이징올림픽이 다가오고 있었다. 끝없는 투쟁으로 이어진 선수촌장 생활도 피니시 라인 직전이었다. 아직 임기는 남아 있지만 베이징올림픽에서 돌아오면 선수촌장에서 사퇴할 생각이었다.

올림픽을 4개월여 앞둔 2008년 4월, 김정길 대한체육회 회장이 정부와

2008년 베이징올림픽 대비 강화 훈련 중 이명박 전 대통령의 태릉선수촌 격려 방문

의 갈등으로 자리에서 물러났다. 내 입장이 애매해졌다. 나는 김 회장이 임명한 선수촌장이기 때문에 동반 사퇴 의사를 밝히는 게 순서였다. 복잡한 그 상황으로부터 벗어나고 싶은 마음도 컸다. 하지만 내 입장보다 올림픽을 눈앞에 둔 선수들이 중요했다. 오직 올림픽을 바라보며 긴 시간을 달려온 선수들의 상황을 불안하게 만들 수 없었다.

퇴임하는 김정길 회장에게 내 뜻을 밝혔다.

"죄송하지만 베이징올림픽까지는 제 임무를 마쳐야겠습니다."

다행히 김 회장도 "당연한 일"이라며 동의해 주었다.

어쩔 수 없는 '잔류'였지만 편할 수 없는 상황이었다. 하지만 개의치 않기로 했다. 그 상황에서 내가 고려할 것은 회장이 아니라 선수와 지도자였다. 내가 촌장으로 있는 한 선수촌은 나의 고유 권한 지역이었다.

선수촌에서의 마지막 업무로 남자 숙소 리모델링을 지시했다.

나는 선수촌 구석구석 모르는 곳이 없었다. 하지만 단 한 곳, 남자 숙소는 예외였다. 어느 날 선수촌에서 근무 중이던 방위병과 이야기를 나누다가 남자 숙소의 화장실이 엉망이라는 걸 알게 되었다. 남자 직원을 보내 확인해 보니 사실이었다.

남자 숙소의 화장실과 샤워 시설 개보수를 결정하고, 올림픽 기간에 공사를 하기로 했다. 나는 떠나지만 선수촌에 돌아온 선수들은 좀 더 나은 환경에서 훈련을 이어 가길 바랐다.

'2008 베이징올림픽'에서 우리의 목표는 전통적 강세 종목인 양궁, 태권도 등에서 다수의 메달을 획득하는 것이었다. 유도, 레슬링, 배드민턴 등에서도 선전(善戰)을 기대하고 있었다. 금메달 10개 이상을 획득해야 목표인 세계 10강 이내 성적이 가능하지만, 한국 대표팀의 전력은 예전만 못하다는 평가가 일반적이었다.

2008년 베이징올림픽 개막식 한국 선수단 입장

　또 하나 우려의 시선은 개최지가 중국이라는 사실이었다. 중국은 올림픽
을 발판으로 스포츠 초강대국으로 부상하려는 야심을 드러내고 있었다. 게
다가 우리와 상당 부분 전략 종목이 겹치는 상태였다. 중국의 홈그라운드 텃
세는 충분히 예상 가능한 일이었다.

　나는 겉으로 드러내지는 않았지만 내심 자신감을 가지고 있었다. 어느 대
회보다 철저하게 준비를 해온 상태였고, 선수단의 분위기도 좋았다. 나와 선
수촌, 대한체육회는 선수들이 최종 목표 지점을 향해 달리도록 지원만 하면
될 일이었다.

　내 예상은 기분 좋게 맞아 들어갔다. 박태환이 우리나라 수영 선수 최초
로 남자 400m에서 금메달과 200m 은메달을 획득했고, 장미란은 여자 역도

75kg 이상급에서 세계신기록을 모두 갈아치우며 금메달을 획득했다. 남자 역도 사재혁의 금메달은 뜻밖의 것이어서 더욱 반가웠다. 남녀 단체전 금메달을 독식한 양궁과 예선부터 결승까지 9전 전승을 기록한 야구 금메달도 국민을 열광하게 만들었다. 이 모두가 기적의 메달들이었다. 사격과 유도 성적이 예상보다 덜 나와 애가 타기는 했지만 전체적으로는 선전이었다.

베이징올림픽에서 우리나라는 금메달 13개, 은메달 10개, 동메달 8개로 총 31개 메달을 따내며 종합 순위 7위에 올랐다. 영원한 숙적인 일본보다 앞선 성적이었고, 그때까지의 우리나라 역대 올림픽 성적 중 최고의 기록이었다.

매스컴에서는 귀국길부터 요란한 카메라 플래시를 터뜨렸다. 나는 '영광'을 만든 모든 사람들이 함께 조명과 관심을 받길 바랐다. 메달리스트들의 인터뷰에는 지도자도 함께 하도록 했다. 또 비인기 종목 선수들, 메달에 상관없이 최선을 다한 선수들이 관심을 받을 수 있도록 언론사에 요청을 했다. 우리 사회가 성숙한 의식으로 꼴찌에게도 박수와 격려를 보내주기를 진심으로 바랐다.

나는 누구보다 승리를 원한다. 그러나 성적에 목을 매는 메달 지상주의자는 아니다. 선수 시절에도, 지도자로서도, 그리고 지금도 같은 생각이다. 메달보다 더 값진 것은 최선을 다하며 흘리는 '땀'이다.

용감한 퇴진

베이징올림픽에서 돌아온 뒤 곧바로 대한체육회에 사직서를 제출했다. 베이징으로 떠나기 전 선수촌의 내 짐들은 모두 집으로 옮겨 놓은 상태였다.

내색을 하진 않았지만 지난 몇 달간 편한 상황이 아니었다. 대한체육회 회장이 바뀌고 내가 시한부 선수촌장이 된 다음부터 주변에서 삐거덕거리는 소리를 내기 시작했다. 내가 알지 못하는 일이 멋대로 진행되는가 하면, 선수촌장의 권한이 다른 사람에 의해 행사되기도 했다. '힘'의 이동에 민감하게 반응하며 새로운 힘이 있는 곳에 줄을 서는 사람들이 나를 힘들게 했다.

그 속에서 내 마음의 중심을 지킬 수 있었던 것은, 지난 4년간 선수 · 지도자들과 준비한 것을 끝까지 완성시켜야 한다는 사명감이 있었기 때문이다. 그리고 이에 응답하듯 선수들이 올림픽에서 좋은 성적을 내준 덕분에 고마운 끝맺음을 할 수 있게 되었다.

최선을 다했고 하고자 했던 일들을 이뤄 냈기에 후회는 없었다. 그동안 조용히 선수촌에 왔다가 조용히 떠난 사람들은 주어진 조건에서 최선을 다했겠지만, 나는 필요한 것을 얻기 위해 발로 뛰었다. 마치 지켜야 하는 새끼

들을 등뒤에 숨겨 놓은 맹수처럼 때로는 발톱을 드러내며 싸워야 했다. 다른 이들에게는 억척스럽게 보였을지 모르지만 내게는 외로운 싸움이었다. 아마 나를 위한 일이라면 그렇게 전력을 다해 매달리진 못했을 것이다.

나는 누구보다 자존심이 센 사람이다. 나를 위해서는 누구에게도 아쉬운 소리를 해본 적이 없었다. 그렇지만 선수촌과 아이들을 위해서는 간청하고 손 벌리는 일을 주저하지 않았다.

낡은 선수촌 건물을 개보수하고, 직원과 지도자들의 처우를 개선하고, 스포츠 과학화를 향해 또 한 걸음을 내딛었다. 선수회관의 용도를 바꾸면서 마련한 '영상 분석실'은 선수들의 기량 향상과 전략 수립에 큰 역할을 담당했다. 우리가 오직 '경험'에 의지해 전략을 세우고 시합에 나가던 시절, 중국과 일본은 이미 분석관이 커다란 카메라를 대동하고 다니며 상대 팀의 시합 장면을 촬영하곤 했다. 그런 경험이 있었기에 나는 일찌감치 스포츠에 과학적 접근이 필요하다는 필요성을 절감하고 있었다.

하지만 선수의 기량은 스포츠 과학의 힘만으로 완성되지 않는다. 최고의 요리를 만들기 위해 각각의 양념이 필요하듯이, 스포츠 과학이 빛을 발휘하기 위해서는 지도자의 현장 경험이 더해져야 한다. 좋은 지도자가 있어야 과학적 이론도 빛을 발한다는 이야기다. 우리는 그 점을 완벽하게 하기 위해 스포츠과학연구원(현 한국

태릉선수촌장으로 일하는 동안
스포츠 과학화의 초석을 놓았다고 자부한다.

스포츠정책과학원)과 현장 지도자를 연계하는 작업을 했다. 과학적 이론에 지도자의 현장 감각을 더해 경기 분석과 대비를 해나간 것이다. 실력 있는 지도자를 양성하기 위해 주중에만 진행하던 '1급 지도자 과정'을 주말에도 운영하도록 요청해 개설했다. 그리고 국가대표 지도자가 되기 위해서는 이 1급 지도자 과정을 필히 마치도록 했다.

한 가지 아쉬움은 '태백선수촌'을 당초 계획대로 완성하지 못한 것이었다. 원래 이름인 '태백 분촌'이라는 명칭이 말해 주듯이 시설이 턱없이 부족해 훈련장의 기능을 제대로 하지 못하고 있었지만, 동계 종목을 비롯해 고지대를 활용한 순환 훈련의 거점으로 활용할 수 있는 입지적 장점이 충분한 곳이었다.

정부에 끈질기게 요구한 끝에 다목적 체육관 건립을 위한 336억 원의 예산을 확보해, 2009년 완공을 예정으로 설계를 진행했지만 완공으로 이어지지는 못했다. 당시 기재부와 국회를 드나들며 어렵게 확보했던 태백선수촌 예산 336억 원은, 나중에 박용성 회장이 대한체육회 회장이 된 후 회장 직권으로 국가에 반납해 버려 완전히 무위로 돌아가버렸다. 없는 예산도 만들어내야 할 판에 무슨 생각으로 어렵게 확보한 예산을 던져버렸을까? 아무리 생각해도 알 수 없는 미스터리였다.

'진천선수촌'에 대해서도 아쉬움이 있다. 태릉선수촌의 대안으로 진천에 선수촌을 건립한다는 계획은 내가 선수촌장으로 임명되기 전 이미 결정이 난 사업이었다.

국가대표 선수들의 훈련 장소는 안전과 집중할 수 있는 여건이 최우선으로 고려되어야 한다. 진천선수촌이 자랑거리로 내세우는 '세계 최대의 규모'는 그리 중요한 것이 아니다. 훈련 장소의 조건은 화려함이 아니라 집중력이

나에게 '자리'는 중요하지 않다. 그 역할을 얼마나 충실하게 완성했는가가 중요할 뿐이다. (2008.09.03. 동아일보)

다. 진천선수촌은 국가대표 현실에 비춰 볼 때 지나치게 크기만 했다. 우리나라 스포츠의 규모는 정해져 있는데 필요 이상의 큰 규모는 낭비일 뿐이다. 국민의 세금을 '내 돈'처럼 생각하지 않으니 그런 낭비를 하는 것이다.

국회의원이 된 후 완공된 진천의 시설을 돌아보고는 더 실망했다. 화장실이 두 개의 방 사이에 하나씩 만들어져 있었다. 한 사람이 화장실을 사용 중일 때 반대편 사람이 문을 열고 들어올 수 있는 비상식적인 구조였다. 냉난방 방식도 1966년 개촌한 태릉선수촌과 같은 센트럴 시스템이었다. 비효율적인 예전 방식을 그대로 구축해 놓은 모습에 어처구니가 없었다.

나는 국가대표 훈련장의 이상적 그림으로 진천의 규모를 줄이고 서울의 태릉, 산악 지역인 강원도의 태백을 병행 사용하며, 거제 같은 남쪽 해안 지역에 바다와 인접한 환경이 필요한 요트, 카누 등의 하계 종목을 위한 훈련장이 만들어지길 바랐다. 그랬다면 우리나라 같은 좁은 면적에서도 계절과 종목의 특성에 따라 순환하며 훈련하는 환경을 마련할 수 있었을 것이다. 하지만 무슨 생각인지 대한체육회와 문체부는 진천의 '규모'에 모든 것을 쏟아부었다. 동계 스포츠 종목 선수들은 겨울이면 집을 임대하거나 여관을 숙소로 사용하며 훈련을 하는 실정인데, 태백선수촌을 활용하지 않은 건 두고두고 이해가 안 되는 점이다.

체육 정책에 대한 큰 그림을 그리기 위해서는 체육에 대한 관심과 이해가 있어야 한다. 그래서 '문체부와 대한체육회에 경기인(競技人) 출신이 많았더라면 좀 달라지지 않았을까?' 하는 아쉬움이 남는다.

태릉선수촌을 떠나던 날, 정들었던 직원들과 마지막 인사를 나눴다. 선수 생활 은퇴도, 올림픽 감독에서 두 번이나 물러난 것도 그리고 선수촌장 퇴진도 나의 결정이었다. 정상에서 가장 찬란하게 빛날 때 아름답게 물러서자는 게 나의 신념이었다. 그것이 자신에게도, 기대하고 응원해 주는 사람들에게도 모두 행복한 결말이라 믿었다. 앞으로 더 나아갈 수 있지만 그 자리에 멈춰 설 수 있는 내 자신을 '용감하다'고 칭찬하고 싶었다.

오랜 시간이 흐른 후 어떤 기자가 나에게 "다시 선수촌장에 임명된다면 어떻겠느냐?"고 물었다. 나는 여전히 후배들을 사랑하고 우리나라 스포츠에 필요한 게 무엇인지 너무도 잘 알고 있다.

새로운 게임에 나서는 것처럼 모든 상황이 리셋된다면, 당연히 선수촌장 직을 맡을 것이다. 그리고 선수들을 위해 또다시 싸움꾼이 되기를 불사할 것이다. 목표를 정하면 끝까지 달리는 것, 그게 변치 않는 나의 신념이다.

Part **7**

영원한 대표 선수

상임위가 열릴 때면 정시에 참석하고 끝까지 자리를 지켰다. 발언 시간도 특별한 경우가 아니면 제한 시간을 준수했다. 시간 개념은 체육인으로서 몸에 밴 습관이다. 선수는 시합에서 시간을 지키지 않으면 실격당 할 수 있다.

나는 선수로서 페어플레이를 하듯이 국회의원 역할에 성실하게 임했다.

국회 입성의 이유

　다시 돌아온 학교는 왠지 어색했다. 3년 반 만이었다. 그 사이 내가 가르쳤던 제자들은 모두 졸업하고 없었다. 교수에게 있어 학생은 재산인데, 내 재산이 모두 사라져버린 것이다. 처음 교수로 임용됐을 때보다 더 힘이 들었다. 다시 '교수 이에리사'로 돌아가기 위해 전력을 다했다. 시간이 흐르며 학교 생활은 차츰 안정돼 갔지만 좀 쉬고 싶었다. 그 사이 나는 한 번도 쉬지 않고 내처 달리기만 했다. 심신이 모두 지쳐 있었다. 학교에 양해를 구하고 1년 간 안식년을 보냈다.

　안식년으로 재충전을 마치고 복직한 후에는 기획처장을 맡게 됐다. 공백기가 있었던 만큼 학교 업무에 몇 배 더 충실하고자 노력했다.

　기획처장으로 일하면서 대학 교육 현장의 시스템을 제대로 본 것은 큰 소득이었다. 사립 대학의 현실은 점점 어려워지고 있었고, 입학생 모집과 졸업생 취업이 모두 큰 숙제였다. 과거의 사립 대학은 재단의 결정력이 컸던 반면, 그 당시는 교육부의 영향력이 절대적이었다. 재정 상태가 약해진 사립 대학들은 구조 조정이 한창이었다.

　어려울 때일수록 기본에 충실해야 한다고 생각했다. 기획처장으로 일하

국회의원 임기 시작과 동시에 태릉선수촌 방문. 2012 런던올림픽 대표단을 격려하는 모습.

면서 그동안 대학 내의 문제라고 여겼던 점들을 개선해 나갔다. 도장 결제를 '전자 결제 시스템'으로 바꿔 결제 시스템을 간소화했다. 업무 카드를 다른 용도로 쓰는 걸 막기 위해 '클린카드제'도 도입했다.

학교 도서관의 도서 구입은 가장 신경을 쓴 부분이었다. 학생들의 독서 량이 떨어지는 게 늘 안타까웠다. 신세대의 취향을 고려해 전자책 구입 비 중을 늘리며 독서에 대한 관심을 유도하기 위해 노력했다. 학생들이 단단한 자기 논리를 갖춘 사람이 되기 위해 좋은 책을 많이 읽었으면 하는 바람이 었다.

스포츠 지도자일 때 선수가 최우선이었듯이 나는 기획처장으로서 학생들 에 대한 지원을 최우선으로 하였고, 그 일에 정성을 쏟았다.

돌이켜 보면 내 인생은 늘 새로운 길을 찾아가는 과정이었다. 하나의 과 제가 주어져서 그걸 해결하고 나면 또 다른 과제가 생겼다. 선수에서 지도자, 교수, 선수촌장까지… 하나의 길이 끝나고 나면 다시 새로운 길이 펼쳐졌다. 나는 다른 곳에 한눈 팔 겨를 없이 걷고 또 걸었다.

기획처장으로 일한 지 1년쯤 지났을 때, 정치권에서 영입 제의가 오기 시작했다. 또다시 새로운 길 앞에 선 기분이었다.

그 이전에도 간혹 정계 진출을 권하는 이들이 있었지만 적극적으로 생각해본 적이 없었다. 나는 체육계에서 할 일이 더 많다고 생각했기 때문이었다. 그런데 태릉선수촌장으로 일하면서 조금씩 생각이 달라졌다. 체육 행정과 예산 등에 대해 구체적으로 알게 됐다. 체육이 비체육인에 의해 끌려 다니고, 정치권에 체육계를 대변해 줄 사람이 없는 게 한계로 느껴졌다.

그럼 내 자신은 체육계를 대변할 자격이 있는지 자문해 봤다. 나는 선수촌장 경험으로 현장의 문제점을 누구보다 잘 알고 있고, 선수와 체육계에 필요한 일을 하겠다는 확고한 의지가 있었다. 체육인에게도 능력이 있다는 걸 보여주고 싶었다. 그 이전 체육계 인사로 김운용 전 IOC 부위원장이 제16대 국회의원을 지낸 적은 있지만, '선수 출신 체육인'은 아니었다. 나는 엘리트 스포츠 선수 출신에 스포츠 행정을 경험한 교수 출신으로, 체육계의 다양한 분야에서 일해 본 경험을 장점으로 내세울 수 있었다.

새누리당의 영입 제의를 받아들이기로 했다. 결심은 그렇게 굳어졌다.

2012년 5월, 새누리당 비례대표로 제19대 국회에 첫 등원을 했다. 나는 내 자신이 '국회에 간 체육계의 대표'라고 생각했다. 내 어깨에 짊어진 책임의 무게가 막중했다.

생활 체육에 대해서는 모든 국회의원이 관심을 가지고 있었다. 이유는 간단했다. 생활 체육은 바로 '표'로 직결되기 때문이다. 반면 엘리트 체육(전문 체육)에 대해서는 정확하게 아는 사람이 거의 없었다.

2012년 국가대표 지도자 초청 정책 간담회 개최

생활 체육과 엘리트 체육은 완전히 달라서 투 트랙 정책을 유지해야 한다. 생활 체육은 국가에서 시설을 마련하고 지도자와 프로그램을 제공하기만 하면 된다. 하지만 엘리트 체육은 특별 관리와 지원이 필요하다. 엘리트 체육이 성과를 거두어야 생활 체육이 활성화된다는 걸 간과하고 있었다.

몇몇 국회의원들은 입만 열면 유행어처럼 '통합'을 외쳤다. 엘리트 체육은 마치 소수에게 주는 특혜처럼 생각했다. 향후 4년간 내가 걸을 길이 순탄치만은 않을 거란 예감이 들었다. 하지만 그 길이 '정도(正道)'라면 나는 꿋꿋이 걸을 자신이 있었다.

정도를 걷는다는 것

꼭 해야 할 일을 하기로 했다. 첫 법안 발의를 공들여 준비했다.

19대 국회가 시작되기 전 세간에 화제가 된 광고가 하나 있었다. 올림픽 금메달리스트로 한창 주가를 올리고 있던 김연아 선수의 맥주 광고였다. 늘 그렇듯이 광고 안의 김연아는 매력적이었다. 광고주의 의도가 그렇겠지만, 그렇게 예쁘고 싱그러운 여자 친구가 잔을 내미는데, 못 먹는 술이라도 한 잔 마시고 싶을 것 같았다.

우려는 사회 곳곳에서 터져 나왔다. 대한보건협회를 비롯해 20여 개 넘는 시민사회단체는 공동성명을 통해 문제를 제기했다. '사회·경제·문화적으로 큰 영향력을 행사하는 김연아 선수가 이제 갓 성인이 돼 맥주 광고에 출연한 것은, 우리 사회의 음주 문화를 부추기고 특히 감수성이 예민한 청소년의 음주를 조장할 수 있다'는 내용이었다. 국가브랜드위원회 자문위원이자 브랜드마케팅그룹의 회장인 이장우 대표도 "우유만 마셔 온 연아가 커피를 마시더니 이제 맥주까지 마시나 보다. 맥주 브랜드까지 김연아를 기용한 것은 실책이다"라고 광고를 비판했다. 한편 반대 의견을 가지고 김연아를 옹호하는 사람들도 많아서 이 문제는 논란이 거듭되고 있었다.

만 24세 이하 유명인의 주류광고 모델 금지 법안발의 당시 언론 인터뷰.
청소년들의 음주 예방을 위해 꼭 필요한 법안이라고 확신했다.(2012.08.22. 세계일보)

2012년 7월 2일, 나는 '만 24세 이하 스포츠 스타 및 연예인의 주류 광고 모델 금지'를 주요 내용으로 하는 국민건강증진법 개정안을 발의했다. 세계보건기구(WHO)가 이미 '술'을 발암물질로 지정하고 있는 만큼, 청소년들의 음주 예방 및 나이 어린 유명인들을 보호하기 위한 법이었다. 당시 주류 광고 모델에 대한 법률상 조항은 따로 없었다. 다만 방송광고심의에 관한 규정으로 '광고 모델의 나이가 19세 이상이어야 하며, 알코올 성분 17도 이상의 주류 광고 금지, 주류의 경우 일부 시간에는 광고될 수 없다'고 정해 놓은 상태였다. 청소년 음주를 부추길 수 있는 스포츠 스타의 주류 광고를 규제하는 내용은 없었다. 반면 미국은 연방법을 토대로 메이저리그 선수 등 스포츠 선수의 주류 광고 출연을 금지했다. 영국은 방송업계의 윤리 규정에 따라 젊은 이들로부터 인기를 끄는 유명인의 주류 광고 출연을 금지하도록 시행 중이고, 독일과 프랑스는 주류 광고 자체를 일체 금지하고 있었다.

정부부처, 관련업계 등 여러 이해관계자들과의 지지부진한 협의 끝에 3년의 시간이 지난 2015년 4월 22일, 보건복지위원회 법안심사소위원회에 안건이 어렵게 상정되었다. 동료 의원들을 찾아다니며 법안의 취지를 설명하고, 직접 소위에 들어가 법안의 취지를 충분히 설명했다. 안건이 논의되자 몇몇 의원이 "더 확대하자"며 적극적으로 동참했다. 법안의 취지가 바르니 TV 광고뿐 아니라 영화관이나 버스의 배너를 이용한 음주 광고도 금지하자는 의견도 나왔다.

법안은 보건복지위원회에서 의결되어 다음날인 4월 29일 법제사법위원회에 상정되었다. 의원실에서 법사위 회의 상황을 TV로 지켜봤다. 긴장되는 순간이었다. 법사위에 출석한 문형표 당시 보건복지부장관 역시 "개정안이 무분별한 주류 광고의 노출로부터 청소년의 건강을 보호할 수 있을 것으로 기대된다"며 공익을 위한 정당성을 인정했으나 법사위 검토 결과는 달랐다. "개정안이 통과하더라도 드라마와 영화 등의 매체를 통해 만 24세 이하의 음주 장면을 접하는 것이 가능하다"는 것과 "19세에서 24세인 젊은 층의 일자리를 불필요하게 제한한다"는 이유에서였다. 결국 법안은 법사위의 문턱을 넘지 못하고 보류되었다. 현재의 가치 판단이 미래 사회에 미치는 영향을 대수롭지 않게 생각하는 사람들에게 분노하지 않을 수 없었다.

제도(制度)는 우리 사회의 상식이자 균형을 잡아주는 장치다. 그런데 언제부턴가 '제도'의 가치를 논하고 이를 지키자고 주장하면 고리타분하고 구태의연한 사람으로 매도되기 일쑤다.

법안 발의 당시, 진보 매체는 "청소년을 바보로 만드는 법안"이라며 비판을 가했다. 심지어 인터넷에서는 "이에리사가 김연아 죽이기를 한다"며 댓글로 비난을 하기도 했다. 참 어이없는 일이었다. 체육계의 대선배인 내가 한참 후배인 김연아 개인을 어찌하려고 법을 바꾸려 든다는 게 말이 되는 일인가? IOC 헌장 제2조 10항은 '스포츠와 선수의 정치적, 상업적 남용을 반대한다'고 명확히 적시되어 있다. 나는 체육계 선배로서 김연아 선수뿐 아니라 앞으로 배출될 후배 선수들을 보호할 의무가 있었다.

이 법안은 발의 당시 일명 '김연아 법'이라 불리며 마치 특정인을 대상으로 한 규제법처럼 언론에 보도되었다. 그러다 법안이 보건복지위원회에 상정된 3년 후에는 당시 만 24세 이하의 대표적 유명인인 가수의 이름을 붙여 '아이유 법'으로 불리며, 3년 전과 같은 패턴의 비난이 이어지기도 했다. 사람들의 갑론을박은, 대자연을 묘사하는 큰 그림은 보지 않고 그림 속의 동물이 고양이인가 개인가를 두고 논쟁을 벌이는 격이었다.

개정안을 발의할 때 반대 여론이 있으리란 걸 생각지 않았던 게 아니다. 공격과 눈총을 예상하면서도 뭔가를 해야 할 때, 가장 중요한 것은 '내가 할 일이 부끄럽지 않다'는 확신이다. 나는 그 법안 발의를 '당연히 해야 할 일'로 생각했다. 그 확신은 개인의 판단에 의한 것이 아니라, 그것이 '정도'였기 때문이다.

한 가지 덧붙이자면, 2019년 11월 정부가 술병에 연예인들의 사진을 붙이지 못하도록 하는 방안을 검토하겠다고 밝혔다. 여성 연예인 사진 광고가 음주를 미화한다는 논란이 일자 뒤늦게 정책을 마련하겠다고 나선 것이다. 2012년 내가 법안을 발의했을 때 "어차피 영화와 드라마를 통해서 청소년들이 음주 장면을 접하고 있다"며 반대했던 의원들이 지금은 뭐라고 할지 궁금하다.

정치보다 정책

어느 날 신문사 기자 한 사람이 의원실에 인터뷰를 하러 왔다가 몹시 난감해 한 일이 있었다. 인터뷰가 끝나고 사진 촬영을 해야 하는데 배경 삼을 장소가 마땅치 않았던 것이다. 그때 의원실 벽에는 한시가 담긴 동양화 액자 한 점만 걸려 있을 뿐, 이렇다 할 장식품이 없었다. 기자는 난감한 표정을 짓더니, 샛강 쪽으로 나 있는 창가에서 사진을 찍자고 했다.

의원실에 이런저런 장식을 하지 않은 건, 나갈 때 짐을 가볍게 하기 위해서였다. 선수촌장 때도 마찬가지였다.

국회의원이 되고 얼마 지나지 않았을 때, 보좌관들에게 아예 선언을 해버렸다.

"저는 이번 임기만 일할 거예요."

나는 어떤 자리에 갈 때건 떠날 때를 먼저 생각했다. 그래야 뒤를 돌아보지 않고 일할 수 있었다. 정치보다 정책을 만드는 데 전념하기로 했다. 나는 직능 대표성의 비례의원이기 때문에 체육계를 위한 법, 제도 정비와 정책 개발에 전념하는 게 당연했다. 우리 의원실 여덟 명 식구들의 지원을 받으며 마음먹고 있던 법안들을 하나하나 만들어 갔다.

가장 보람을 느꼈던 일은 국민체육진흥법 개정안으로 '대한민국 체육 유공자 조항' 신설을 발의해 본회의를 통과한 것이다. 임기 첫 해에 법안을 발의하고 이듬해인 2013년 법안이 통과되었다.

이 법안 발의의 출발선에는 전 체조 국가대표인 김소영 현 서울시의원이 있었다. 김소영은 86아시안게임의 금메달 유망주로 꼽히던 체조 선수였다. 맹렬히 연습에 매달리던 그는 아시안게임 개막 20일을 앞두고 이단평행봉 연습 중 목뼈가 부러지는 부상을 당하고 말았다. 사고 당시 겨우 열다섯 살의 소녀였다. 나는 선수촌장 시절 김소영을 만났다.

부상 이후 그는 자비로 미국 유학을 다녀오고 온 힘을 다해 새로운 인생을 살기 위해 노력하고 있었다. 그럼에도 체육계에서는 꺼려 하는 존재였다. 그의 존재가 다른 선수로 하여금 부상에 대한 두려움을 갖게 할까 봐 기피하는 분위기였다. 그 자신도 숨죽여 사는 모습이어서 안타까웠다.

김소영뿐 아니라 다른 부상 선수들도 형편은 비슷했다. 부상과 함께 선수 생활은 끝나고, 이후에 남는 것은 생계 걱정뿐이었다. 국가대표 선수가 훈련이나 경기 중 장애를 입을 시 지급되는 연금액은 최대 월 60만 원에 불과했고, 사망 시에도 상해보험

스포츠경향

체육유공자법 결실 이에리사 의원, "맘껏 운동할 수 있게 됐다는 양학선의 말 생생"

기사입력 2015.11.05. 오후 06:40   최종수정 2015.11.05. 오후 06:40   기사원문

"법안이 발의됐다는 이야기를 듣고 체조 국가대표 양학선이 '저 이제 마음놓고 운동해도 되겠네요'라고 했던 말이 아직도 생생합니다."

새누리당 이에리사 의원이 5일 문화체육관광부로부터 '대한민국 체육유공자법'의 첫 대상자가 선정된 데 대해 남다른 감회를 밝힌다. 지난 2012년 8월 28일 이 의원이 발의한 국민체육진흥법 개정안이 2013년 12월 31일 통과된데 이어 이날 마침내 수혜자가 발표됐기 때문이다.

대한민국체육유공자법은 국가대표 선수나 지도자가 사망하거나 중증 장애를 입었을 경우 보상에 대한 최초의 제도적 장치다.(2015.11.05. 스포츠경향)

266

외에는 더 이상 지원이 없었다.

운동선수가 올림픽이나 세계대회에 출전하는 것은, 개인을 위하는 일인 동시에 국가의 명예를 드높이는 일이다. 그 과정에서 생긴 장애라면 국가가 선수를 지켜줘야 하는 게 당연했다. 상임위와 법사위를 거치며 목이 아프게 그 당위성을 설명했다.

2013년 말 국회 본회의에서 재석 의원들의 만장일치로 법안이 처리되었다. 뛸 듯이 기뻤다. 태극기를 가슴에 달고 땀 흘리다 불의의 사고를 당한 체육인에 대해 국가가 책임을 인정하는 순간이었다. 가장 먼저 김소영 의원에게 문자로 이 사실을 알렸다.

'축하한다. 너 이제 대한민국 체육 유공자 될 수 있다.'

법안이 통과되고 1년 10개월 후, 문체부는 첫 체육 유공자를 선정·발표했다. 김소영을 비롯해 故 김형칠 승마 대표, 故 김의곤 레슬링 대표 감독, 故 신현종 양궁 대표 감독 등이 첫 수혜자로 선정되었다. 또 2016년에는 골육종 투병 중 사망한 쇼트트랙의 故 노진규 선수가 체육 유공자로 선정돼 유가족이 연금 혜택을 받을 수 있게 되었다.

체육인들이 국가와 국민으로부터 인정과 존중을 받기 위한 조건은 성적만이 아니다. 진정한 스포츠 정신이 밑바탕 되어야 한다. '승부 조작 등 부정행위 금지'에 관한 법안은, 공정한 스포츠 정신을 굳건히 하기 위해 발의한 것이다. 학원 스포츠 경기에서 상급학교 진학, 포상 또는 수상을 위해 승부 조작이 강요되는 사례는 숨길 수 없는 사실이었다. 승부 조작은 절대 용인될 수 없는 문제였다.

기존의 국민체육진흥법은 축구, 야구, 배구, 농구 등 프로 스포츠 경기에 대해서만 승부 조작을 금지하도록 정해 놓고 있었다. 개정안은 그 범위를 전문 체육 경기 전반으로 확대하도록 했다.

'프로 선수 도핑 의무화 법안'은 아마추어에게만 적용되던 도핑 검사를 프로 선수로까지 확대한 것이다. 올림픽이나 아시안게임 등에는 프로 선수들이 대거 국가대표로 발탁되는 만큼, 프로에까지 도핑 검사 의무화를 적용하는 게 당연했다. 또 프로 선수들이 국민들로부터 받는 사랑과 관심을 생각할 때 불명예스러운 일이 생겨서는 안 된다.

하지만 법안에 대한 각 프로연맹의 반대는 생각보다 거셌다. 더 이해할 수 없었던 것은 법안소위에서도 반대 의견이 많이 나왔단 점이다. 같은 당인 새누리당 의원도 반대 의견을 냈다. 반대하는 이유는 짐작이 됐지만, 결국은 설득해야 할 일이었다.

몇 차례의 난상 토론에도 계류되었던 법안은 3년 만에야 본회의를 통과했다. '체육 단체'의 범위가 '프로와 아마추어를 모두 포함한다'는 정의를 근거로 법안 통과를 이룰 수 있었다.

법안을 발의하고 상임위나 법사위에 나갈 때마다 준비에 최선을 다했다. 나는 다른 사람들보다 몇 시간 일찍 출근해 보좌진들이 준비해 주는 자료를 검토했다. 그리고 보좌진이 출근하면 한자리에 모여 준비한 자료의 내용을 토대로 토론을 벌였다. 내가 확실히 파악하지 못한 내용은, 자료를 준비한 직원에게 집중적으로 질문을 했다. 어떤 경우에는 긴 토론을 벌이고도 납득할 수 없는 내용이 있었다. 그런 경우에는 해당 내용을 질문지에서 제외했다. 내가 납득할 수 없는 내용을 가지고 상대를 설득할 수는 없었다.

상임위가 열릴 때면 정시에 참석하고 끝까지 자리를 지켰다. 발언 시간도 특별한 경우가 아니면 제한 시간을 준수했다. 시간 개념은 체육인으로서 몸

나는 발의법안과 예산을 통과시키기 위해 항상 심혈을 기울였다.
회의가 끝나면 급성 위경련에 시달리곤 했다.

에 밴 습관이다. 선수는 시합에서 시간을 지키지 않으면 실격당할 수 있다. 나는 선수로서 페어플레이를 하듯이 국회의원 역할에 성실하게 임했다.

나는 예민한 완벽주의자다. 상임위를 한 차례 마치면 위경련이 일어날 정도로 고통스러웠다. 스트레스 때문에 소화불량의 연속이었다. 극심한 경우에는 등 전체에 경련이 일어 상임위를 마친 뒤 의원실 바닥에 누워야 할 정도였다.

주변에서는 적당히 하라는 사람들도 있었다. 하지만 나는 체육계의 대표였다. "체육계 인사를 영입했더니 일 못하더라"라는 소리를 들을 수 없었다.

체육 유공자 조항, 승부 조작 금지법, 프로 선수 도핑 의무화는 모두 의원 임기 첫 해에 발의한 법안들이다. 보좌진은 "의원님은 초선인데 다선 의원만큼 일을 한다"고 칭찬인지 불평인지 모를 이야기를 했다. 아마 일 많이 하는 의원 뒷바라지하는 게 힘들기도 하면서 보람 있다는 뜻이었을 것이다. 그렇게 많은 일들을 할 수 있도록 열심히 뛰며 지원해 준 우리 보좌진이 정말 고마웠다.

외면 받는 체육계의 현실

국회의원 임기 동안 교육과학기술위원회를 시작으로 교육문화체육관광위원회, 행정안전위원회, 예산결산특별위원회, 평창동계올림픽 및 국제경기대회지원 특별위원회 등 여러 상임위 및 특별위원회에서 활동했다. 인기 상임위에 지원자가 몰리거나 다른 정치적 이유로 1~2년마다 상임위 배정이 달라졌지만, 나는 어떤 상임위에 가든 체육 관련 분야에 집중했다.

평창특위에서는 국군체육부대의 정원 증원 필요성을 제기하고, 교과위에서는 학교 체육 관련 법안들을 발의했다. 고교 교육 과정의 체육 수업 시간 준수, 여학생 탈의실 설치 등, 학교 체육 정상화를 위한 정책들이었다. 교육부와 협의해 '예·체능계 국가 우수장학금'을 만들고, 우수한 성적의 예·체능계 대학생들에게 장학금 혜택이 이루어지도록 만들었다. 생활 체육 쪽은 지역구를 의식한 의원들이 알아서 챙기기 때문에 짐을 좀 덜 수 있었다.

처음에는 체육계 사안에 매달리는 나를 향한 곱지 않은 시선도 있었다.

"체육계밖에 모른다."

"국회의원이 그런 작은 일까지 챙겨야 하나?"

하지만 그동안 문체부와 대한체육회가 방치했던 크고 작은 문제들을 4년이란 짧은 시간 안에 해결하기 위해서는 어쩔 수가 없었다. 내가 체육계의 문제들을 귀가 닳도록 이야기하고 또 이야기하자, 나중에는 "이 의원 덕분에 체육계에 대해 많이 알게 됐다"고 말하는 의원들도 있었다. 그때 '차기(次期)'를 염두에 두었더라면 그처럼 적극적으로 나서지 못했을 것이다.

그렇게 열성적으로 매달렸음에도 끝내 본회의를 통과시키지 못해 아쉬움이 남는 법안들이 있다.

그중 2012년 발의했던 '체육인 복지법'은 두고두고 아쉬움이 남는다.

우리나라는 올림픽 10위권 내의 스포츠 강국이다. 각종 국제 대회의 '메달 획득'에 대한 국민적 열망과 기대도 엄청나다. 그럼에도 운동선수들은 맘껏 기량을 발휘할 실업팀도 없고 은퇴 이후의 진로는 그려볼 수조차 없는 게 현실이다. 국가대표 포상금과 연금제도는 극소수 메달리스트들에게나 해당되는 이야기다. 그 비율은 50여만 명 체육인 중 0.2% 안팎일 뿐이다.

늘 은퇴 이후를 고민하는 체육인들에게 안정적인 고용 형태와 처우 보완은 간절한 희망 사항이다. 생활고를 겪는 은퇴 체육인들에게는 최소한의 생활 지원을 할 수 있는 복지 정책과 사업이 반드시 필요했다. 체육인들에게 꼭 필요한 법안을 만들기 위해 10여 차례의 간담회와 토론회를 통해 다양한 의견을 수렴하고, 그 결과물로 '체육인 복지법 제정안'을 발의하게 되었다.

'체육인 복지법' 통과를 위해 고군분투하던 사이, 2015년 체육계에 비극적 사건이 발생했다. 1990년 베이징 아시안게임 역도 금메달리스트 김병찬 선수가 고독사로 세상을 떠난 것이다. 그는 금메달 획득으로 연금을 받는 0.2%에 들어가는 선수였다. 하지만 교통사고 후 장애인이 된 게 문제였다. 메달 연금을 받는다는 이유로 장애인임에도 기초생활수급권자가 될 수 없었다. 어머니와 둘이 살며 연금 50만 원으로 병원비와 생활비를 충당하던 그는

1. 국립체육박물관설립 토론회
2. 대학운동부 활성화 토론회
3. 체육인복지법제정 토론회
4. 체육훈장서훈기준개선 토론회
5. 태릉선수촌 기능유지 및 역사적 가치
   보존을 위한 국민 토론회
6. 체육재정 현안 전문가 간담회

생활고에 시달리다 끝내 쓸쓸히 삶을 마감하고 말았다. 복지 사각지대에 놓인 체육인의 불행이었다.

야당의원들을 일일이 찾아다니며 '체육인 복지법'이 왜 필요한지 열심히 설명하고 함께해 줄 것을 요청했다. 사정하다시피 절박하게 매달렸다. 하지만 의원 대부분의 반응은 냉담했다. 야당에서 동참해 준 의원은 세 명뿐이었다. 총 54명의 의원이 법안 발의에 동참했으나 법안심사소위원회도 통과하지 못했다.

많은 의원들이 체육인 복지를 특정인에게 돌아가는 혜택 정도로 여기는 게 슬프고 서운했다. 누군가는 "자신을 위해 운동한 것 아니냐?"고 잘라 말하지만, 그건 운동하는 사람들이 추구하는 가치를 모르는 이야기다. 운동선수는 '나'와 '국가'라는 두 개의 가치를 좇는다. 하지만 '메달리스트'가 되지 못하면 그가 통째로 바친 젊은 날의 열정과 노력은 아무 의미도 없는 것이 되고 만다.

사실 의원들보다 더 서운한 것은 체육인들이었다. '체육인들이 합심해 좀 더 목소리를 냈더라면 입법화에 힘을 얻지 않았을까?' 하는 생각이 들었다. 하지만 몇몇 특정인이 권력을 쥔 대한체육회는 끝내 나서지 않았다. 일선 지도자는 협회의 눈치를 보고, 협회는 대한체육회로부터 자유롭지 못한 현실에, 뜻이 있는 체육인들이라도 선뜻 나서기가 쉽지 않았을 것이다.

2012년 11월 '예술인 복지법'이 시행되는 걸 보면서 더 착잡했다. 그때 체육인 복지법 입법화에 성공했다면 복지 사각지대에 놓인 우리 체육인들에게 분명 큰 힘이 되었을 텐데… 지금도 너무 아쉽다.

또 하나 큰 아쉬움을 남긴 것은 '국립체육박물관' 건립에 관한 것이다.

우리나라는 동·하계 올림픽, 월드컵, 세계육상선수권 대회 등 메이저 스포츠 이벤트를 유치한 세계적 체육 강국인데 제대로 된 체육박물관 하나가 없었다.

'국립'으로 운영되는 박물관은 국립중앙박물관을 비롯해 경찰, 공연예술, 국악, 한글, 조세, 관세, 지도, 등대 박물관 등 35개에 이른다. 그런데 100년에 이르는 대한민국 스포츠 역사를 보존할 체육 분야의 국립박물관은 없는 상태였다. 상황이 이렇다 보니 상당수 체육 유물이 유실되고, 그나마 남아 있는 유물이나 자료들도 개인·기관 별로 산재해 훼손되거나 소실된 경우가 많았다. 박물관의 필요성에는 동의하면서도 누구 하나 나서는 사람이 없었

국립체육박물관 건립 예산 확보 당시 언론 인터뷰.
대한민국 체육 100년의 역사를 담을 역사적 사업을
위해 고군분투해야 했다.(2015.12.04. 스포츠서울)

다. 대한체육회가 진즉에 나서서 추진했어야 할 일이었다.

2013년부터 국회 상임위, 국정감사를 통해 국립체육박물관의 필요성을 역설하는 한편 토론회 개최, 국립체육박물관 건립 기본 구상 연구 용역 등을 추진했다.

임기 마지막 해에 예산결산위원회에 배정이 되면서 어떻게든 마무리를 짓겠다고 결심했다. 체육계는 무관심하고 정부는 비협조적이었다. 심지어 예산 협의 과정에서 '국립'이라는 조건을 빼라고 종용하기까지 했다. 당 수석전문위원도 "국립을 빼고 예산을 받으라"고 거들었다. 정부의 책임을 어떻게 해서든 최소화하려는 것이었다.

기획재정부 장관과 국무총리가 모두 출석하는 예산결산위원회에서 나는 끝까지 물러서지 않았다.

"오늘 예산안을 통과시켜주지 않으면 집에 못 갑니다. 밤을 새워서라도 질의하겠습니다."

내 온몸에 흐르는 체육인의 끈기로 설득하고 버텼다. 그 진심을 담은 설득이 통했던 것인지 2015년 12월 3일, 총 사업비 450억 원 규모의 국립체육박물관 건립 예산 20억 원을 확보할 수 있었다. 일을 추진한 지 3년 만의 성과였다.

하지만 그토록 공을 들인 국립체육박물관의 결론은 해피엔딩이 아니었다. 19대 국회의원 임기가 끝난 후 총 사업비 규모는 250억 원으로 절반 가까이 깎였고, 당초 박물관 건립 장소로 염두에 두었던 올림픽공원 내 컨벤션홀 자리가 아닌 대한체육회 옆에 소규모 건립으로 계획이 변경되었다.

과거 우리나라가 정치적·경제적으로 어렵던 시절, 스포츠는 국민들에게 희망과 위로를 전하며 성장해 왔다. 그 스포츠의 역사인 유물과 장비들은 현 시대를 넘어 미래의 시대로 전해져야 한다. 그래서 값진 유물들이 품격 있는 독립 공간에서 격에 맞게 전시되길 바랐다. 하지만 원대했던 밑그림은 조악한 덧그림에 의해 망가지고 말았다.

마지막 아쉬움은 태릉선수촌을 '근대 문화재'로 지정하지 못한 것이다. 2005년 선수촌장 시절부터 2016년 국회의원 임기가 끝날 때까지, 나는 태릉선수촌의 기능 유지 및 근대 문화재 지정을 추진했다. 태릉선수촌은 국가대표 훈련원이라는 '장소'를 넘어 대한민국 스포츠의 '정신'이 깃든 곳이다. 세계 스포츠에서도 태릉선수촌이란 명칭은 고유명사로 통한다. 이런 장소를 없애버린다는 것은 '정신'을 파괴해 버리는 것과 같다.

당시 용역 조사를 해본 결과 왕릉 부분까지 유네스코 세계문화유산으로 지정하고 나머지 일부를 이용할 수 있다는 결과가 나왔다. 토론회를 통해 유네스코가 지정하는 왕릉 부분을 내주고 나머지 부분을 쓰자는 쪽으로 의견이 모아지기도 했다. 하지만 문체부는 계속 진천 이전만 주장하고 있었다. 정작 목소리를 내야 할 대한체육회는 문체부 눈치를 보느라 어떤 행동도 취하지 않았다. 늘 '칼자루를 쥔 다수'의 뜻대로 결론이 난다는 게 절망스러웠다.

태릉선수촌은 존치와 철거 의견이 팽팽하게 맞서며 일부 보존으로 타협

"태릉선수촌 철거 안 될 말… 문화재로 남기자"

이에리사의원 문제 제기
"동대문운동장·장충체육관 등
소중한 체육역사공간 사라져 가"

"마지막 남은 체육유산 태릉선수촌을 문화재로 등록해야 한다."

국회 교육문화체육관광위원회 소속 이에리사 의원(새누리당)은 13일 보도자료를 통해 이같이 주장했다. 이 의원은 태릉선수촌 외에, 다른 근현대 체육건축물에 대해서도 인식을 달리하고 실태조사를 해야 한다고 덧붙였다. 그는 이어 "체육 건축물에 대한 문화재청과 지방자치단체의 역사적 가치 의식이 부족하다"고 질책했다.

이 의원은 지난 10일 열린 문화재청 국정감사에서도 '문화재청이 2006년부터 분야별 근대문화유산 동산(動産)분야 목록화 조사를 했으나 건축물 분야가 빠져 있어 동대문운동장이나 장충체육관 같은 기념비적인 체육 유산이 소실됐다'며 "소중한 체육역사공간이 허무하게 사라지는 것은 체육 건축물의 문화재로서의 가치에 대한 정부 당국의 무관심이 불러

온 결과"라고 꼬집었다.

실제 지난해 8월에는 한데 아시아 최대 규모 체육관으로 불리며 복싱 홍수환 선수가 타이틀매치를 하기도 했던 인천의 선인체육관이 지역 재개발로 인해 역사 속으로 사라지기도 했다. 체육관을 보수하는 비용보다 신축 비용이 더 적게 든다는 이유로 1973년 준공된 선인체육관은 발파공법으로 10초 만에 무너져 내렸다.

이 의원은 "체육은 메달이나 우승기 등 동산분야 유물도 중요하지만 이러한 성과물을 얻기까지 닦았이 되고 국민들의 응원이 있었던 경기장과 훈련장의 의미 또한 크다"며 체육 건축물의 중요성을 거듭 강조했다. 이 의원은 특히 "태릉선수촌에 대한 문화재적 가치 평가와, 특정 건물이 아닌 공간 그 자체를 문화유산으로 인정하는 열린 사고가 필요한 때"라며 "경제적인 이유 앞에서 역사적 가치를 지킬 수 있는 유일한 힘은 문화재청의 관심과 지원 뿐"이라고 보존 방안 마련을 촉구했다.

한편 1966년 개관한 태릉선수촌은 조선왕릉 원형 복원을 이유로 2018년까지 철거될 예정이다.

철거 리모델링 된 체육 시설 사례
- **동대문 운동장** (2008 철거) : 1925년 준공, 우리나라 최초의 종합경기장… 동대문 디자인 플라자가 들어서
- **장충체육관** (2012 재개장) : 1963년 준공, 우리나라 최초의 실내체육관, 문화예술체육 복합시설로 리모델링중
- **인천선인체육관** (2013 철거) : 1973년 준공, 동양최대규모 실내체육관, 발파공법으로 10초 만에 해체
- **태릉선수촌** : 조선왕릉 원형복원 위해 2018 평창동계올림픽 이후 완전 철거 예정

자료 : 이에리사 의원

이현주기자 memory@hk.co.kr

대한민국 체육 역사의 상징인 태릉선수촌 철거는,
우리 손으로 역사의 한 페이지를 삭제해버리는 것처럼 안타까운 일이다.(2014.10.13. 한국일보)

안의 가닥을 잡았지만, 폐허가 되어 가는 선수촌 모습을 보면 가슴이 아프다. 정말 중요한 우리 스포츠의 '성지(聖地)'를 잃은 느낌이다.

국회에 있으면서 '반드시 이루어져야 할 일이 안 되는 좌절감'을 수차례 맛봐야 했다. 돼야 할 일들이 안 된 이유는 무엇보다 체육인들의 무관심 때문이었다. 둘째는 대한체육회의 소극적인 태도와 안일주의, 그리고 상부 눈치 보기에만 급급한 무책임 때문이다. 정책은 전적으로 문화체육관광부가 좌지우지하고 대한체육회는 방관자처럼 물러나 있었다. 문체부 담당자는 짧게는 몇 달, 대개 1년이면 자리가 바뀌니 매년 실효성 없는 보고서용 정책만 남발하는 실정이었다.

그래서 내가 더 나설 수밖에 없었다. 공무원들은 그런 나를 '자기 집단만 대변하는 사람'으로 만들어버렸다. 하지만 개의치 않았다. 그 순간으로 다시 돌아가도 나는 또 같은 일을 되풀이할 것이다.

미래를 책임지지 않는 정책

2015년 3월 3일. 국회 본회의에 국민생활체육회의 법정법인화를 위한 생활체육진흥법안과, 대한체육회와 국민생활체육회의 통합을 적시한 국민체육진흥법 일부개정법률안이 상정되었다. 일명 '체육단체통합법'으로 불린 국민체육진흥법 개정안을 대표 발의한 새정치민주연합(현 더불어민주당)의 A의원은, 투표 전 제안 설명에서 "법안의 통과로 엘리트 체육(전문체육)과 생활 체육의 분열과 갈등이 해소되고 선진국처럼 엘리트와 생활 체육이 연계·통합 발전되어 한국 체육의 부흥기를 맞이하게 될 것"이라고 설파했다. 그러나 '체육단체통합법'이 국회 본회의에 오르기까지 속성으로 거쳐 온 일련의 논의 과정은 대한민국 체육 정책의 철학 부재를 여실히 드러낸 안타까움 그 자체였다.

법안은 2014년 10월 14일 처음 발의되었다. 그리고 채 한 달이 지나지 않은 2014년 11월 6일 아침, 여의도의 한 호텔에서 법안 발의자인 A의원과, 당시 국민생활체육회 회장인 서상기 의원, 김정행 대한체육회 회장, 김종 문체부 제2차관이 전격적으로 모임을 갖고 양 단체 통합에 대한 합의문에 서명을 했다. 합의문에는 "양 단체 통합은 2017년 2월 이전으로 하며 KOC(대한올림픽위원회) 분리 여부는 19대 국회에서 지속적으로 논의한다"는 내용이 포함돼 있었다.

정부가 개입한 합의문 체결은 명백한 IOC헌장 위반이다. IOC헌장 4장 27조 6항은 "NOC(국가올림픽위원회)는 올림픽헌장의 준수를 저해할 수 있는 정치적, 법적, 종교적, 경제적 압력을 비롯하여 어떠한 압력에도 굴하지 않고 자율성을 유지해야 한다"고 적시하고 있다.

2015년 2월 23일, 교육문화체육관광위원회 법안심사소위원회가 열렸다. 모순적 논리를 가지고도 정치적 이해를 관철시키기 위해 속성으로 법안을 처리하는 관계자들의 무성의와 무신경에 참담한 심정이었다. 나는 법안심사소위 위원이자 체육계에서 50년간 몸담아 왔던 체육인으로서 유일하게 당사자의 목소리를 냈다. 통합을 하되 시기와 방법에 신중해야 한다는 점을 강조한 것이다.

먼저 '시기'에 문제가 있었다. 국회에서 통합 문제가 진행되던 2015년은 리우올림픽을 눈앞에 둔 시점이었다. 올림픽을 잘 치를 수 있도록 모두가 역량을 모아 지원해 주는 것이 우선이었다. 향후 대한민국 체육 100년을 이끌 '조직'이 날치기로 만들어져서는 안 될 일이었다. 올림픽이 끝난 후 체육계 원로, 교수 등 각계각층이 모여 통합에 대한 치열한 토론과 논의를 거쳐 결정하는 게 맞는 방향이

태릉선수촌 방문 지도자들과 간담회

라고 수차례 주장했다. 또 하나, 대한체육회와 국민생활체육회는 20년 넘게 각각의 기관에서 전혀 다른 방식으로 운영이 돼 온 단체들이었다. 누가 체육 단체 통합의 주체가 되는지가 중요한 것이 아니라, 100년의 역사를 앞둔 대한민국 체육의 미래를 염두에 둔 큰 그림을 그리며 나아가야 하는 시점임을 강조했다. 그러나 통합을 주장하는 사람들은 준비 과정은 무시한 채 하나로 묶는 데만 의미를 두고 있었다. 외롭고 힘든 시간이었다.

상식적으로 국민생활체육회의 법정법인화를 주 내용으로 한 생활체육진흥법안도 양 단체를 통합시키겠다는 시점에 따로 만들 필요가 없었다. 형식적이며 생색내기용 법안에 불과했다. 이름 그대로 생활 체육의 활성화와 진흥을 도모하기 위함이 전부였다면 국민체육진흥법 안에 포함시키는 것이 법체계상으로 무리가 없다고 지적했다.

나는 원칙적으로 통합에 찬성하는 입장이었다. 하지만 당사자인 체육인들의 제대로 된 의견 수렴 과정 없이, 연착륙 방안에 대한 고민도 없이, '통합'이라는 정해진 답을 두고 각각의 이해관계를 달성하기 위해 돌진해 가는 관계자들의 기세가 무모해 보이기까지 했다. 당시 체육에 대해 잘 모르는 언론인, 법조인 출신의 동료 의원들도 김종 차관의 앞뒤가 안 맞는 답변과 시시각각 바뀌는 법안 내용을 두고 이해할 수 없다는 반응이었고, 그 상황은 속기록에 그대로 남았다. 100년의 역사를 앞둔 대한민국 체육의 조직 구조를 재편하는 과업이, 당사자들의 목소리는 배제된 채 소수의 이해관계자들에 의해 좌지우지되는 기막힌 상황이었다. 쟁점이 됐던 KOC 분리 조항도 논란이 커지자 삭제하고 추후 논의하기로 했다.

국회 본회장에서 '체육단체통합법안'과 '생활체육진흥법안'에 대한 투표가 진행되었을 때, 나는 빨간 버튼을 눌렀다. 투표 결과가 게시되는 전광판에 빨간 버튼이 외롭게 켜져 있었다. 그 법이 적용될 당사자들의 의견을 무시하는 것에 대한 반대 의사였다. 또 미래를 책임지지 않는 인기 영합 정책에 대한 확고한 반대 의사의 표시이기도 했다.

내 신념과 상관없이 법안은 통과되었고, 지금까지도 무리한 통합으로 인한 후유증이 전국 곳곳에서 들려오고 있다.

엘리트 체육과 생활 체육의 통합을 주장하는 사람들이 엘리트 체육을 비판할 때 즐겨 쓰는 레퍼토리 중 하나가 '공부하는 학생 운동선수'다. 운동선수도 공부해야 한다는 점을 강조하기 위해 부족한 학습 능력을 자극적으로 부각시킨다.

그들은 운동선수들을 "한자로 자기 이름도 못 쓰는 사람"으로 폄하하며 "선진국에서는 엘리트 선수도 공부하면서 운동한다"고 주장한다. 그들이 지향하는 '선진국형 스포츠 모델'이라는 말은 멋지다. 하지만 우리는 그것을 실행할 인프라나 시스템, 국가적 지원이 없다.

우리 형편은 어떤가? 초·중·고 학생 선수들에게 일반 학생들의 교과 과정을 똑같이 이수하고 시합은 주말에만 참가하라고 한다. 대학 선수들은 학점 제한으로 일정 성적이 되지 않으면 시합에 나갈 수 없다. 이런 정책은 운동선수에게 슈퍼맨이 되라고 요구하는 것과 다를 게 없다.

공부하면서 운동하는 학생 선수를 만들고자 한다면, 학교 수업에서 운동선수들은 별도의 커리큘럼으로 수업을 받게 해주면 된다. 교과 과정을 따라갈 수 있도록 대회 이후에는 보충수업을 해주는 것도 고려해 볼 방법이다. 그런 장치 하나 없이 "공부하면서 운동도 하라"는 건 엘리트 체육을 죽이겠다는 말밖엔 되지 않는다.

일본은 우리보다 훨씬 먼저, 1964년 도쿄올림픽 이후부터 사회 체육에 주력했었다. 상대적으로 엘리트 체육에 대한 관심과 지원은 감소했다. 그 결과 올림픽 5위권 이내에 들던 성적이, 1990년대에는 아예 10위권 밖으로 밀려나고 말았다. 1996년 애틀랜타 올림픽의 일본 성적은 종합 23위였다. 그 당시 우리나라의 성적은 종합 10위였다. 충격을 받은 일본은 2004년 아테네올림픽을 앞두고 체육 정책을 대폭 수정하고 몇 천

이천 장애인훈련원 방문

억의 비용을 투자하며 다시 엘리트 체육에 집중했다. 그 결과 아테네올림픽에서 단숨에 종합 순위 5위로 뛰어오르며 과거의 영광을 되찾는 데 성공했다. 일본은 엘리트 스포츠 체제를 강화하면서 2020년 도쿄올림픽을 유치했고, 2015년 '스포츠청'을 설치하는 등 전폭적인 지원 정책을 펼치고 있다.

지금 우리는 과거 일본이 걸었던 실패의 전철을 따라가는 모습이다. 국제대회에서 대한민국의 성적은 계속 하락세를 보이고 있다. 급기야 지난 2018년 자카르타-팔렘방 아시안게임에서 3위를 기록하며 24년 만에 일본에게 2위 자리를 내주었다.

어떤 사람은 "시대가 달라졌으니 메달에 목 맬 것 없다"고 한다. 운동은 그저 취미로나 하면 된다는 것이다. 하지만 국가 경쟁력은 정치와 경제로만 겨루는 게 아니다. 문화와 스포츠의 세계 경쟁력은 절대 무시할 수 없다. '방

탄소년단'은 K-POP으로 전 세계에 문화 신드롬을 일으켰다. 많은 나라 사람들이 한국어로 노래하고 한국의 문화를 동경하게 만드는 일은, 몇 십 조의 경제적 가치 창출을 뛰어넘는 성과다.

프리미어리그 토트넘에서 뛰고 있는 손흥민의 경우는 어떤가? 이미 18세에 성인 국가대표팀에 발탁되며 스스로를 증명했고, 프리미어리그를 대표하는 세계적인 공격수로 활약하며 전 세계 축구팬의 사랑을 받고 있다. 2019년에는 한국인 유럽 리그 최다 골을 기록하며 역대 아시아 선수 중 가장 높은 순위로 '발롱도르' 후보에 오르기도 했다. 과거 우리가 넘기 힘든 벽으로 여겼던 유럽 선수들과의 경쟁을 당당히 이겨 내고 오히려 그들을 압도하는 경기력을 보여줄 때, 우리는 희열과 자랑스러움을 느낀다. 손흥민의 성취는 개인을 넘어 대한민국 스포츠의 성취이기도 하다.

우리 모두에게는 '자랑스러운 대한민국'을 원하는 본능이 있다. 한 사람의 선수가 국제 스포츠 무대에서 최고의 기량을 선보이며 메달을 목에 거는 순간, 국민들이 느끼는 자부심은 무엇과도 비교할 수 없다. 경기에서 지고 있는 순간에도 "나는 할 수 있다"를 되뇌던 선수의 모습이 우리에게 얼마나 큰 감동과 힘을 주었던가? 그럼에도 이들의 도전을 개인이 감당해야 할 몫으로만 보는 게 옳을까? 우리 사회와 국가는 소중한 이 젊은이들을 건강하게 뒷바라지해서 세계무대로 내보내야 할 의무와 책임이 있다.

나중에 내가 통합 대한체육회 회장 선거에 출마했을 때, 더불어민주당 A 의원은 한 언론 매체와의 인터뷰에서 이런 말을 했다.

"이에리사 전 의원은 애초에 통합을 반대했다. 결혼을 반대했던 사람이 주례를 서겠다는 격이다."

여전히 과정과 진위를 생략한 논란 만들기였다. 나는 말싸움을 싫어한다.

논란 만들기를 좋아하는 사람과의 말싸움은 더욱 싫다. 내가 통합에 대해 원칙적으로 반대하지 않았다는 사실은, 2015년 2월 23일 교문위 법안심사소위원회 회의록에 정확히 남아 있다. 나는 선수 출신 국회의원으로서 당사자들의 의견 수렴 과정 없이 서두른 통합에 대해 이의를 제기하고, 경기력 저하와 그로 인해 파생될 부정적 요소들을 정확히 짚고 가야 한다고 문제를 제기했던 것이다.

생활 체육 분야는 예산이 너무 방대하게 쓰이고 있었다. 시설은 부족한데 경기 수는 지나치게 많고, 거의 행사 위주다. 생활 체육을 국민의 건강과 행복을 위한 차원에서 바라보지 않고, 오직 '표밭'으로 생각하는 선심 정책 때문이다.

인기에 영합하는 정책을 만들기는 쉽다. 하지만 그 정책이 문제투성이일 때, 부담과 비용은 고스란히 후대로 넘어간다는 걸 잊지 말아야 한다.

나는 원칙주의자

2011년 KAIST에서 학생들이 연달아 자살하는 불행한 사건이 발생했다. 대한민국 최고의 수재들이 모이는 명문 대학에서 벌어진 비극적 사태에 우리 사회는 큰 충격에 빠졌다. 한때 강단에서 학생들을 가르쳤던 내가 느낀 충격도 컸다. 그것이 학교 생활 때문이건, 성적 때문이건, 혹은 제도의 잘못에 의해서건, 일어나서는 안 될 일이었다.

2012년 국회 교육과학기술위원회의 KAIST에 대한 국정감사에서 서남표 총장은 야당의원들로부터 집중 포화를 맞고 있었다. 그날 따라 감사 현장에는 방송사의 카메라가 가득 들어차고 현장의 분위기도 뜨거웠다. 이상하게도 TV로 중계가 되는 국정감사 현장은 필요 이상으로 분위기가 고조됐다. 그날도 마찬가지였다.

야당인 민주통합당 의원들은 "총장의 일방적인 개혁 추진으로 학생들이 죽음으로 내몰렸다"며 즉각 사퇴를 요구했다. 늘 그렇듯이 의원들의 질문은 호통에 가까웠다. 답은 중요하지 않은 듯했다.

그는 세계적인 석학인 동시에 우리나라 산·학·연 발전에 큰 공헌을 한 인물이었다. MIT에서 이미 인정을 받은 인재였고, 미국에서 좋은 일자리를 보장 받았음에도 한국의 인재들을 양성하겠다는 일념으로 KAIST 총장직 제의를 수락한 사람이다. 게다가 2011년의 사건이 있기 전까지는 KAIST의 개혁을 이끄는 인물로 평가받고 있었다.

과거의 공(功)은 흔적도 없이 사라진 채, 입을 뗄 기회조차 얻지 못하는 서 총장의 입장이 안타까웠다. 드디어 내 차례가 돌아왔다. 질문 시간은 7분이었다.

"옛 말씀에 '물을 마실 때 그 우물을 판 사람의 노고를 생각하라'는 가르침이 있습니다. 제게 주어진 질문 시간을 드릴 테니 총장님 하고 싶은 말씀 다 하시기 바랍니다."

내 발언은 그것으로 끝이었다. 잠시 놀라는 표정이던 서 총장은 그제야 마이크 앞으로 다가 앉았다.

나는 서 총장을 두둔하거나 편들려던 게 아니었다. 국정감사는 피감기관의 문제를 따져 묻고 답을 듣는 자리다. 그런데 국회의원들의 질문 행태는 늘 아쉬웠다. 시간 제한을 의식해서인지 먼저 호통치고 윽박지르기 일쑤였다. 서 총장에게 발언 기회를 준 내게 "잘못 있는 사람을 감싸는 거 아니냐?"고 눈총을 보내는 이도 있었다. 하지만 잘못이 있다면 더 정확하게 답을 들어야 했다. 나는 그저 국정감사 본연의 자세에 충실하고자 했을 뿐이다.

어떤 일을 하건 내 첫 번째 기준은 '원칙을 지킨다'는 것이었다. 나와 우리 사회의 가치를 지키는 것, 그게 나의 원칙이다. 국회의원으로 일하는 동안은 더욱 철저히 그 원칙을 지켰다.

나는 공무로 해외 출장을 갈 때 비즈니스 석을 이용해 본 적이 없다. 국민의 세금을 한 푼이라도 허투루 쓰면 안 된다는 생각이었다. 이코노미 좌석 티켓을 끊어서 탑승 수속을 하면 어디에선가 항공사 직원이 나타났다. 좌석 업그레이드를 해주려는 것이다. 배려는 고맙지만 정중하게 거절했다.

사실 내가 개인적으로 가지고 있는 항공사 마일리지로도 얼마든지 좌석 업그레이드를 할 수 있었다. 하지만 '오얏나무 아래에서 갓끈 고쳐 매지 마라'는 속담이 있다. 내가 비용을 지불하고 비즈니스 석을 타더라도 사람들이 보기에는 국회의원들의 호사로 여겨질 것이다. 구설이나 오해를 부를 일은 애당초 하지 않으면 된다. 처음엔 의아해 하던 보좌진도 나중에는 이코노미 석의 동행을 당연하게 여겼다.

내가 원칙에 충실하기에, 원칙이 지켜지지 않는 걸 보면 그냥 넘길 수가 없다.

임기 중이던 2014년 '인천 아시안게임'의 선수촌장을 맡게 되었을 때였다. 어느 날 선수촌을 돌아보다가 외부 차량이 선수촌에 출입하는 걸 보게 됐다. 선수촌의 제1수칙은 '선수의 안전'이다. 외부 차량이나 외부인의 무분별한 출입은 안전을 저해하는 요인이 될 수 있다.

담당자를 불러 "출입이 허가된 차량 외의 외부 차량은 출입을 통제하라"는 지시를 내렸다. 그리고 그 지시 사항이 지켜지는지 확인하기 위해 선수촌 입구에 직접 나가 서 있었다. 한참 지켜보고 있으려니 출입이 허가되지 않은 차량이 선수촌으로 들어오는 게 보였다. 그 차량을 즉시 내보내고 담당자에게 다시 한 번 차량 출입을 확실히 하도록 주의를 주었다.

나와 함께 일하는 사람들은 내가 너무 부지런해서 힘들었을지도 모른다. 내가 먼저 행동으로 옮겨버리니 머뭇거릴 틈이 없었을 것이다. 올바른 일은 말로만 해서는 소용이 없다. 올바르다고 생각하면 행동으로 옮겨야 하고, 그 행동은 빠를수록 좋다.

2014년 인천 아시아경기대회 선수촌장 위촉식. 김영수 대회조직위원장과 함께.

'원칙'에 대해 의심을 받은 적도 있다.

2014년 12월 정기국회의 교육문화체육관광위원회에서는 승마 선수 한 사람이 논란의 중심에 섰다. 이른바 '승마 특혜 의혹 제기'로 의원 간의 설전이 벌어진 것이다. 2016년 탄핵 정국의 한가운데 있었던 정유라, 그 당시에는 개명한 이름 정유연에 대한 승마 특혜 의혹 문제였다.

의원들의 질의와 발언이 끝나고 내 순서가 돌아왔다. 내 책상 위에는 대한체육회에서 발급한 '경기 실적 증명서'와 인터넷을 검색해 직접 찾은 당시 심판들의 국적에 대한 자료가 있었다. 나는 그때까지 선수 정유연이 정윤회 씨의 딸인 것도 몰랐다. 그저 내가 할 일은 체육인으로서 '사실'을 말하는 거였다. 그리고 그 사실의 판단 기준은 선수로서의 경기 실적 증명서였다. 증명서의 기록과 문제의 핵심으로 대두된 아시안게임의 심판이 독일, 폴란드, 포르투갈 등 외국인이었다는 사실을 바탕으로 나는 성적 조작에 대해 의심의 여지가 없다고 판단했다. 덧붙여 어린 선수를 어른들의 정치적인 문제에 연루시키지 말라는 취지로 발언을 했다.

나중 탄핵 정국이 터졌을 때 나는 정유라를 비호한 적폐 세력으로 몰려 있었다. 항간에는 김종 전 문체부 제2차관이 여당의원들에게 정유라 문제에 대한 협조 요청을 한 것으로 알려지며 의혹을 제기한 이들도 있었다. 하지만 단언하건데 나는 그런 요청을 받은 적도, 협조한 적도 결코 없었다. 내 편이 건 네 편이건 '맞는 건 맞는다, 틀린 건 틀리다'고 소신대로 말하는 내 성격을 알기에, 편들기 요청 같은 건 엄두도 낼 수 없었을 것이다.

인터넷에서 모욕적인 댓글에도 시달려야 했다. 지금도 내게 "왜 정유라를 옹호했느냐?"고 묻는 사람이 있다. 나는 그가 선수로서 기록해 온 성적을 바탕으로 판단했고, 한 사람의 체육인으로서 선수를 보호하고자 한 원칙에 입각해 이야기했을 뿐 다른 이유는 없다.

정권이 바뀌면 철 지난 옷을 갈아입듯 언행을 바꾸는 사람들이 있다. 나는 그런 줄타기 인생을 살지 않았노라고 떳떳하게 말할 수 있다. 그 정권이 보수건 진보건, 나는 늘 체육계의 한 부분으로 내가 맡은 자리에서 최선을 다했다. 국회의원이 된 것 역시 정치를 하고자 함이 아니라 체육계를 위한 역할을 하자는 소명 의식에서였다. 내 삶의 흔적은 대한민국 체육의 역사와 궤를 같이하기에 조금도 허투루 살 수 없었다. 이게 내가 원칙주의자일 수밖에 없는 이유다.

정치인은 얼굴이 없다

국회에 처음 갔을 때 보좌진을 모아 놓고 두 가지 당부를 했었다.

첫째는, 누구라도 우리 방에 찾아오는 손님들을 대할 때 예의를 갖춰 달라는 것이었다. 나는 국회의원이 되기 전 업무로 국회에 드나들며 의원실에서 푸대접을 많이 받아봤다. 그중에도 보좌진이 국회의원인 양 행동하는 게 가장 기분 나빴다. 우리 의원실을 찾아오는 사람들의 모든 민원을 해결해 주지는 못하더라도, 그런 인간적인 서운함은 주고 싶지 않았다.

둘째는, 좋은 정책의 기반이 보좌진으로부터 나오니 전력을 다해서 일해 달라는 당부였다. 고맙게도 우리 의원실의 여덟 식구들은 정말 하나로 똘똘 뭉쳐서 의정 활동을 지원해 주었다.

국회 임기 4년 동안 28개의 법안을 발의하는 한편, 크고 작은 많은 일들을 했다.

교육부와 협의해 대학생 국가우수장학금에 예체능계 장학금을 신설하게 한 일은 정말 보람 있었다. 그때까지 국가우수장학금은 인문·사회, 이공 계열 학생들에게만 지급되고 있었다. 가정 형편이 어려워 등록금 대출을 받은 예체능계 학생들은, 졸업 후 정규직 취업도 쉽지 않아 이중고를 겪는 경우가 많았다. 돈도 중요하지만 '국가가 나를 인정해 준다'는 자부심이 예체능계 학생들에게 도움이 되리라 믿었다.

예체능계열 국가우수장학금 신설이 확정된 후 세부지원방안 논의를 위해 분야별 교수님들을 모시고 간담회를 열었을 때, 문화예술 쪽 교수님들이 더 고마워하는 모습을 보면서 정말 필요한 정책을 만드는 것이라는 뿌듯함을 느꼈다.

대한민국체육상에 '체육인의 장한 어버이상'을 신설한 것도 의미 있었다.

운동선수 한 명이 만들어지기까지 부모님의 헌신은 말로 설명이 되질 않는다. 선수가 받은 메달의 절반은 부모님의 정성과 기도로 이루어진 것이라고 해도 과언이 아니다. 우리 부모님은 대통령 내외의 감사 인사 한마디에 그간의 노고에 대한 보답을 받은 것처럼 행복해 하셨다. 운동선수 자식들을 뒷바라지하는 부모님들 가슴에 그런 자랑스러움을 안겨 드리고 싶었다. 그래서 이미 시행되고 있는 '예술가의 장한 어버이상'을 벤치마킹해 '체육인의 장한 어버이상'을 만들었다.

그렇게 좋은 취지에서 한 일에도 구설을 만드는 사람들이 있었다. 국회의원 임기를 마치고 한참이 흐른 뒤 한 언론사 기자로부터 전화가 걸려 왔다. 그는 다짜고짜 물었다.

"의원님이 이규혁 선수 어머니한테 상 주라고 했다는데, 사실인가요?"

기자로서 전후 사정 취재를 해본 건지 의심스러웠다.

"너무 상식에 어긋나는 얘기 아닙니까? 나는 상을 신설하도록 주도한 사람이지, 수상자 선정에 간여한 사람이 아닙니다. 다시 알아보세요."

며칠 후 다시 전화를 건 그 기자는 "잘못 알았다"며 그제야 사과를 했다.

임기 4년 동안 한국 스포츠의 묵은 숙제들 중 많은 부분을 해결했다고 자부한다. 그 일들을 하는 동안 늘 마음이 바빴다. 4년 안에 다 해결해야 한다는 압박감 때문이었다.

국회에서의 시간은 빠른 동시에 느렸다. 법안 하나를 통과시키는 데 1~2년이 걸려서 느렸고, 그러다 보니 한 해 한 해 임기가 채워지는 속도는 더 빠르게 느껴졌다. 시작도 하기 전에 "단임으로 끝내겠다"고 선언했던 게 자만이었다는 생각이 들었다. 국회의원 금배지가 좋아서가 아니라, 일을 더하기 위해서는 시간과 자리가 필요했다.

만약 재선에 성공한다면 '체육인 복지법'을 꼭 다시 다뤄보고 싶었다. 4년간 생긴 경험과 노하우라면 충분히 해낼 자신감이 있었다.

마침 대전 중구가 지역구인 강창희 전 국회의장이 총선 불출마를 선언했다. 같은 당의 현직 의원이 불출마를 선언한 곳이라면 도전장을 내도 문제가 될 게 없다고 판단했다. 중구는 언젠가 꼭 돌아가고 싶었던 고향인 동시에 아버지가 부시장을 지내신 곳이었다. 지역구로 간다면 내 선택지의 1번은 대전 중구였다.

충청남도 교육청 국정감사를 갔을 때였다. 의원들은 하나같이 자신과 충청도의 인연을 소개한 뒤 질의를 이어갔다. 나는 내심 '이 이야기를 해야 하나 말아야 하나?' 고민하고 있었다. 마침내 내 질의 차례가 돌아왔을 때 조심스럽게 말을 꺼냈다.

"저희 아버지께서 대덕군수를 시작으로 연기, 아산, 서산, 예산 군수를 거쳐 대전 부시장으로 정년을 마치셨습니다. 저는 홍성여중 1학년 1학기를 다니다 탁구 때문에 서울로 전학을 갔습니다. 어렸을 때 아버지께서 국정감사 준비를 하신다고 밤 12시가 넘어 퇴근하시던 모습이 잊히지 않는데, 오늘 국정감사를 하기 위해 이 자리에 앉으니 감회가 새롭습니다. 하늘에 계신 아버지께 감사한 마음으로 질의를 시작하겠습니다."

소녀 에리사가 국회의원이 돼서 고향 국정감사 자리에 나가게 되리라고
는 생각지 못했었다. '감회가 새롭다'는 말은 의례적인 것 같지만 그 순간에
딱 어울리는 말이었다. 그 감정이 전달되었던 것인지, 국정감사가 끝나고 나
올 때 많은 분들이 다가와 반갑게 인사를 건넸다.

대전 중구는 도심이 낙후돼 도시 재생 사업이 절실한 상황이었다. 과거
교육 명문 지역이었던 중구는 지난 10년간 학생 수 감소로 교육 인프라가 열
악한 데다 교육 양극화의 피해가 심각했다. 오랜 세월 중구의 경제가 쇠퇴하
면서 떠났던 젊은 세대를 중구로 돌아오게 하려면, 교육 명품 도시로 만드는
집중적인 정책이 필요했다.

2015년 6월 대전 중구 당협위원장에 출마하며 지역구 활동을 시작했다.
대전 원도심 활성화에 관한 토론회를 개최하고, 발로 민원 현장을 뛰어다녔
다. 21세기에 걸맞지 않게 중구에는 상수도 시설이 없는 40년된 아파트도

고향 대전에서 공직자로 헌신한 아버지를 이어 마지막 봉사를 하는 것, 그게 나의 꿈이었다.

있었다. 예산결산특별위원회에서 대전 지역의 낙후된 상황을 설명하며 대전시가 도시 재생사업 선도 지역으로 선도되어야 하는 필요성을 강조했다.

2015년에 예결위원으로 활동하며 중구 예산 편성의 필요성을 직접 설명했다. 그 결과 2015년 12월, 정부 예산안에 대전 중구 내 신규사업 예산으로 국비 30억 원을 책정하도록 했다. 국비 36억 원이 투입되는 구완동~무수동 간 도로 건설사업을 반영시키고, 중부경찰서 남대전지구대 신축 예산 21억 원도 확보했다. 또 국민안전처로부터 재난안전특별교부세 10억 원을 확보하기도 했다.

흔히 '정치인은 얼굴이 없다'고 말한다. 필요에 따라 말과 행동을 바꾸면서도 부끄러움을 모른다는 뜻이다. 바로 어제 한 말을 오늘 손바닥 뒤집듯 뒤집어버리는 사람들을 볼 때면, 내 얼굴이 화끈거렸다.

맞는 건 맞다, 아닌 건 아니다, 말을 해야 직성이 풀리는 나는 '얼굴 없는 정치인'이 될 수 없었다. 그러나 한 가지는 가슴속에 접어 두기로 했다. 그건 '수치심'이었다. 필요한 정책을 만들고 예산을 받으려면, 반대하는 사람들과 예산 집행 권한을 가진 사람에게 고개 숙이고 아쉬운 소리를 해야 했다. 어떤 때는 '정당한 일을 하면서 내가 왜 이렇게 비굴해져야 하나?' 하는 자괴감이 들기도 했다. 자존심 세기로 둘째 가라면 서러울 나로서는 참 힘든 일이었다. 하지만 내 개인의 이익을 위해서가 아닌, 다수의 필요에 의한 일이기에 고개를 조아릴 수 있었다. 정책을 위해서라면 수치심 정도는 곱게 접어서 가슴 한편에 넣어 둘 수 있었다.

나는 어떤 일이든 일단 시작하면 끝을 볼 정도로 매달린다. 결과도 중요하지만 내 자신이 납득할 만큼 최선을 다했는가가 내겐 중요하기 때문이다.

이른 새벽부터 늦은 밤까지 중구의 곳곳을 돌며 사람들을 만났다. 진심으로 내 고향에 도움이 되고 싶었다. 하지만 결과적으로 나는 기회를 얻지 못했다. 그 중간 과정의 많은 이야기들은 다시 늘어놓고 싶지 않다. 다만 나는 최선을 다했고, 끝까지 페어플레이를 했다는 점은 변하지 않는 사실이다.

누구에게나 고향에 대한 마음은 각별하다. 대전 중구에 대해 내가 갖는 마음도 그렇다. 어린 시절 가족과 행복한 유년기를 보낸 곳, 아버지가 애착을 가지셨던 도시… 선거 운동을 하면서 중구의 곳곳을 다니는 동안, 여전히 아버지를 기억하고 있는 많은 분들을 만났다. 회사가 어려움에 처했을 때 아버지의 도움으로 살길을 찾았다며 내 손을 덥석 잡은 분도 있었다. 아버지가 부시장으로 퇴임한 지역에서 막내딸이 국회의원으로 봉사하는 아름다운 이야기로 우리 가족사의 마지막 페이지를 채우고 싶었다.

아버지는 그 도시가 어떤 모습이고 그 안의 사람들이 어떻게 살기를 바랐을까? 자주 그 생각을 해봤다. 아버지가 일하시던 곳에서 딸인 내가 그 뜻을 이어갈 수 있었다면 정말 의미 있는 마무리가 되었을 텐데… 아쉬움이 남는다.

Part 8

뜨거운 심장

내 인생은 끝없이 길을 내는 작업이었다. 내 이름 앞
에 내내 따라붙던 '최초'라는 수식어는 무거운 깃발이
었다. 그 깃발을 들고 나는 걷고 또 걸었다. 뒤를 따르
는 후배들의 숫자가 늘기 시작하면서 중간에 멈춰 설
수도 없었다.

나는 '푯대'가 되어야 했다. 내가 앞서 걸어간 길이 후
배들의 목표 지점이 된다는 걸 알았기에 더 올바르게
성공한 삶을 살기 위해 최선을 다했다.

후배들이 내 인생을 통해 인생의 목표를 설정하고 그
것에 도달할 힘을 얻기를 바랐다.

비겁한 싸움

　페어플레이를 원칙으로 여기는 사람에게 규칙을 어기는 적수와 싸우는 것처럼 고통스러운 일은 없다. 내 인생 최악의 게임, 그 적수는 규칙을 지키지 않는 상대였다.

　국회의원이 되고 얼마 지나지 않았을 때, 체육계 원로 몇 분이 나를 찾아왔다. 곧 실시될 제38대 대한체육회 회장 선거에 출마를 권유하기 위해 온 것이었다. 간곡한 권유였다. 그분들은 대한체육회의 쇄신을 간절히 바라고 있었다. 나는 한국 스포츠로부터 많은 것을 받은 사람이다. 선수 시절에도 받은 만큼 보답하는 걸 당연하게 생각했다. 내가 느끼는 우리 체육계에 대한 책임감과 목표를 실현하기 위해서는 그 중심으로 가야 한다는 필요성을 느끼고 있었다.

　당시 대한체육회 수장은 박용성 회장이었다. 체육계에는 박 회장이 연임할 것이라는 소문이 자자했다. 그는 체육계만이 아니라 정·재계에 영향력이 막강한 사람이었다. 한 달이 넘게 깊은 고민을 했다.

　2013년 1월 30일, 긴 고민 끝의 결론을 세상에 알렸다.

"열정을 갖고 아름다운 도전을 해보겠습니다."

출마 선언이었다. 돈도 조직도 없었지만, 나의 원동력인 체육인의 강한 정신으로 헤쳐 나갈 결심이었다.

그런데 며칠 후 박용성 회장이 입원했다는 소식이 전해졌다. 1월 말 박용성 회장 연임 포기를 예측하는 기사가 나오더니, 곧바로 '대한체육회장 불출마 선언'이 보도되었다. 2월 4일이었다. 그 후 연이어 놀라운 일들이 벌어졌다. 같은 날 김정행 용인대학 총장(당시 대한유도회장)의 출마 선언이 나온 것이다. 솔직히 놀랍고 당혹스러웠다.

용인대학은 내가 몸담고 있던 학교였다. 재직했던 학교의 총장과 대한체육회 회장 자리를 놓고 경쟁한다는 게 좋게 보일 리 없었다. 게다가 박용성 회장과 김정행 총장의 밀접한 관계는 모두가 아는 사실이었다. 현 회장의 후광이 어디를 비추는지는 두 말 할 필요가 없었다. 김정행 총장의 출마 선언을 보도한 2013년 2월 4일 스포츠조선 기사에는 "김 회장은 이날 대한체육회장 선거 불출마를 선언한 박용성 회장과 30년 가까이 우호 관계를 유지해 박 회장의 지지표를 흡수할 것이라는 전망이 나오고 있다"라는 선거 판세 분석까지 곁들여졌다.

그렇다고 출마 선언을 번복할 수도 없었다. 나는 선수 출신에 태릉선수촌장까지 지낸 사람이다. 특정인이 출마했다고 물러선다면 내 입지는 없어져 버리고 마는 것이다. 게다가 간곡히 출마를 권한 원로 체육인들의 소망이 내 어깨에 얹혀 있었다. 필연적으로 끝까지 완주해야 하는 게임이었다.

선거 운동이 시작됐지만 제대로 뛸 수가 없었다. 근거 없는 중상모략이 판을 치기 시작했다. '배신자', '배은망덕한 인간'이라는 프레임이 씌워졌다. "자신이 몸담은 대학의 총장이 출마하는데 어떻게 나올 수 있느냐?"는 것이었다. 그러나 나는 김정행 총장의 대한체육회장 출마 선언 직후 이미 교수직을 사퇴한 상태였다. 내가 교수직을 유지하며 김총장과 경선에 나설 수는 없다는 판단에서였다. 그럼에도 이 '배신자' 프레임은 그때부터 지금까지 끊임없이 반복 재생되며 나를 공격하고 폄하하는 공격 도구로 쓰였다. 지금도 당시의 신문 기사들을 인터넷에서 쉽게 찾을 수 있다. 팩트는 내가 출마 선언을 할 때까지 김정행 총장 쪽에선 출마에 대한 어떤 이야기도 나오지 않았다는 것이다. 아마 김 총장이 먼저 출마 의사를 밝혔다면, 그런 껄끄러운 경쟁에 나서지 않았을 것이다.

선거 운동은 인신공격과의 싸움

3표 차로 진 이에리사 "깨끗이 승복"

"이제부턴 의정활동 통해 체육계 발전 도울 것"

'탁구 여왕' 이에리사(59·사진) 새누리당 의원의 체육 대권 도전은 아쉬운 3표 차 패배로 끝이 났다.

이에리사 의원은 22일 대의원 총회에서 패배가 확정된 뒤 "경기인들의 마음과 실제 투표자의 마음은 다를 수 있다"고 아쉬워하면서도 "체육인들이 체육회를 잘 이끌어가실 분을 뽑은 것이니 그 뜻을 받아들이겠다"고 선거 결과에 깨끗하게 승복하겠다는 뜻을 밝혔다. 이 의원은 "25표가 대변하는 변화와 개혁의 목소리를 체육회가 잘 반영해 주길 바란다"고 말했다.

당초 체육계에서 이에리사 의원이 여성 최초 대한체육회장에 도전한다고 선언했을 때 김정행 신임 대한체육회장의 탄탄한 인맥과 조직력을 무너뜨리기에 한계가 있을 것이라는 예측이 많았다.

하지만 이 의원은 발로 뛰어다니며 그 간극을 좁혔다. 그는 선거를 앞두고 "만날 사람은 다 만났다"며 "그분들과 얘기하면서 개혁 의지를 느낄 수 있었다"고 했다. 이 의원은 선거운동을 통해 현직 국회의원으로서의 과감한 입법 추진력을 감점으로 내세웠다. 이 의원은 지난해 총선에서 비례대표로 국회에 입성한 뒤 10개의 체육 관련 법안을 발의했다. 체육인의 복지와 엘리트 체육 강화 등 실제 체육인들이 체감할 수 있는 내용이 담겨 있었다.

이 의원은 패배가 결정된 뒤 "이제 의정 활동을 열심히 하면서 관련 법안이 잘 통과돼 체육계 발전의 기틀을 마련할 수 있도록 노력하겠다"고 말했다.

이 의원의 '아름다운 도전'은 실패로 끝났지만, 여성 체육인들이 더 큰 꿈을 꿀 수 있도록 하는 디딤돌이 됐다. 이 의원은 패배 확정 후 "90년간 이어온 체육계 관행을 한 번에 넘어서기는 쉽지 않았다"며 "체육인의 한 사람으로서 내가 해야 할 역할에 충실하겠다"고 말했다. **강호철 기자**

2013년 대한체육회장 선거는 과정과 결과 모두 아쉬움이 남았다. 하지만 나는 원칙을 깨면서 싸우고 싶지 않았다.(2013.02.23. 조선일보)

이었다. 아무리 설명을 해도 내 목소리는 '그들'의 목소리에 묻혔다. 나를 헐뜯고 매도하는 낭설들이 사방을 떠돌았다. 다른 선거도 아닌 대한민국 스포츠를 이끌 수장을 선출하는 선거였다. 페어플레이 정신의 수호자가 되어야 할 자리를 두고 편법과 불공정으로 경쟁한다는 건 있을 수 없는 일이었다.

선거 이후가 눈에 보이는 듯했다. 그 상태에서 내가 당선이 된다고 해도 모략과 충돌은 끊이지 않을 거였다. 운신의 폭이 좁아질 게 뻔했다. 선거 운동을 하며 나중에 뒷말이 나올 언행은 절대 삼갔다. 선거 이후 부작용이 생길 일은 절대 하지 않았다. 선거에 이기든 지든 내가 당당하기 위해서였다.

보좌진들은 그런 나를 답답해 했다. "아닌 건 아니라고 말하자"며 기자

회견을 권했다. 하지만 내가 하지 않은 일이니 꺼릴 게 없었다. 시간이 지나면 사람들이 진실을 알게 될 것이라고 믿었다. "우리는 끝까지 깨끗하고 아름답게 완주하자"는 말로 보좌진을 독려했다.

투표 결과는 세 표 차이로 갈렸다. 김정행 총장이 28표, 내가 25표를 획득했다.

이 투표에는 사람들이 다 알지 못하는 뒷이야기가 있다. 당시 나는 대한체육회의 선수위원장을 맡고 있었다. 그리고 선수위원장에게는 대한체육회장 선거 투표권이 있었다. 자신에게 투표를 해도, 행사 권한을 포기해도 상관없는 한 표였다. 나는 정정당당한 승부를 위해 선거 출마와 함께 선수위원장을 사퇴했다. 그런데 박용성 회장은 선거 직전 그 공석에 김정행 총장의 측근을 임명해 버렸다. 김정행 총장에게 한 표를 거저 준 거나 다름없는 행위였다. 나로서는 상상도 못할 비상식이었으며, 동시에 상대방에게 한 표를 헌납한 꼴이 된 셈이었다.

그 '한 표'가 당락을 결정지은 것은 아니다. 하지만 최소한 나는 내 손으로 자신에게 표를 주는 선거는 정정당당하지 않다고 여겼다. 선거에서 패했지만 나는 깨끗하게 싸웠다. 지금도 그때 선수위원장에서 물러난 나의 결정을 자랑스럽게 생각한다.

대한체육회 회장 선거가 나에게 남긴 교훈은 두 가지였다.

첫째, 소문은 시간이 지나면 때로 진실로 둔갑한다는 것이다. 허황된 소문들은 시간이 지나면 밝혀질 것이라 믿었던 내 생각은 어긋났다. 김정행 회장의 체제가 출범한 뒤 대한체육회가 비리 의혹으로 수사를 받을 때는 "김회장 수사 뒤에 이에리사가 있다"는 터무니없는 말을 퍼트리는 사람들도 있었다. 몇 년이 지난 지금도 그때의 소문으로 나를 매도하거나 색안경 끼고 들여다보는 사람들이 있다. 거듭 밝히지만, 나는 인생을 그처럼 비겁하게 살지 않았다.

내가 하지 않은 일, 내가 하지 않은 말로 오해를 받는 것은 괴롭다. 아무리 내가 단단하다 해도 나를 잘 알지 못하는 사람들이 함부로 나를 평가할 때는 상처받고, '내가 잘못 살았나?' 하는 자괴감이 들기도 한다. 하지만 나는 상식적으로, 원칙대로 살았다. 지금도 사람들 입맛에 맞춰 다른 모습으로 살고 싶지 않다.

둘째, 나를 아는 사람은 나를 믿는다는 사실이다. 내 가치관, 내가 지키며 살아온 것들을 아는 사람들은 나를 믿는다. 그것이 내게는 큰 응원이며 다시 전진할 수 있는 원동력이다.

나를 움직이게 하는 힘, 사명감

2016년 나는 두 번째 대한체육회 회장 선거에 나섰다. 대한체육회와 국민생활체육회가 하나로 합쳐진 통합체육회 회장을 뽑는 선거였다. 다시 나서지 않을 수 없었다.

때로 어떤 결정은 무모할 만큼 어리석을 때가 있다. 이 출마 결심이 그랬다. 항상 만들어진 상에만 올라갈 수 없다. 때로는 그 상을 스스로 만들어야 한다. '나는 언제든 체육계를 위해서 일할 자세가 되어 있다'는 걸 알리고 싶었다.

그런데 후보 등록부터 난관이었다. 통합준비위원회가 제정한 '회장 선거 관리 규정' 제11조 2항은 "후보자 등록 개시일로부터 과거 2년 동안 정당의 당원이었거나 과거 2년 동안 공직 선거법에 따라 실시되는 선거의 후보자로 등록한 경력이 있는 사람은 후보자가 될 수 없다"고 명시하고 있었다. 대한민국 정당의 당적을 갖고 있다는 이유로 통합대한체육회장 출마를 금지한 것은 국민의 피선거권은 물론 참정권, 평등권에 위배되는 일이라는 지적과 비난이 쏟아졌다. 내 경우는 당장 당적을 포기한다고 해도 2년이 지나지 않았기 때문에 회장 선거에 나갈 수 없는 상태였다. 일각에서는 "어떤 특정인을 배제하고 다른 특정인을 회장으로 만들기 위한 수순이 아닌가" 하는 의구심이 제기되기도 했다.

비상식적인 일은 결국 문제가 되는 법이다. 누군가 이 선거 규정에 대해 법원에 가처분 신청을 제기했고, 법원은 이를 받아들였다. 이 결정으로 출마의 길이 갑자기 열렸지만, 문제는 시간이 촉박하다는 거였다. 판결이 난 건 후보 등록 마감 하루 전날, 그것도 늦은 오후였다. 어느 때보다 치열한 고민으로 밤을 보내고 또 한 번의 어렵고 무거운 결정을 내렸다. 무모한 도전이었지만 내 역할을 위해서 나서는 게 맞았다. 또 내게 기대를 걸고 나를 바라보는 사람들을 실망시킬 수는 없었다.

후보 등록자는 나를 포함해 다섯 명. 언론 매체마다 유력 후보가 다르게 보도되는 등 예측 불허의 선거가 전개되고 있었다. 등록 후보 중 유독 마음이 가지 않는 후보가 있었다. 이기흥 전 대한수영연맹 회장이었다. 불과 몇 달 전 임원들의 비리 문제로 세상을 떠들썩하게 만들고, 결국 관리단체로 지정되는 지경에 이르게 만든 수영연맹의 수장이 대한체육회 회장에 출마한다는 건 상식 밖이었다. 스포츠 정신인 페어플레이를 위반하는 행위였다.

이러한 도의적 책임 문제뿐 아니라 입후보 자격 유무에 관한 논란도 제기되었다. 실제 선거 이후 선거 무효 등 확인 소송이 제기되고 법적 분쟁으로 이어지며 잡음이 이어졌다.

과거에는 50여 개의 가맹단체 대의원들이 투표권을 행사했지만, 이번에는 전국의 선수와 지도자, 체육동호인 등 약 1천4백여 명으로 구성된 선거인단이 회장을 뽑는 방식이었다.

선거 때만큼 집단 이익이 명확하게 드러나는 경우는 없다. 이미 "모 후보가 어느 단체에 얼마의 예산을 약속했다더라", "어느 생활체육회 회장이 모

제40대 대한체육회장 선거

여러분이 주인인 대한체육회
이에리사 가 만들겠습니다.

기호 2
건강한 대한민국 체육의 미래 설계자
이에리사

2016년 대한체육회장 선거 브로셔

후보를 민다더라" 식의 소문이 선거판을 뒤흔들고 있었다. 그럴 수밖에 없는 것이, 신임 체육회장은 등록 선수 6백만 명을 관리하며 연간 약 4천억 원의 예산을 집행하는 자리다. '체육대통령'이라 불리는 그 자리를 오직 권력으로만 생각하는 사람도 있는 것이다.

10월 5일, 올림픽홀에서 통합대한체육회장 선거가 실시됐다. 각 후보마다 10분간의 소견 발표 시간이 주어졌다. 단상에 올라 청중들을 바라보자 지난 선거가 떠오르고 가슴이 뭉클했다. 내 진심을 있는 그대로 전하고 싶었다. 준비해 간 원고는 그대로 접어서 주머니에 넣었다. 거창한 명문을 늘어놓는 대신, 우리가 진실로 바라봐야 할 현재와 미래를 이야기하고 싶었다. 뜨겁게 뛰는 가슴을 누르며 차분히 입을 열었다.

> 존경하는 체육인 가족 여러분!
> 저는 오늘 참으로 비장한 각오로 이 자리에 섰습니다. 지난 19대 국회에서 의정 활동을 마친 저는, 회장 선거 관리 규정 11조 2항 때문에 출마를 할 수가 없는 것으로 돼 있었습니다. 그런데 서류 접수 마감 하루 전 어느 분의 가처분 신청이 받아들여져, 가까스로 오늘 이 자리에 설 수 있었습니다. 제 인생에서 50년간 쌓아 온 체육인으로서의 경험을 드디어 체육계에 되돌려드리고, 은혜를 갚을 수 있는 기회가 온 것을 감개무량하게 생각합니다.

체육인 여러분! 우리 대한민국 체육은 1920년 조선체육회 발족으로 시작해, 4년 후면 100년이 됩니다. 이 시점에서 우리 대한체육회의 자율성과 독립성이 지켜지고 있는지, 과연 우리의 뜻대로 체육 행정이 이루어지고 대한체육회가 올바른 방향으로 나아가고 있는지 되돌아봐야 합니다. 오늘날 체육계가 겪고 있는 어려운 현실은 누구의 책임입니까? 바로 우리 체육인 전체의 책임이라고 생각합니다. 저도 체육인으로만 머물 때는 몰랐습니다. 그런데 국회에 가서 일을 해보니 우리 체육계는 너무나 침체되어 있고 정체돼 있었습니다. 국회나 정부에서 볼 때 체육은 소외된 분야였습니다. 그야말로 아시안게임, 올림픽, 국제 대회에서 메달 따고 성적을 내는 정도로만 인식이 되어 있었습니다. 참으로 안타까웠습니다.

저는 체육회 회장이 되면 여러분과 함께 그 위상을 회복하고 싶습니다. 현재 체육과 관련된 모든 업무는 문화체육관광부의 소관입니다. 여러분도 보셨을 겁니다. 이번에 처음으로 시작되는 통합체육회 회장 선거에서도, 정부가 누구를 미네 마네 언론을 통해 모두 드러났습니다. 용기를 낸 힘은 민심이 천심입니다. 우리 체육인 가족들은 제가 50년 동안 체육계에서 걸어온 발자취를 잘 아시기 때문에, '다시 일 한 번 해보라'고 기회를 주신 것으로 믿고 있습니다. 도와주십시오. 우리는 변해야 합니다. 우리에게 필요한 것을 찾아서 변화하며, 새로운 100년을 준비하는 대한체육회가 되어야 합니다. 저는 누리는 회장이 아니라 일하는 회장이 되겠습니다.

소견 발표에 앞서서 하고 싶은 이야기가 한 가지 있습니다. 제가 의회에서 활동하는 동안에 체육계에 수많은 변화가 있었습니다. 그중에서 가장 가슴 아팠던 것은 '대한체육회 임원들의 중임제 금지 제도를 이에리사가 만들어서 그동안 체육계에서 애쓰신 어른들을 내쫓았다'라는 루머였습니다. 저는 절대 그런 일을 한 적이 없습니다. 제가 체육회의 50년을 지켜본 산증인입니다. 왜 어르신들을 섬기지 않겠습니까. 터무니없는 오해를 벗고 싶습니다.

제가 체육회장에 나간다고 하니까 정말 수많은 분들이 저에게 문자, 메일을 보내셨습니다. '회장이 되면 뭘 할 거냐?', '소외된 종목은 어떻게 할 거냐?', '통합 과정에서 소외된 체육인들에 대한 대책이 있느냐?', '공약 이행 못하면 어떻게 할 거냐?' 질문이 많았습니다. 이 자리에서 답변하겠습니다. 제가 열심히 일하지 않아서 체육인들이 비난한다면 미련 없이 물러나겠습니다. 능력 없이 자리나 차지하고 있을 이유가 없습니다.

체육회장으로서 약속한 공약은 지켜야지요. 저는 지금까지 말과 행동이 저의 생명이라고 생각했습니다.

회장은 일하는 자리입니다. 누리는 자리가 아닙니다. 대한민국의 체육인들, 체육을 즐기는 국민을 위해 일하는 자리라고 생각합니다. 행사에나 나가는 회장이어서는 안 됩니다. 현장에서 함께하며, 울고 웃는 회장이 되겠습니다.

국민이 주인인 대한체육회입니다. 이 슬로건을 제가 정했습니다. 여기 계시는 우리 체육인 여러분들이 주인인 대한체육회입니다. 여러분을 섬기겠습니다. 소통하겠습니다. 문을 열겠습니다. 제가 국회의원 하면서도 수많은 자문위원단 그룹을 만들었습니다. 회의하고 소통하면서 그분들과 함께 법안과 정책을 만들었습니다.

제가 체육회장이 되면 지방 체육의 재정적인 확대, 자율성, 독립성을 보장하겠습니다. 통합체육회에서 소외된 각 종목들을 어울러 함께 가겠습니다. 비인기 종목, 메달 못 땄다고 소외돼서는 안 됩니다. 도와주고 밀어줘서 메달 따도록 지원하겠습니다. 대한민국의 체육은 대한체육회가 끌고 가는 게 아닙니다. 지방에서 애쓰는 분들의 노고로 선수가 발굴되고 사람들이 체육 활동을 할 수 있는 겁니다.

섬기는 대한체육회를 꼭 만들겠습니다. 앞서 말씀드린 소외된 분들, 비인기 종목들, 재정적인 어려움 100퍼센트 지원하겠습니다. 이 모든 것은 예산이 뒷받침돼야 합니다. 국회에서 저는 예산을 어떻게 책정하고 마련해야 하는지 배웠습니다. 예산, 마련할 수 있습니다. 법을 바꾸거나 만들지 않아도 할 수 있습니다. 법 없이도 제가 뛰어서 국립체육박물관 예산 250억, 배정받았습니다. 대한민국체육유공자법 만들어서 30년간 휠체어에 앉아 있는 우리 김소영 선수가 대한민국 체육유공자가 됐습니다.

회장은 뛰어다니며 일해야 합니다. 우리 체육인들이 혜택받고 그 사람들이 안전하게 운동할 수 있게 만들어줘야 합니다. 생활 체육 시설, 확충해야 합니다. 종목의 다양성, 확보해야 합니다. 이 모든 것들 해내겠습니다. 못하면 내려오겠습니다. 다시 말씀드리지만 50년간 쌓은 저의 경험, 체육계에서 보고 느낀 것들을 총망라해서, 새로운 패러다임에 맞는 대한체육회를 꼭 만들겠습니다.

저는 그동안 목표를 세운 일은 반드시 이루어 왔습니다. 포기한 적도, 멈춘 적도 없습니다. 체육회장으로서 우리 체육인들을 바라볼 때 부끄럽지 않게 일하겠습니다. 소통하겠습니다. 함께하겠습니다. 열심히 발로 뛰는 회장, 섬기는 회장, 늘 현장에 있는 회장으로 최선을 다하겠습니다.

도와주십시오. 감사합니다!

원고도 없이 가슴으로 쏟아 놓은 정견 발표 내용은, 지인이 현장에서 녹음을 해놓은 덕에 다시 들을 수 있었다. 내가 했던 말인데도 또다시 가슴이 저릿했다.

대한체육회 회장이 되면 하고 싶은 일, 해야 할 일이 너무 많았다. 꼭 해야 할 일도 하지 못한 채, 선장 없는 난파선처럼 떠도는 체육회를 바라보는 심정이 서글픈 동시에 절박했다. 투표 결과 발표를 보기 위해 대기 장소를 나서며, 나는 곁에 있던 김현희 비서관에게 말했다.

"오늘의 선택으로 향후 대한민국 스포츠 50년의 길이 정해질 겁니다."

결과적으로 그날 현장에 있었던 사람들은 이기흥 회장을 선택했다. 페어 플레이는 스포츠의 상징적 정신이다. 체육인으로 살아온 50년이 스쳐가며 처음으로 체육계에 대한 회의감이 들었다.

그 선택의 결과는 어떤가? 빙상 심석희 선수 사태 때의 대한체육회와 이기흥 회장의 비상식적인 대응, 평창 동계올림픽에서의 막말 갑질 논란처럼 크고 작은 사건이 이어졌고, 급기야 체육계 안팎에서 회장 사퇴를 요구하기에 이르렀다. 지방체육회의 자율성과 독립성 문제를 두고 대한체육회와 지방체육회의 갈등은 끝나지 않을 기세다. 엘리트 체육과 생활 체육의 갈등도 여전하다. 현재에 뒷덜미가 잡혀 미래로 나아가는 길은 멀어 보인다.

대한체육회 회장은 특권으로 장식된 권좌가 아니며 IOC 위원으로 가기 위한 디딤돌은 더욱 아니다. 그럼에도 불구하고 이기흥 회장은 NOC 위원장 자격으로 IOC 위원이 되었으며, 차기 회장 선거를 앞두고 재선에 걸림돌이 될 만한 정관을 고치는 대담한 일도 감행하고 있다. 회장 선거 90일 전 현직을 사임해야 하는 규정이 IOC 위원으로서 직무를 연장해 가는 데 걸림돌이 된다며, 선거일까지 회장 직을 유지하는 안을 제시한 것이다. 자신의 재선을 기정사실화한 행태가 아닐 수 없다.

누구를 위한 대한체육회인가? 누가 전진이 아닌 후퇴의 현실을 만들었는가? 뼈아프게 우리 자신에게 던져야 할 질문이다.

스포츠 가치 실현은 말이 아니라 행동

같은 풀이라도 '소가 먹으면 젖이 되고 뱀이 먹으면 독이 된다'는 말이 있다. '힘을 가진 자리'도 어떤 사람이 어떻게 쓰느냐에 따라 완전히 다른 것이 된다. 자리의 힘을 사리사욕 채우는 데 쓰면 주변에 피해를 주고 비난을 피할 수 없다. 하지만 그 힘을 꼭 필요한 곳에 쓰면 많은 사람이 행복해질 수 있다.

국회의원의 '힘'을 사사로운 곳에 쓴 적은 결단코 없다. 하지만 꼭 필요한 곳에는 유감없이 그 힘을 사용했다.

부탄과의 인연은 2014년 아시안게임 선수촌장을 맡았을 때 시작되었다. 부탄은 7개 종목에 16명의 선수를 파견한 미니 참가국이었다. 그때까지 아시안게임에 일곱 차례 참가했지만 메달은 단 하나도 획득하지 못한 상태였다.

성적과 상관없이 계속 도전을 이어 가는 그들이야말로 진정한 스포츠 정신을 구현하는 사람들이었다. 선수단을 초청해 격려의 자리를 마련했다. 그들과의 만남을 통해 스포츠 인프라가 턱없이 부족한 부탄의 현실을 알게 되었다.

아시안게임이 끝난 후 나는 직접 부탄을 방문해 현지의 스포츠 시설과 현황을 파악했다. 그들의 현실은 인프라라는 말을 쓰기도 부족했다. 변변한 체육관 하나가 없는 형편이었다. 운동할 곳이 없어서 학교 계단 밑에 탁구대를 놓고 운동했던 경험이 있는 나로서는, 그들이 느낄 갈망을 공감할 수 있었다.

2014년 말, 5천7백만 원 상당의 양궁, 태권도, 복싱 용품을 먼저 지원하고 이어 복싱 지도자를 파견했다. 가장 큰 약속은 '체육관 건립'이었다. 우리나라 정부는 단 한 번도 다른 나라에 스포츠 시설 건립을 지원한 적이 없었다. 최초의 일이니 어디에서 주관을 하고 어떻게 진행할지 정부도 당혹스러워할 정도였다. 담당자를 찾아다니며 설명하고 설득하는 긴 과정을 거쳐, 2016년 5월 부탄에 다목적 체육관 공사를 시작할 수 있었다. 그리고 2년 뒤인 2018년 5월 아담하지만 실속 있는 작은 체육관이 완공돼 문을 열었다.

해외에 체육관 건립을 지원하는 것은 정부에서도 생각지 못했던 일이었기

부탄 탁구장에서 어린이들에게 원포인트 레슨을 마친 후 기념촬영.
스포츠는 시설, 선수, 지도자의 삼박자가 조화를 이루어야 한다.

2014 인천 아시아경기대회 선수촌장 시절
부탄올림픽위원회 지겔 우겐 왕축 위원장 면담

에 모두 체육관 완공을 놀라워했다. 나는 한 번도 그게 불가능한 일이라고 생각한 적이 없다. 의지가 확고하다면 불가능을 가능으로 바꾸는 건 어렵지 않다. 우리나라는 원조 수혜국에서 공여국으로 전환한 최초이자 유일한 나라가 되었다. 우리나라가 어려웠던 시절, 우리도 외국의 도움을 받아 해외 전지훈련도 하고 국제 대회 참가도 하며 실력을 키울 수 있었다. 스포츠를 통해 우리가 받았던 도움을 돌려주고 나눠주는 일은, 내겐 당연한 의무이자 책임이다.

부탄을 방문했을 때, 어린 학생들과 탁구를 치며 잠시 즐거운 시간을 보냈었다. 어쩌면 그 체육관에서 운동을 한 학생들 중에 미래의 올림픽 메달리스트가 나올지도 모른다. 꼭 그런 날이 오기를 진심으로 바란다.

스포츠로 진정한 행복을 나눌 수 있었던 또 하나의 국가 남수단.

남수단공화국은 오랜 내전 끝에 2011년 독립을 이룬 아프리카 신생국으로, NOC(국가올림픽위원회)가 결성되지 않아 국제올림픽위원회에 가입하

2014년 남수단 수도 주바에서 열린 올림픽위원회 창립식.
와니 잉가 부통령으로부터 대통령 감사패를 받았다.

지 못한 상태였다. 따라서 올림픽 참가 자격 역시 없었다.

　정말 놀라운 일은, 아무리 황폐한 곳에서도 아이들은 공을 찬다는 사실이다. 척박한 땅에서도 스포츠는 즐거움이 되고 희망을 준다. 우리나라가 일제 강점기에 손기정 옹의 마라톤 우승으로 민족적 자긍심을 얻었던 것처럼, 남수단이 스포츠를 통해 자국에 대한 자부심을 느끼고 국가의 기틀을 마련할 수 있다면 그만큼 의미 있는 일도 없을 것 같았다.

　'분쟁의 땅'으로 불리는 남수단은 체육 시설은 물론이고 지도자, 훈련 프로그램이 전무한 상태였다. 최우선 과제는 IOC 가입을 위한 5개 종목 이상의 남수단 종목 협회 창립을 돕는 것이었다.

　2014년 6월, 정부와 협의를 통해 종목 협회의 창립과 지역 및 국제연맹 가입을 위한 예산 2만 달러를 지원하기로 했다. 그 결과 기존에 있던 축구, 태권도 외에 탁구, 농구, 핸드볼, 육상, 배구, 복싱, 유도 등 7개 종목의 협회 창립과 그중 농구, 핸드볼, 육상, 유도 종목의 국제연맹 가입을 진행할 수 있었다.

2014년 7월 5일 남수단 독립 3주년 기념일에 맞춰 '남수단올림픽위원회' 출범 행사가 열렸다. 감격적인 순간이었다. 나는 남수단 정부의 국빈 초청으로 행사에 참석해 대통령 감사패를 받았다. 올림픽위원회 창립 공헌에 대한 감사 표시였다. 내가 대신 받았을 뿐, 대한민국 정부에 수여한 감사패나 다름없었다. 이듬해에는 선수 육성에 필요한 종목별 경기 용품 비용으로 4만7천 달러를 지원했다. 남수단은 그해 8월, 말레이시아 쿠알라룸푸르에서 열린 IOC 제128차 총회에서 206번째 회원국으로 승인되었다. 그리고 이듬해 2016년 브라질 리우올림픽에서 처음으로 자국 국기를 달고 올림픽에 출전하는 영광을 누렸다.

아쉬운 점은 '체육관 건립'이 흐지부지 돼버린 것이다. '남수단 1호 체육관' 착공을 목표로 외교부, 코이카(한국국제협력단)와 협의하며 진행 중이었으나 현지 정부의 역량 부족으로 보류가 되었다. 또 문화체육관광부와 개발도상국에 '작은 체육관 지어주기' 사업에 대해 협의했던 내용은 시간이 지나며 흐지부지 돼버려 아쉬움이 남는다.

2014년 7월 7일 남수단 방문 마지막 여정으로 '한빛부대'를 방문하는 특별한 기회를 얻었다. 애당초 남수단에 가겠다고 했을 때 외교부에서는 위험 지역이라는 이유로 반대를 했었다. 나 역시 출국을 하면서도 마음 한편이 편치는 않았다. 하지만 의미 있는 일을 하기 위함이었기에 불미스러운 일이 생길지라도 '영광스러운 죽음'이라고 생각했다. 남수단 방문에 동행했던 김현희 비서관이 훗날 "저는 생각 안 했느냐"는 농담을 던져 다 같이 웃기도 했다.

한빛부대는 수도 주바에서 북쪽으로 170km 떨어진 곳에 위치해 있었다. 우리가 탄 UN 헬기는 양쪽 문이 없어서 아슬아슬하기만 했다. 누가 이런 경험을 쉽게 해볼 수 있을까?

우리 한빛부대는 유엔 남수단 임무단의 일원으로 난민 구호, 의료 지원 활동 등 남수단 재건 지원 업무를 담당하고 있었다. 내전의 위험은 여전했다. 내가 방문지에 도착하기 얼마 전에도 부대 주변에서 총격전이 벌어져 국제구호기구 직원들이 대피하는 일이 있었다고 했다.

만약을 대비해 방탄조끼를 입고 보르 기지 내의 난민보호소를 방문했다. 낡은 천막으로 이루어진 시설에서 만난 아이들은 비록 옷차림은 남루했지만 웃고 뛰노는 모습은 해맑았다. 어디선가 나타나 내 손을 잡고 내내 따라다니던 아이의 순수한 눈빛이 잊히지 않는다. 난민보호소 한편에서는 한빛부대 공병들이 뜨거운 태양 아래 수로를 고치고 있었다.

부대로 돌아와 머나먼 타국에서 고생하는 300여 명의 장병들을 상대로 짧은 특강을 하고 격려금을 전달했다. 국회의원이 한빛부대를 격려하기 위해 방문한 것은 내가 처음이라고 했다. 이날 특별히 마련된 한빛부대 탁구 경기를 함께한 뒤 간단한 시상식을 진행하며 장병들과 잠시 즐거운 시간을 보냈다. 저녁 시간에는 6명의 여군들과 따로 만나는 시간을 마련했다. 여자 선배로서 해줄 수 있는 이야기, 그리고 그들의 고민을 나눌 수 있는 의미 있는 시간이었다.

남루한 옷차림이지만 축구공을 받아들고 마냥 행복해 하던 아이들, 흙바닥 위를 힘차게 뛰는 아이들의 모습은 삭막한 현실을 잊은 듯했다. 언제 긴박한 상황이 터질지 모르는 분쟁 지역에서도 작은 탁구공 하나로 즐거워하는 장병들을 보면서 스포츠의 힘이 위대하다는 걸 다시 한 번 느꼈다.

스포츠 약소국에 대한 지원은 나의 소망인 동시에 우리의 의무다.

우리나라가 가난했던 시절, 우리도 선진국으로부터 지원을 받으며 운동을 했다. 나는 지금도 스칸디나비아 오픈선수권대회를 앞두고 스웨덴의 할

름스타드에서 스웨덴 대표팀과 함께 합숙 훈련을 했던 기억을 잊지 못한다. 당시 유럽 랭킹 1, 2위를 다투던 선수들과 훈련하며 기량을 끌어올릴 수 있었던 건, 스웨덴 탁구협회의 배려 덕분이었다. 세계 톱10 안에 들어갈 정도의 스포츠 강국이 된 지금, 과거 우리가 받았던 것을 스포츠 약소국들에 돌려줘야 할 때다.

부탄의 체육관 건립, 남수단 올림픽위원회 창립 지원은 첫걸음일 뿐이다. 스포츠의 열정에는 이념과 국경의 차이가 없다. 그 즐거움을 누리는 데 빈부의 차이로 기회가 달라져서도 안 된다. 단지 기량을 겨루며 경쟁하는 스포츠가 아니라, 그 과정과 결과를 함께 나눌 때 진정한 스포츠의 가치가 실현된다.

스포츠의 가치 실현은 멋진 문구로 존재하는 게 아니다. '행동'으로 옮겨야 비로소 완성되는 것이다.

스포츠를 통한 나눔, 이에리사 휴먼스포츠

스포츠를 통한 가치 실현과 나눔을 어떻게 실행할 것인가?

부탄과 남수단 지원을 이뤄 내며 그 명제가 한 발 더 다가왔다. 모두가 불가능하다고 고개 저었던 두 나라에 대한 지원을 완성할 수 있었던 건, 사회 공헌에 대한 체육인의 사명감 때문이었다. 어려운 상황에도 포기하지 않았다는 사실이 뿌듯했다.

국회의원 임기 말에 '재단'을 만들라고 권유하는 사람들이 있었다. 현직에 있으면서 재단을 만들면 여러모로 수월하리라는 건 나도 알았다. 하지만 그건 내 신념에 위배되는 일이었다. 국회의원 자리에 있는 동안 개인적인 일을 할 수는 없었다.

외국에는 내 이름을 걸고 매년 진행되는 탁구 대회들이 있다. 국회의원이 되기 전인 2010년 호주에 '이에리사배 호주 한인탁구대잔치'를 신설한 것을 시작으로, 2012년에는 '미국 오픈탁구대회', 2016년에는 '뉴질랜드 오픈탁구대회'를 만들었다. 그중 호주 대회는 호주 탁구 국가대표를 선발하는 4개 대회 중 하나를 겸할 만큼 비중 있는 대회가 되었다. 뉴질랜드 오픈 역시 뉴질랜드 국가대표가 되는 데 필요한 랭킹 포인트를 부여하는 중요한 대회로

호주 시드니 이에리사배 탁구대회 시상식. 해외 이에리사배 탁구대회는 대한민국의 국가브랜드를 제고하고 교민들의 자긍심을 높이는 데 기여하고자 시작한 스포츠 외교 프로젝트다.

자리 잡았다. 탁구로 세계 스포츠 발전에 기여하겠다는 바람을 일정 부분 이룬 셈이다.

국회의원 임기를 마치고 1년 정도, 내가 할 일에 대해 고민했다. 두 가지 전제가 있었다. 먼저 옮겨 갈 '자리'를 기웃거리며 추한 모습을 보이지 않겠다는 것과 지금까지 살아온 내 인생 여정과 맞는 일을 하겠다는 것이었다.

나는 국회의원으로 일하는 동안 특별한 경우가 아니면 저녁에 열리는 외부 행사에 참석하지 않았다. 우리 보좌진들은 "의원님처럼 저녁 스케줄이 한가한 의원은 없을 것"이라고 우스갯소리를 하기도 했다. 주변에서는 다양한 네트워크를 만들어야 한다고 넌지시 조언하는 사람도 있었다. 하지만 네트워크를 만들고 누군가의 '힘'을 빌리게 되면, 그건 내가 갚아야 할 '빚'이 된다. 깨끗한 정치인이 되기 위해서는 빚을 지지 말아야 한다는 게 내 생각이었다. 그렇게 4년을 보냈으니 '전직 의원'을 앞세워 옮겨 갈 다른 자리를 기웃거릴 일은 없었다.

▲ 금메달

등번호 ▲

▼ 선수증

우승 기념 우표 ▼

1973년 사라예보 세계탁구선수권대회 기념물

　국회의원 임기를 마친 뒤 다시 탁구 감독으로 돌아가고 싶은 마음이 있었다. 하지만 여자 탁구의 현실이 몹시 어려운 형편이었다. 또 현장으로 돌아간다면 내 성격상 가만히 앉아 있는 감독의 모습은 아닐 텐데, 예전처럼 젊은 선수들과 함께 뛰기에는 체력의 한계를 인정하지 않을 수 없었다.

　그래도 어린 탁구 꿈나무들의 성장을 곁에서 지켜보고 싶은 마음을 완전히 접은 것은 아니다. 내 소망 중 하나는 조그만 '기념관'을 마련하는 것이다. 선수시절 받았던 트로피와 상패, 사라예보 세계탁구선수권대회 출전 당시 사용했던 라켓과 착용했던 등번호, 선수 출입증, 우승 기념 발행 우표 등, 갖가지 물건들을 오랫동안 간직해 왔다.

　훈련 상황을 꼼꼼하게 기록한 '일지'에는 그때의 열정과 땀이 고스란히 배어 있다. 그 물건들은 내 개인의 기록을 넘어 대한민국 탁구의 역사이기에 더욱 소중하고, 미래로 전해져야 한다는 생각이다. 여건이 되면 그 기록물들을 전시할 수 있는 기념관을 세우고, 그 옆에 작은 체육관을 만들어 어린 학생들에게 탁구를 가르치고 싶다. 내 도전의 흔적이 아이들의 꿈과 목표에 동기를 부여할 수 있다면 정말 행복할 것이다.

내가 어떤 자리에서 어떤 일을 하든 확실한 한 가지는, '탁구'와 나아가 '체육계'에 보탬이 되는 일이어야 한다는 것이다. 1년 동안 많은 사람들을 만나 이야기를 듣고 의견을 나누며 고민을 거듭했다. 그 긴 고민 끝에 탄생한 게 비영리 사단법인 '이에리사 휴먼스포츠'다.

법인을 만들면서 세상의 몰랐던 부분을 많이 알게 되었다. 조그만 사단법인 하나 만드는 데 법적인 절차가 너무 복잡하고 까다로웠다. 후원자를 모으는 일도 생각만큼 쉽지 않았다. 그래도 주변 사람들이 십시일반 힘을 보태며 응원해 주었다. 씩씩한 우리 언니들은 친구들 명단과 연락처를 가득 적은 메모를 내밀어 나를 감동시켰다. 우리 가족의 성향은 모두 비슷하다. 나처럼 남에게 부탁이나 아쉬운 소리를 잘 못한다. 그런 언니들이 동생을 위해 팔

에리사랑 주니어 탁구대회 참가자 단체 사진

걷고 나선 것이었다. 큰언니는 친구들에게 "우리 에리사가 스포츠 법인을 만
드는데, 좋은 일이니 후원하라"고 당당하게 이야기를 했다고 한다. 그 말에
선뜻 후원을 결정해 준 언니 친구들이 고마웠고, 큰언니가 존경스러웠다. 언
니가 평소 주변으로부터 신뢰받는 사람이 아니었다면 친구들이 그렇게 나서
주지 않았을 것이다.

　뜻밖의 감동적인 후원자들도 있었다. 선수촌장 시절 동고동락했던 한정
숙 영양사, 신승철 검식사, 여경호 제빵사 등 주방 식구들이다. 이분들은 진
심으로 선수들을 자식처럼 여기며 자랑스러워한다. 스포츠를 사랑하기에 스
포츠로 더 나은 세상을 만드는 일에 기꺼이 힘을 보태준 것이다. 나 역시 법
인에 후원을 하고 있다.

　법인 운영을 맡은 김현희 사무총장은 내가 국회의원으로 재직하던 때 의원
실 비서관이었다. 내가 법인을 만들겠다는 결심을 했을 때, 의미 있는 이 일에
기꺼이 함께해 주었다. 십시일반 모이는 후원금을 조금이라도 알뜰하게, 꼭 필
요한 곳에만 명확하게 쓰려는 엄격한 내 뜻을 따르느라 고생이 많을 것이다.

에리사랑 시니어 탁구대회 출전 기념 촬영.
시니어들의 건강하고 풍요로운 은퇴 후 삶을 응원하는 취지의 대회다.

2017년 4월 법인을 발족하고 첫 해 사업으로 '제1회 에리사랑 시니어탁구대회'와 '꿈나무 선수 장학금 전달식'을 실시했다.

시니어탁구대회는 중장년층의 은퇴 후 사회적 고립을 예방하고 소통의 장을 제공함으로써 심신이 건강한 삶의 기반을 마련하자는 취지에서 기획한 대회다. 건강이 주어지지 않은 '100세 시대'는 축복이라 할 수 없다. 노후를 건강하게 보내려면 평생 스포츠 종목들을 활성화시켜 시니어들의 건강과 행복한 삶을 돕는 게 무엇보다 중요하다.

50세 이상 탁구 동호인 400여 명이 참가한 '제1회 에리사랑 시니어탁구대회'의 반응은 생각 이상으로 뜨거웠다. 참가자들은 "이런 대회가 많았으면 좋겠다"며 진정 대회를 즐기는 모습이었다.

시니어탁구대회는 2019년 11월 8일 제3회 대회까지 진행되었다. 이 대회의 성공적 개최를 가능하게 한 1등 공신은 탁구계의 후배와 제자들이다. 50여 명의 후배와 제자들은 심판과 현장 진행을 맡아 완성도 높은 대회를 만

이에리사 휴먼스포츠 꿈나무 선수 장학금 전달식.
비인기 종목 유망선수들을 꾸준히 발굴하여 그들의 꿈을 응원할 계획이다.

들어주었다. 주변에서 실질적 지원을 아끼지 않는 분들에 대한 고마움은 이
루 말할 수 없을 정도다. 힘찬병원 이수찬 대표원장은 매년 (사)이에리사 휴먼
스포츠에 적지 않은 금액을 기부하는 고마운 분이다. 지난 2017년 우리 법인
과 MOU를 맺은 힘찬병원은, 대회마다 현장에 의료진과 앰뷸런스를 지원해
안전한 대회를 치를 수 있도록 돕고 있다. 또 업무 협약을 통해 체육인에 대한
지속적인 의료 서비스와 의료 혜택을 약속한 든든한 지원군이기도 하다. 우
리 법인의 고문이신 동아방송예술대학 최원석 이사장님은, 대회 현장을 영상
기록물로 남기는 의미 있는 지원을 해주신다. 그 밖에도 대회를 풍성하게 만
들 수 있도록 지원을 아끼지 않는 (주)교육다움 성영남 대표와, 매 대회 물품
을 협찬해 주는 (주)봉평농원 등 고마운 분들이 정말 많다. 주변의 이런 지원
과 격려가 없었다면 매번 멋진 대회를 만들지 못했을 것이다.

'꿈나무 선수 장학금'은 어려운 형편 속에서도 꿈을 이루기 위해 노력하는
사회취약계층 학생 선수들을 지원하기 위한 것이다. 2017년 1회에 테니스

꿈나무 2명에게 장학금을 지급한 것을 시작으로, 2018년 2회에는 우슈와 축구 종목에서 3명, 2019년 3회에는 탁구와 육상 꿈나무 5명을 지원했다.

장학금은 가급적 비인기 종목의 어린 선수들에게 혜택이 돌아가게 하려고 한다. 선수에게 '관심을 가지고 있다'는 격려의 의미를 담은 것이다. 장학금을 받은 학생들에게는 동기 부여가 되리라고 믿는다. 내 바람에 비하면 아직은 적은 숫자지만 앞으로 더 많은 학생들이 장학금 수혜자가 되도록 노력할 것이다.

2018년에는 체육계의 숨은 일꾼을 찾아 노고를 치하하는 '휴먼스포츠 어워드'와 '주니어탁구대회'를 신설했다.

주니어탁구대회는 방과 후 수업이나 취미로 탁구를 즐기는 유·청소년의 스포츠 활동을 장려하고 스포츠 가치를 함양하자는 취지에서 마련한 대회다. 스포츠에 관심이 없는 사람이라면, 이 주니어탁구대회에 초대해 어린 학생들이 시합하는 모습을 보여주고 싶다. 시합에 몰두한 어린 학생들의 표정은 진지하면서 생동감이 넘친다. 아이들은 이기고 지는 것에 상관없이 "재미있다"고 외친다. 진정한 스포츠의 즐거움이 어떤 것인지 그대로 보여주는 모습이다.

이 대회에는 한부모 가정이나 다문화 가정 학생들의 참여를 적극적으로 유도하고 있다. 성장기의 어린 학생들이 환경 때문에 스포츠의 즐거움에서 소외되지 않도록 적극적으로 도울 생각이다.

법인이 설립된 지 4년째다. 하고 싶은 일들은 너무 많은데 생각보다 속도가 나질 않아 조급해질 때도 있다. 내가 좀 더 적극적으로 후원자를 모셔야 한다는 책임감을 느끼기 때문에 더 조급한 것인지도 모른다. 하지만 일단 눈앞의 일들을 하나씩 해결해 가며 다음 단계로 나아가려고 한다.

시니어대회와 주니어대회 모두 지금은 시작 단계일 뿐이다. 앞으로 점점 규모를 키워 가려고 한다. 여건이 나아지면 현재 연 1회인 주니어대회는 봄·가을 2회로 늘릴 예정이다.

온 가족이 함께하는 '가족대회'도 구상하고 있다. 아이들 대회에 부모와 조부모 3대가 함께 오는 집들이 있다. 조그만 밥상까지 챙겨 와서 온 가족이 둘러앉아 밥을 먹고, 접이식 의자에 앉은 할머니가 손주를 응원하는 모습은 그야말로 이상적인 가족 스포츠의 모습이다. 이런 가족이 함께 탁구를 즐기며 건강해질 수 있는 가족대회를 만들고 싶다.

미래 세대의 건강한 신체와 정신을 위한 적극적인 지원, 스포츠를 통한 기부와 나눔 활동은 '이에리사 휴먼스포츠'의 기본 정신이다. 지난 4월 28일에는 우리 사단법인이 뜻 깊은 나눔에 동참했다. '대구시체육회'와 '경북체육회'에 각각 1천만 원씩 총 2천만 원을 기부한 것이다. 최근 코로나19 때문에 스포츠 활동이 위축되며 생계에 어려움을 겪는 체육인들이 많아져 너무 안타까웠다. 모두 어렵지만 특히 코로나19 피해가 가장 컸던 대구·경북 지역 체육인들의 고통을 나누는 게 급선무라는 생각이 들었다.

얼마 전 '대구시체육회'에서 우리가 기부한 성금으로 대구 지역 4개 대학에 재학 중인 체육특기자 10명에게, 1인당 1백만 원씩 장학금을 지급했다는 소식을 전해 왔다. 또 '경북체육회'는 우리가 기부한 성금으로 지역상품권을 구매해 도내 체육인 20명에게 각 50만 원씩 지급할 예정이라고 한다. 우리의 작은 보탬이 씨앗을 틔우는 자양분 또는 비바람을 버티는 작은 우산이 된다면, 훗날 더 큰 결실을 맺으리라 기대해 본다.

이제 시작일 뿐이다. 그늘진 곳에 있는 체육인들을 돕는 일, 저개발 국가의 어린이와 청소년들에 대한 지원 등, 앞으로 해야 할 일이 정말 많다. 내가 매일 아침 운동화 끈을 다시 동여매야 하는 이유다.

시간은 흐르는 게 아니라 쌓이는 것

용인대학교 교수로 임용되었을 때 나는 만 48세였다.

교수 임용 면접에서 면접관이 내게 물었다.

"교수 하기에 나이가 너무 많다고 생각하지 않습니까?"

예상치 못했던 질문이었지만 나는 전혀 당황하지 않았다.

"나이가 교수직을 수행하는 데 문제가 된다고 생각하지 않습니다. 제 경험과 연륜이 있으니 오히려 젊은 교수가 하지 못하는 것, 경험하지 못한 것을 가르칠 수 있다고 생각합니다."

사람들은 '시간이 흐른다'고 말한다. 지나간 시간은 낡은 사진첩 속의 빛바랜 사진처럼 그저 추억으로 남는 것일까? 나는 그렇게 생각하지 않는다. 전력을 다해 살아온 사람의 시간은 흐르는 것이 아니라 쌓이는 것이다.

인생의 과정 하나하나는 버릴 게 없다. 너무나 고통스러웠던 일이나 경험이 지나고 보면 큰 자산으로 남기도 한다.

내가 처음 지도자 생활을 시작했던 70년대 말의 한국 사회는 여성의 사회 진출이 특별한 일로 여겨지던 때였다. 부끄럽게도 '암탉이 울면 집안이 망한다'는 말을 공공연하게 했다. 직장 생활을 하는 여성에 대해서는 '설친다'며 눈엣가시로 여기던 시대였다.

스물네 살의 앳된 여자 코치에 대한 호의 따위는 없었다. 언론은 '최초의 여성 지도자' 등장에 주목했지만, 남자들은 나를 자신들의 밥그릇을 빼앗으러 나온 겁 없는 여자애 정도로 취급했다. 그들이 만들어 내는 유언비어 속의 나는 실체와 전혀 다른 '가공의 인물'인 것 같았다. 사람의 말이 얼마나 무서운 것인지 뼈가 저리도록 실감했다. 내 앞에 길을 제시할 만한 여자 선배나 지지 기반도 당연히 없었다. 혼자서 싸우고 해결하고 버텨 내야 했다. '스타플레이어는 지도자로 성공하지 못한다'는 불신의 시선도 무거운 짐이었다.

그 모든 난관을 극복해야 하는 이유는 나 하나를 위해서가 아니었다. 내가 그 난관을 극복해 내면 후배들에게 길이 될 것이고, 굴복하면 길이 끊어질지도 모른다는 무거운 책임감이 있었다. 그게 내가 더 치열하게 싸울 수밖에 없는 이유였다.

여자 지도자에게는 남자 지도자가 갖지 못한 많은 장점이 있다. 가장 큰 장점은 공감 능력이다. 일반적으로 남자들은 타인의 감정을 이해하는 능력이 떨어지는 듯하다. 남자 지도자는 선수를 야단치고도 그 사실을 무심할 정도로 잊어버린다. 반면 여자 지도자는 야단을 친 다음 선수의 감정을 생각하고 자존심 상하지 않도록 풀어주려 노력한다. 소통과 관계 형성에서 여자 지도자와 남자 지도자는 차이가 있다.

초보 지도자 시절에는 나 역시 그런 점에 서툴렀다. 하지만 나이가 들고 경험이 쌓이면서 선수들과의 소통에 점점 노하우가 생겼다. 여자 감독이기 때문에 여자 선수들과 밀착해서 생활을 할 수 있다는 건 더욱 큰 장점이었다. 선수들과 책을 구입해 함께 읽고 공연을 보러 다니며 소소한 일상과 감정을 공유했다. 유니폼 하나를 고를 때도 선수들의 의견을 최대한 반영해, '선생님이 우리의 의견을 존중한다'는 느낌이 들도록 신경을 썼다. 그렇게 배려하고 소통하기 때문에 선수들은 내 훈련 방식이 힘들어도 잘 따라와 주었다. 고된 훈련이 감독의 고집이 아니라 자신들을 위한 일이란 걸 알았던 것이다. 나는 매일매일 훈련에서 다른 목표치를 세우고, 선수들과 그것을 이뤄내는 성취감을 얻을 수 있었다.

혹자는 나를 '강한 지도자'라고 평한다. 하지만 나는 선수들을 권위나 카리스마로 이끌지 않았다. 정확한 목표를 설정해 주고 소통하며, 그 과정을 수행하도록 도왔을 뿐이다. 여성의 섬세함, 무엇보다 세월과 함께한 경험이 있었기에 가능한 일이었다.

국회의원이 된 다음엔 보좌진이 내 '선수들'이었다. 감독이었을 때 내게 선수가 가장 중요한 존재였듯이, 국회의원이 된 다음엔 의원실 보좌진들이 중요했다. 나는 감독으로서 선수들을 돌볼 때처럼 우리 보좌진을 보살폈다. 이들과 내가 소통하는 환경에서 즐겁고 신나게 일해야 좋은 정책이 나올 것이기 때문이었다.

보좌진들은 회식자리에서 수저를 놓고 고기를 굽는 의원을 보고 처음에는 당황하는 눈치였다. 나는 보좌진이 엘리베이터 버튼을 누르고, 차문을 여닫는 것도 하지 못하게 했다. 운전도 부득이한 경우가 아니면 내가 직접 했다. 사람들은 운전대를 잡은 국회의원과 조수석에 앉은 보좌관이나 비서관을 신기하게 바라봤다. 국회의 수직적인 분위기에 익숙해 있던 사람들은 의아해 했지만, 나는 인간적인 상식으로 그들과 함께 일하고 싶었다.

가급적이면 즐거운 일터를 만들어주고 싶었다. 국회 내 모든 보좌진과 직원들이 참여하는 '탁구 동아리'를 만들고, 유남규 선수를 초청해 '탁구 교실'

을 열기도 했다. 역도의 장미란 선수와 함께한 '매력적인 몸매 만들기'는 최고의 인기 행사였다. 무엇보다 국회에서 일하는 보좌진과 직원들의 건강에 도움을 주는 동시에 '스포츠'의 즐거움을 알릴 수 있으니 일석이조였다.

의원실 직원의 남녀 성비(性比)에도 신경을 썼다. 남자 직원 4명과 여자 직원 4명. 한 명의 여성이라도 더 국회에서 일할 기회를 부여하려고 노력했다. 내가 체육 관련 정책을 많이 했던 만큼, 은퇴한 선수들에게도 보좌진으로 일할 기회를 주었다. "이에리사 의원실 근무자들은 모두 일을 잘한다"는 평을 들을 때면 정말 자랑스러웠다.

자신이 하는 일이 가치가 없다고 생각하는 사람은 일을 해도 흥이 나지 않는다. '국회의원 뒷바라지나 한다'고 생각하는 것과 '함께 일한다'고 생각하는 것은 하늘과 땅 차이다. 나는 그들을 '함께 일하는 사람', 가치 있는 존재로 만들고 싶었다. 스스로 가치 있는 존재라고 느끼는 사람이 가치 있는 일을 할 수 있다. 그래서 아랫사람을 능력 있게 만들려면 명령하지 말고 섬겨야 한다.

정치인들이 즐겨 쓰는 말이 '섬김의 리더십'이다. 하지만 섬김의 리더십은 선거철 재래시장 앞에서 올리는 큰절이나 선거 브로슈어에 넣는 문구가 아니다. 나를 낮추어 상대를 존중하고 값어치 있는 존재로 만들 때 자연스레 만들어지는 것이다.

국회의원 재직 시 국정감사를 다니면서, 공무원이나 경찰에 여성 진출이 부족하다는 생각을 많이 했었다. 관련 기관의 국정감사마다 "여성들이 고과 평가에서 불이익을 받지 않게 해달라"는 요구를 자주 하곤 했다.

우리 사회가 건강하게 발전하기 위해서는 여성들의 사회 진출이 더욱 활발해져야 한다. 또한 여성 스스로도 자신에게 주어지는 기회를 거머쥐기 위

인생의 모든 경험은 소중한 자산이며,
그렇게 쌓인 시간들은 나의 가치이자 경쟁력이다.

해 더욱 노력해야 한다. 사회 분위기가 달라졌다고는 하지만, 여성은 남성과
의 경쟁에서 여전히 공정하게 평가받지 못하는 게 현실이다. 불공정의 벽을
'구호'로만 깨뜨릴 수는 없다. 그 벽에 금이 가게 하는 것은 결국 여성 스스로
의 노력이다. 그래서 나는 여성 후배들에게 "더 많이 공부하고 노력해서 각
별한 결과물을 보여주라"고 조언한다. 자신의 가치를 증명하는 길은 '대체
불가한 존재'가 되는 것이다. 독보적인 존재를 마다 할 조직은 없다.

　남성과 여성이 서로를 경쟁자로 여겨 적대시할 필요는 없다. 남자와 여자
는 다르다. '커피를 누가 탈 것인가'로 설왕설래 할 것이 아니라, '누가 커피를
맛있게 만드나'를 생각하면 된다. 각자 잘하는 일을 하고, 서로의 능력과 차
이를 인정하면 된다.

　또 하나, 여성의 사회생활이 성공적이기 위해서는 여성끼리 서로의 '편'이

되어야 한다. 남성들은 네트워크를 만들고 정보를 교환하는 데 익숙하다. 필요에 따라 편이 되고 서로를 밀어주거나 끌어주며 협력한다. 반면 여성들은 상대적으로 조직과 정보에 약하다. 그래서 나는 후배들에게 '함께 뭉치고 서로를 돕는' 모임과 단체들을 많이 만들라고 조언한다. 나 역시 그런 단체들을 만들어 체육계 여성 선후배들이 서로 도울 수 있도록 노력했다.

간혹 똑똑하고 능력 있는 후배가 결혼 후 육아 문제로 갈등을 겪는 걸 보면 너무 안타깝다. 이들이 육아에 매달려야 하는 20대 말에서 3, 40대까지의 시기는, 사회생활에서도 가장 왕성한 시기다. 가정과 일이라는 두 영역이 오버랩 될 수밖에 없다. 3, 40대에 자신의 영역을 확장하고 발전시키기 위해서는 더 많은 사람과 만나고 발전적인 논의와 행동을 해야 한다. 내 발걸음이 네트워크를 만든다는 사실을 잊어서는 안 된다. 그러기 위해서는 별도의 시간을 투자해 사람들을 만나고 의미 있는 일들을 만들어야 한다. 하지만 머릿속에 육아와 가사 고민을 가득 담은 채, 별도의 시간과 에너지를 쓴다는 건 쉽지 않다. 스포츠 지도자의 경우 지방 대회나 해외 훈련을 소화해야 하는데, 그것조차 전전긍긍해야 하는 경우가 허다하다.

육아는 부부 공동의 숙제다. 육아와 가사를 여자의 몫으로 떠넘기지 말고 남자들이 스마트하게 분담해야 해결책을 찾을 수 있다. 부부의 이해와 존중이 무엇보다 중요하다.

유럽연합의 첫 여성집행위원장으로 선출된 우르줄라 폰 데어 라이엔은 현명한 결혼생활을 바탕으로 사회생활에도 성공한 사람이다. 독일의 노동사회부장관과 국방장관을 역임하고 10년 넘게 '차기 후보'로 물망에 올랐던 그는, 보수 정권에서 일하면서도 좌파적인 정책을 도입하는 등 거침없는 행보로 주목을 받던 인물이다. 그가 2남 5녀의 자녀를 기르며 공직 생활을 하고 유럽 정상에까지 오를 수 있었던 건, 남편의 외조 덕분이었다. 의사이자 기업인인 남편이 자녀들의 육아를 거의 도맡았던 것이다. 폰 데어 라이엔은 인터뷰에서 "더 많은 남성이 내 남편을 본받아야 한다"고 당당하게 말했다. 이런 사실이 널리널리 알려져 한국의 남편들이 먼저 본받았으면 싶었다.

남편이 육아를 도맡았다고 하지만, 알츠하이머에 걸린 부친을 5년이나 직접 간병하고, 일곱 아이들의 엄마로 의사와 공직생활을 이어온 그의 삶은 녹록하지 않았을 것이다. 그리고 그런 희생과 인내를 경험했기에 인간을 이해하는 성숙한 지도자가 됐을 것이란 추측을 하게 된다. 그의 시간 역시 흘러서 가버린 게 아니라 쌓여서 현재가 된 것이다.

언제부턴가 우리 사회는 '나이'를 부담스러워하는 분위기다. 외국의 스포츠 현장에는 60대 흰머리의 코치와 기자가 활발한 활동을 하는데, 우리는 50대 후반만 되어도 집으로 돌아가야 할 사람처럼 여긴다.

나는 내 나이와 흰머리가 좋다. 나이는 연륜이다. 경험은 살아봤기 때문에 얻을 수 있는 자산이다. 나는 현재에서 멈추지 않고 계속 내 시간을 쌓아갈 생각이다.

나는 푯대가 되고 싶다

탁구는 인생과 닮은꼴이다. 상대에게 공을 넘기는 순간, 적어도 그 후의 3~4구를 생각해야 한다. 매 순간의 선택이 인생을 어느 방향으로 이끌고 갈지 서너 수를 미리 고민해 봐야 하는 것과 같다. 많은 사람이 '어떻게 하면 상대방이 받아치지 못할까?'를 궁리하지만 그건 하수(下數)의 생각이다. 탁구는 상대가 자신이 공을 못 받게 치는 게 아니라, 상대방이 치는 걸 어떻게 받아 내느냐로 승패가 갈린다.

내가 탁구를 잘하고 최고의 선수가 될 수 있었던 건 탁구에 대한 애정, 열정, 행운의 삼박자가 맞았기 때문이다. 탁구의 기술과 묘미는 접해 보지 않은 사람은 모른다. 작은 공 하나로 상대를 움직이게 하고 뒤흔들며 이기는 그 짜릿함은 오직 경험자만이 알 수 있는 매력이다. 나는 탁구 그 자체를 정말 좋아한다. 지금도 탁구에 대한 호기심과 배움에 대한 매력을 느낀다.

탁구를 잘하기 위해서, 남에게 지지 않으려고 내 모든 것을 바쳐 매달렸다. 탁구대 앞으로 걸어 나갈 때마다 승리에 대한 갈망이 넘쳤다. 하지만 탁구가 아닌 다른 것을 했더라도 나는 미친 듯이 몰입하고 최고가 되기 위해 노력했을 것이다.

2006년 스위스에서 'IOC 여성과 스포츠 트로피' 대륙별 수상자들과 기념 촬영

　난 항상 목표가 뚜렷했다. 중학교 3학년 때 종합탁구선수권대회를 제패한 그날 '누구도 이루지 못한 연승 기록을 세우겠다'는 다짐을 했고, 결국 대회 7연패의 기록을 달성했다. 모든 대회에서의 목표는 우승이었다. 지는 걸 무엇보다 싫어했다. 시합에서 이기고 단상의 가장 높은 곳에 오르는 순간 이미 다음 대회를 생각했다. 나는 목표지향주의자이며, 남에게 피해 주지 않고 내 목표를 향해 나아가고자 하는 원칙주의자다.

　목표가 뚜렷하다고 모두 그곳에 이르는 건 아니다. 목표 지점에 이르기 위해서는 뼈를 깎는 고통과 인내를 감수해야 한다. 나는 지금도 한겨울 태릉선수촌의 칼바람과 땀이 얼어 서걱거리던 머리칼의 느낌을 잊지 못한다. 누가 시킨 것도 아닌데 하루도 빠지지 않고 6km의 달리기를 했던 건, 스스로 한계를 뛰어넘기 위한 도전이었다. 하루 700개, 1천 개씩 목표 숫자를 정하고, 끊이지 않는 랠리로 목표한 횟수를 달성할 때까지 반복에 반복을 거듭한

2008년 전이경 당시 IOC 선수위원이 김정길 대한체육회장에게
메달리스트 170명의 서명이 담긴 IOC위원 추천서를 전달하는 모습

드라이브 연습을 하고 나면 손의 감각이 없어질 정도였지만, 힘들어서 탁구
를 그만두고 싶다는 생각은 해본 적이 없었다.

　나는 자신이 원하는 것을 아주 잘 알았고, 그걸 실현시키기 위해 전력을
다했다.

　2006년에는 한국인 최초로 IOC가 수여하는 'IOC 2006 여성과 스포츠
트로피(IOC 2006 Women & Sports Trophy for Asia)' 아시아 대륙 부문
상을 수상했다. 선수와 지도자, 스포츠 행정가로 최선을 다해 살아온 노력과
역량을 인정받는 건 큰 기쁨이자 영광이다. 더 큰 영광은 2년 뒤 올림픽 메달
리스트 후배들이 나를 IOC 위원으로 추대해야 한다며 나선 것이었다. 쇼트
트랙의 전이경 전 IOC 선수위원, 역도의 장미란, 펜싱의 남현희 등 19개 종
목 170명의 메달리스트들이 서명과 추천서를 김정길 당시 KOC 위원장에게

전달하며 기자 회견까지 열었다.

체육인으로서 후배들에게 인정받는 것만큼 큰 보람은 없다. 내 열정과 노력을 가장 잘 아는 사람들이기 때문이다. 우리나라 스포츠를 발전시키고 세계 스포츠를 위해 일해 주기를 바라는 후배들의 요청은 내게 큰 과제였다. 그때까지 우리나라의 IOC 위원은 경제인이나 정치인 출신이 도맡아 왔고, 그중 불명예 퇴진을 한 경우도 있었다. 기회가 된다면 선수와 지도자, 체육 행정가로 일한 정통 체육인의 경험을 바탕으로 국제사회 스포츠 발전에 기여하고 싶었다. 남수단과 부탄 지원에 앞장선 것도 그런 마음에서였다.

IOC 위원 추대 움직임이 있었을 당시, 나는 태릉선수촌장이었고 베이징 올림픽을 앞두고 있었다. 자칫 오해를 살지 모른다는 우려에 선뜻 발걸음을 내딛지 못하고 망설였다. '적절한 때가 되면 의사 표시를 해야지'라는 생각을 마음 한구석에 남겨둔 채 긴 시간이 지나고 말았다.

내 삶에는 추구하는 여러 가치들이 있다. 그중 무엇보다 중요한 한 가지는, 내 힘이 닿는 한 우리나라 스포츠의 발전과 스포츠를 통한 국제사회 기여에 힘쓸 것이란 사실이다.

또한 여성 체육인 후배들의 성장을 돕고 꿈을 이루어 가는 데 밑거름이 될 것이다. 시대가 많이 흘렀음에도 여전히 여성 체육인들의 지위나 처우는, 이들이 우리나라 스포츠 발전에 이바지한 성과에 비해 상대적으로 열악한 상황이다. 나는 여성 체육인들의 지위 향상을 위해, 2009년에 27개 종목의 메달리스트들과 지도자들 100명을 모아 '사단법인 100인의 여성체육인'이라는 여성체육단체를 설립했다. '100인의 여성체육인'은 국내 여성 단체로는 유일하게 브라이튼 선언에 가입하며 여성의 스포츠 권익 증진에 앞장섰다. 앞으로도 후배들을 위한 일이라면 망설이지 않고 나설 것이다. 또 세계 스포츠가 추구하는 스포츠의 공정함과 진정한 가치가 더 많은 사람들의 삶을 변화시키도록 내 능력과 권한을 모두 바칠 각오다.

내 인생은 끝없이 길을 내는 작업이었다. 내 이름 앞에 내내 따라붙던 '최초'라는 수식어는 무거운 깃발이었다. 그 깃발을 들고 나는 걷고 또 걸었다. 힘들고 지칠 때도 있었지만, 내 뒤를 따르는 후배들의 숫자가 늘어나는 걸 보면서 중간에 멈춰 설 수도 없었다.

나는 '푯대'가 되어야 했다. 내가 올바르고 성공한 삶을 살아야 내 인생 여정이 후배들이 목표로 삼는 푯대가 될 것이기 때문이다. 후배들이 내 삶의 궤적을 통해 인생의 목표를 설정하고 그것에 도달할 힘과 지혜를 얻기 바랐다.

내 인생이 정답은 아니다. 어떤 방식으로 살아도 인생은 거칠고 힘겹다. 하지만 한 가지 사실은 확실하다. '노력하는 자만이 승리한다'는 것이다. 만약 원하는 것을 얻지 못했다면 자신의 노력이 부족하지 않았는지 돌아보기를 권한다. 인생은 매 순간이 승부다. 그 순간의 선택에서 이겨야 한다. 이기기 위해서는 1분 1초, 치열하게 살아야 한다. 치열한 삶은 우리가 최선을 다해 살고 있다는 증거다.

내 인생은 책으로 치면 초판을 거쳐 이제 '증보판'을 만든 셈이다. 그러나 이것으로 끝이 아니다. 후배들에 의해 수정이 되고 새로운 내용이 추가된 멋진 '최종본'이 나오기를 기대한다.

진정한 리더는 말이 아닌
행동으로 메시지를 전한다

잊히지 않는 장면이 있다. 녹화가 끝나고 출연자를 배웅하기 위해 방송국 주차
장으로 나갔을 때였다. 당시 현역 국회의원이던 출연자는 제작진을 향해 90도로
인사를 하고 운전석으로 향했다. 동행했던 비서관의 자리는 조수석이었다. 통상
아랫사람이 차문을 열어주면 뒷자리에 오르는 윗사람의 모습에 익숙하던 우리에
겐 낯선 풍경이었다. '우리사회에 저런 리더가 있었다니!' 그 자리에 있었던 모두
가 신선한 충격을 받았다.

그 후 비슷한 상황을 계속해서 볼 수 있었다. 식당에서 누구보다 빠르게 수저를
놓는 사람도, 음식을 그릇에 담아 나눠주는 이도, 그 국회의원이었다. 보좌진은 그
런 일이 익숙한 듯, 음식 그릇을 받아들었다. 내가 만난 국회의원 이에리사는 그런
사람이었다.

방송작가로 일을 하면서 각계각층의 수많은 유명인과 지도자들을 만날 기회가
있었다. 그중 대다수는 앞과 뒤가 다른 이중적 모습으로 실망을 안겼다. 인격적인
성품으로 포장된 이면에 숨겨진 이기적인 속물 근성을 볼 때면 실망을 넘어 배신
감마저 들었다. 그렇기에 이에리사 전 의원의 자신을 낮추는 자세, 언행일치는 더
욱 돋보였다.

아랫사람들의 일을 도맡아 하는 이유를 물어봤을 때 그의 답변은 간단명료했다.

"제가 아랫사람을 제대로 섬겨야, 그 사람들이 자신의 일에 최선을 다할 수 있
으니까요."

'섬기는 리더십'이란 말을 선거철 포스터 문구쯤으로 인식하는 정치인들이 좀
새겨들었으면 싶은 말이었다. '권위'는 높은 의자에 앉아 명령함으로써 만들어지
는 게 아니라, 함께 일하는 사람들을 섬겨 그들로부터 인정받을 때 자연스럽게 생

긴다는 진리를 그는 행동으로 보여주었다.

그는 원칙주의자이며 페어플레이 신봉자다. 의정 활동 당시에는 상임위원회에 정시에 참석하고 끝까지 자리를 지키는 모범 의원으로 유명했다. 업무와 상관이 없는 관계 기관 행사에 가급적 참석하지 않았던 이유는, 청탁을 원천 봉쇄하기 위해서였다고 한다. 간혹 그의 원칙에 편법으로 공격하는 이들이 있어도 자세를 흐트리는 법이 없었다. 그의 신념은 멋진 미사여구가 아니라 행동으로 증명하는 가치였다.

그가 더욱 빛나는 것은, 신념을 행동으로 옮기는 진중하고 단호한 '실행력'을 가지고 있기 때문이다. 이 전 의원은 어떤 일을 결정하기 전에는 여러 사람의 의견을 경청하고 깊이 고민하지만, 한 번 결정한 일에 대해서는 단호한 실행력으로 끝을 보고 마는 전략가다. 몇 십 년 방치된 채로, 그 누구도 손댈 생각조차 하지 않던 '태릉선수촌'을 완벽하게 개혁한 일 역시, 그런 추진력이 뒷받침된 덕분이었을 것이다. 우리 사회가 여성 지도자를 폄하할 때 흔히 쓰는 '추진력 부족'이라는 부정적 단서는 그에게 통하지 않는다.

몇 해 동안 곁에서 지켜본 그는, 사람을 대할 때 끝없이 세심한 배려로 감동을 주었다. 일 앞에서는 새로운 아이디어와 넘치는 추진력으로 그 에너지를 따라잡기 힘들 때가 많았다. 그리고 자신에게는 지나칠 만큼 엄격한, 이상적인 리더였다.

그는 치열하게, 최선을 다해 매순간을 살았다. 진정한 리더는 화려한 말이 아닌 행동으로 메시지를 전달한다. 그리고 많은 사람들이 그 메시지 속에서 동기와 힘을 얻는다.

이 책 속 어딘가에서 소녀 이에리사는 세계 최고의 선수가 되겠다는 일념으로 한겨울의 운동장을 숨이 턱에 차도록 뛰고 또 뛴다. 누가 시켜서가 아니다. 자신의 목표이며 약속이기 때문이다. 머리칼이 얼어서 서걱거리는 데도 달리기를 멈추지 않는 소녀는, 우리에게 '지금 최선을 다하고 있느냐?'고 질문을 던지는 것 같다. 그 소녀가 주는 용기와 격려가, 지친 당신을 다시금 인생의 스타트 라인으로 인도할지 모른다.

- 하유미

나는 후배들을 위한 '푯대'가 되고 싶었다.
최선을 다해 부끄럽지 않게 살았다고 자부한다.
그럼에도 내 인생이 정답은 아닐 것이다.
하지만 한가지 사실만은 확실하다.
'노력하는 자만이 승리한다'는 것이다.

1. 학력사항

1967. 02 - 대전 대흥초등학교
1970. 02 - 서울문영여자중학교
1973. 02 - 서울여자상업고등학교
1990. 02 - 명지대학교 행정학과 학사
1992. 02 - 명지대학교 일반대학원 체육학 석사
1996. 02 - 명지대학교 일반대학원 이학 박사

2. 상훈

1970. 01	한국일보 신인 체육상
1971. 04	국민포장
1971. 12	서울신문 체육상
1973. 04. 23	국민훈장 무궁화장
1973. 05. 16	5.16 민족상
1973. 12	대한민국 체육상
1974. 09. 19	대통령 표창
1988. 12. 02	체육훈장 맹호장
1996. 01.	조정순 체육상 공로상
2002. 12. 06	윤곡상 공로상
2006. 03. 08	IOC 여성과 스포츠 트로피 아시아 대륙부문 상
2007. 03. 27	한국을 빛낸 여성 대상
2008. 03. 28	2008 대한민국 스포츠레저문화 大賞 공로상
2008. 12. 29	2008 세상을 밝게 만든 100인 (환경재단 100인 선정위원회)
2009. 01. 13	여성신문 제3회 올해의 인물상
2014. 07. 05	남수단 대통령 감사패 (남수단올림픽위원회 창립 공로)
2016. 03. 16	코카콜라 체육대상 공로상
2018. 05. 03	부탄올림픽위원회 감사패 (부탄체육관 건립 공로)
2018. 05. 25	호주 뉴사우스웨일즈 탁구협회 감사패(이에리사배 탁구대회 10주년 기념)

3. 선수 경력

1969~1975	제23회~제29회 전국남녀종합탁구선수권대회 개인단식 7연패
1970. 04	제10회 아시아탁구선수권대회 일반부 단체전 우승, 소녀부 단체전 및 개인단식 우승
1971. 04	제31회 세계탁구선수권대회(일본 나고야), 단체전 3위
1972. 11	제15회 스칸디나비아 오픈 탁구선수권대회(스웨덴), 개인단식 및 개인복식 우승
1972. 12	제11회 아시아탁구선수권대회 단체전, 개인단식 및 개인복식 우승
1973. 04	스위스 오픈 탁구선수권대회 단체전, 개인단식 및 개인복식 우승
1973. 04	제32회 세계탁구선수권대회(舊 유고 사라예보), 단체전 우승
1974. 02	서독 국제오픈 탁구선수권대회 단체전 우승
1974. 09	제7회 아시아경기대회(이란 테헤란), 단체전 준우승
1975. 02	제33회 세계탁구선수권대회(인도 캘커타), 단체전 준우승
1975. 06	US 오픈 탁구선수권대회 단체전 우승
1976. 02	서독 국제오픈 탁구선수권대회 개인단식 및 개인복식 우승
1977. 04	제34회 세계탁구선수권대회(영국 버밍엄), 단체전 준우승

4. 지도자 경력

1978-1979	서울 신탁은행 탁구팀 코치
1980-1982	서독 FTG 프랑크푸르트팀 코치 겸 선수
1982-1985	동아건설 여자탁구팀 코치
1984-1985	한국 국가대표 여자탁구팀 코치
1985-1990	경희대학교 여자 탁구팀 코치
1987-1988	제24회 올림픽대회(대한민국 서울) 한국 여자탁구대표팀 감독
1990-1992	대한탁구협회 국가 상비3군 헤드코치
1994-2000	현대백화점 여자 탁구단 감독
2000. 08	제27회 하계올림픽대회(호주 시드니), 한국대표단 경기담당 임원
2004. 09	제28회 하계올림픽대회(그리스 아테네), 한국 여자탁구대표팀 감독
2005. 01	제22회 동계유니버시아드대회(오스트리아 인스부르크), 한국 여자대표팀 감독
2005. 10	제 4회 동아시아경기대회(중국 마카오), 한국 선수단 부단장
2006. 02	제20회 동계올림픽대회(이탈리아 토리노), 한국 선수단 총감독
2006. 12	제15회 하계아시아경기대회(카타르 도하), 한국 선수단 총감독
2008. 08	제29회 하계올림픽대회(중국 베이징), 한국 선수단 총감독

5. 주요 활동

1997. 03-2001. 02	대한체육회(KOC) 선수위원회 위원
1999. 02-2001. 02	대한탁구협회 기술이사
1999. 04-2001. 02	한국실업탁구연맹 홍보이사
1999. 08-2003. 07	광신장학재단 이사
2000. 03-2013. 02	용인대학교 스포츠레저학과 교수
2001. 02-2004. 08	한국대학탁구연맹 기술이사
2001. 02-2002. 12	한국체육과학연구원 객원연구원
2001. 03-2002. 07	대한체육회 이사
2001. 03-2005. 01	대한대학스포츠위원회 위원
2001. 04-2003. 04	한국유아체육학회 이사
2002. 02-2005. 02	한국 미얀마 친선협회 체육위원회장
2002. 03-2003. 12	한국여성체육학회 이사
2002. 02-2006. 08	대한탁구협회 이사
2004. 09-2008. 02	한국대학탁구연맹 부회장
2005. 03-2008. 08	대한체육회 태릉선수촌 제17대 선수촌장
2005. 03-2008. 08	대한체육회 이사
2005. 07-2007. 06	민주평화통일자문회의 자문위원
2006. 07-2009. 12	한국스포츠중재위원회 위원
2007. 10	2014 인천아시아경기대회조직위원회 위원
2007. 12	한국스포츠클럽 공동회장
2008. 01-2009. 04	대한체육회(KOC) 상임위원
2008. 05. 22	대한민국 건국60년 기념사업위원회 위원
2009-2012	용인대학교 기획처장
2009-2012	국제경기대회지원 실무위원
2009-2013	제37대 대한체육회(KOC) 선수위원회 위원장
2009. 12-2012. 05	대통령소속 사회통합위원회 위원
2013. 04-2015. 04	(사)100인의 여성체육인 회장
2014. 08-2014. 10	제17회 아시아경기대회(대한민국 인천), 선수촌장
2017-2019	농민신문 편집자문위원
2012. 05-2016. 05	제19대 국회의원
	- 교육문화체육관광위원회 위원
	- 안전행정위원회 위원
	- 평창동계올림픽 및 국제경기대회지원특별위원회 간사
2017. 04-현재	(사)이에리사휴먼스포츠 대표

6. 국내·외 대회 개최

[국 내]

2008-2011	이에리사배 국민생활체육 전국탁구최강전 개최
2013-2017	이에리사배 전국탁구최강전 대학동호인 탁구대회 개최
2017-현재	에리사랑 시니어 탁구대회 개최
2018-현재	에리사랑 주니어 탁구대회 개최

[국 외]

2010-현재	Elisa Lee Cup Table Tennis NSW Open Championship (호주 뉴사우스웨일즈 탁구협회 주관)
2016-현재	Elisa Lee Cup Table Tennis New Zealand Open Championship (뉴질랜드 탁구협회 주관)
2012-2017	미국 이에리사배 오픈탁구대회 개최 (뉴저지)
2014	괌 이에리사배 교민친선탁구대회

제32회 사라예보 세계탁구선수권대회 우승 당시 사용 라켓

페어플레이

초판 1쇄 발행 2020년 10월 8일

지은이 이에리사

펴낸곳 리즈앤북
에디터 하유미
본문디자인 김태욱

인쇄·제본 한영문화사

출판등록 제2002-000447호
전화 02-332-4037
이메일 ries0730@naver.com

값은 뒤표지에 있습니다.
ISBN 979-11-90741-01-9 03810